Alex Lain

Für alle Benutzbar

Erotischer SM-Roman

www.blue-panther-books.de

BLUE PANTHER BOOKS TASCHENBUCH
BAND 2196
1. AUFLAGE: DEZEMBER 2013

VOLLSTÄNDIGE TASCHENBUCHAUSGABE
ORIGINALAUSGABE

COVER: ANATOLY TIPLYASHIN @ SHUTTERSTOCK.COM
UMSCHLAGGESTALTUNG: WWW.HEUBACH-MEDIA.DE
GESETZT IN DER TRAJAN PRO UND ADOBE GARAMOND PRO
PRINTED IN GERMANY
ISBN 978-3-86277-377-0
WWW.BLUE-PANTHER-BOOKS.DE

Sarahs Handy meldete den Eingang einer SMS. Der Name des Absenders ließ ihr Herz schneller schlagen. Rasch öffnete sie die Nachricht und erfuhr, dass er sie noch am selben Abend sehen wollte. Es gab keinen Dresscode und sie wurde auch nicht abgeholt. Gerade noch eine Stunde blieb ihr, um sich zu stylen und zu pflegen. Sie war ein wenig verärgert, dass ihr Gebieter sie während der letzten Wochen immer wieder innerhalb weniger Stunden zu sich beorderte und sie deshalb oft bestehende Termine kurzfristig absagen, beziehungsweise verschieben musste. Dadurch hatte sie schon einige Probleme bekommen, es aber nie gewagt, es ihm zu erzählen oder ihn zu bitten, sie doch in Zukunft früher über seine Pläne, die auch sie betrafen, zu informieren. Er hatte ihr bereits am Anfang ihrer Beziehung ganz eindeutig klar gemacht, dass er lediglich ihre Vorlesungen an der Uni sowie große Familienfeiertage, die sie unbedingt zu Hause verbringen musste, respektieren und berücksichtigen würde.

Eigentlich hätte sie ihn gern häufiger gesehen, wäre auch gern mit ihm hin und wieder einfach nur ausgegangen, um sich zu amüsieren und sie hätte sich vor allem gefreut, das eine oder andere Wochenende mit ihm als Paar verbringen zu können. Ein einziges Mal hatte sie es gewagt, ihn darauf anzusprechen, dies aber sogleich bitter bereut. Er hatte ihr sehr schnell klar gemacht, dass er – und nur er – die gemeinsamen Stunden vorgab. Wenn sie damit nicht einverstanden wäre, könnte sie gehen. Auf der Stelle und unwiderruflich!

Sie schämte sich und bedauerte es damals sehr, ihn mit ihrem Wunsch belästigt zu haben und bat um Verzeihung, doch ihr Gebieter war nicht auf der Welt, um ihre naiven Fehltritte zu verzeihen. Und dies hatte er ihr an diesem Abend eindringlich klar gemacht. Sie hatte während der nächsten Stunden schmerzlich lernen müssen, wie ihre Beziehung zu laufen hatte.

Sie erinnerte sich ... Er sah sie von der Seite an und deutete mit einer sehr kleinen Kopfbewegung, dass sie sich ausziehen sollte. Worte waren nicht mehr nötig, denn sei Blick ließ sie unmissverständlich wissen, wo ihr Platz war.

Sobald sie sich ihrer Kleider entledigt hatte, klemmte er eiserne Krokoklemmen an ihre hellen Brustwarzen und fügte diabolisch grinsend langsam ein Gewicht nach dem anderen hinzu. Er lächelte sie an, küsste sie sanft auf den linken Mundwinkel und klemmte ein weiteres Gewicht hinzu. Sarah versuchte, ebenfalls zu lächeln, doch zwischen ihren Lippen bildeten sich nur leise Wimmerlaute. Er trat einen Schritt zurück und sah sich die stark nach unten gezogenen Titten genüsslich an. Langsam fuhr er mit dem Zeigefinger die veränderten Konturen ihrer nun nach unten gezogenen Brüste nach.

»Und nun, meine Liebe, wirst du etwas für deine Fitness tun, sonst wirst du noch schlaff«, erläuterte er mit süffisantem Lächeln. »Wir beginnen mit einer leichten Aufwärmübung: auf der Stelle laufen.«

Sarah ließ sich auf die Knie fallen und bettelte händeringend um Gnade. Sie versprach, solch anmaßende Fragen nie mehr zu stellen, doch Tom ließ sich davon nicht beeindrucken.

Er zog sie an den Haaren hoch und befahl mit strengem Blick: »Laufen!«

Sarah begann zögerlich, auf der Stelle zu laufen. Jede Bewegung ließ die Gewichte tonnenschwer an ihren empfindlichen Nippeln ziehen. Die scharfen Zähne der Klammern gruben sich in die zarte Haut und an einigen Stellen wurden winzige Blutstropfen sichtbar. Obwohl Sarah sehr vorsichtig lief, wippten ihre Titten heftig auf und ab. Tom lächelte zufrieden und ergötzte sich an ihrer Pein. Gemütlich ließ er sich auf dem schwarzen Ledersofa nieder, schlug ein Bein über das andere und beobachtete sie wohlwollend.

Nachdem sich der erste kleine Blutstropfen über Sarahs rechte Titte ihren Weg Richtung Nabel gebahnt hatte, stoppte er den Dauerlauf und ließ sie Liegestütze ausführen. Sie ging auf die Knie und sah ihn flehend an, ohne jedoch ein Wort zu verlieren, denn jedes einzelne würde ihn noch mehr reizen und zu noch fieseren Übungen anstiften. Sarah hielt also den Mund und begab sich in Position. War sie dem Boden nahe, so ruhten die Gewichte kurzzeitig auf dem Boden und boten Entspannung – aber nur, um sofort darauf dreifach so schwer an den Nippeln zu hängen und diese beim Hochdrücken des Körpers nach unten zu ziehen. Sarah betete insgeheim, dass ihre Bestrafung bald vorüber sein würde und schwor sich, nie wieder einen solchen Fehltritt zu begehen. Nach zwanzig Liegestützen ließ Tom sie durch den stillen Raum tanzen, springen und drehen. Sie bemühte sich sehr, Tom nicht merken zu lassen, dass sie langsam wütend wurde und knapp davor stand, alles hinzuschmeißen und zu gehen. Sie hatte keine Lust mehr, hier den Hampelmann zu spielen und auch nicht, sich für Dinge bestrafen zu lassen, die eigentlich völlig normal waren. Sie hatte das Bedürfnis, ihn anzubrüllen und ihm seine Gewichte, die inzwischen wie abfahrende Züge an ihren Nippel zogen, ins Gesicht zu werfen.

Inmitten ihrer Gedanken und Absichten fragte Tom, ob sie wusste, dass dies nur dazu diente, ihr den richtigen Weg zu zeigen. Damit sie lernen konnte, wie sie sich ihrem Meister gegenüber korrekt zu verhalten hatte. Er wollte sie nicht quälen – er hatte nur ernsthaftes Interesse an ihrer Ausbildung. Sarah schniefte ein wenig und bestätigte seine Worte mit einem vagen Kopfnicken.

Tom befreite sie von den Gewichten und massierte ihre schmerzenden, hochempfindlichen Nippel. Er nahm ihr Gesicht zwischen seine Hände und küsste sie vorsichtig auf die Lippen. Er küsste ihr auch die Tränen von den Augen und hielt sie fest. Leise flüsterte er in ihr Ohr: »Bitte mach so etwas nie wieder! Ich möchte dich nicht leiden sehen, Kleines.«

Sarah schmiegte sich in seine Arme und liebte ihren Meister. Alles war vergessen, nur dieser Augenblick zählte. Sie wusste, dass er alles nur zu ihrem Besten machte und dankte ihm dafür ...

In Gedanken an diese Bestrafung – Tom nannte sie Erziehungsmaßnahme – saß Sarah auf ihrem Bett, den schwarzen, halterlosen Strumpf in der Hand und starrte ins Leere. Sie registrierte nicht, dass die Zeit dahinflog und sie eigentlich schon außer Haus sein sollte.

Erst als vor ihrem Fenster eine Autotür lautstark geschlossen wurde, kam sie in die Realität zurück und blickte auf die Uhr. Panik kam in ihr auf und sie verwarf augenblicklich ihre Gedankenwelt. Im Eiltempo streifte sie ihre Halterlosen über, zwängte sich in den schwarzen Ledermini und hastete auf einem Lackheel ins Badezimmer, um Make-up aufzulegen. Ihre aschblonden Haare steckte sie locker mit ein paar Haarnadeln am Hinterkopf auf und zog eine dicke Strähne heraus, die ihr gelockt über die rechte Gesichtshälfte bis zum Mund hing. In einer Ecke ihres Zimmers fand sie schließlich den zweiten Schuh, schlüpfte hinein, nahm ihre Bluse und lief aus dem Raum. Im Vorzimmer schloss sie den letzten Knopf, sah in den großen Wandspiegel, schnappte ihre Handtasche und eilte zur Haustür hinaus. Für eine Verabschiedung von den Eltern blieb keine Zeit. Außerdem konnte sie sich keine langen Diskussionen über belanglose Dinge erlauben, die ihre Mutter besonders dann gern führte, wenn sich jemand in Zeitnot befand. Sie musste ohnehin den ganzen Weg rennen, um nicht zu spät zu kommen. Tom hasste Unpünktlichkeit und bestrafte diese streng. Sie achtete aber auch darauf, keine Schweißflecken zu bekommen. Schlecht zu riechen widerstrebte ihr ganz besonders.

Eine Minute vor ihrem Termin traf sie bei Tom ein und stellte sich mit gesenktem Blick auf die Fußmatte. Sie nahm noch einige tiefe Atemzüge, um nicht vor ihrem Meister keuchen zu müssen. Alles sollte perfekt sein.

Sie musste noch ein paar Minuten warten, ehe ihr die Tür geöffnet wurde. Sie blickte auf hellgraue Jeans und schwarze Schnürschuhe. Tom würde eine solche Kleidung niemals tragen und somit hatte ihr ein fremder Herr geöffnet. Obwohl sie ihre Neugierde kaum bändigen konnte, wagte sie es nicht, dem Mann ins Gesicht zu sehen. Sie hielt weiterhin ihren Blick gesenkt und trat ein. Nervös klammerte sie sich an ihre kleine Handtasche, die sie wie ein Schutzschild vor ihrem Bauch trug.

Eine große Hand legte sich sanft zwischen ihre Schulterblätter und führte sie mit leichtem Druck in Richtung Wohnzimmer, wo sie die schwarzen Lederschuhe sowie die schwarze Lederhose ihres Gebieters freudig erblickte. Doch er erhob sich nicht, um sie zu begrüßen und sprach auch nicht mit ihr. Sie stand nun inmitten des Raumes und wurde unsicher. Alles war still, nichts bewegte sich, keiner sprach. Ein leichtes Kribbeln zog sich von den Kniekehlen bis hinauf zum Haaransatz und sie knetete nervös am Handgriff ihrer Tasche herum.

Als die Spannung schier unerträglich wurde, bewegte sich der Fremde hinter ihr ein wenig zur Seite und blieb erneut stehen. Das Kribbeln folgte seiner Position und Sarah wusste in diesem Augenblick, dass er sie begutachtete. Sofort bekam sie ihre Sicherheit wieder und blieb ganz ruhig. Der Mann umrundete sie sehr langsam und blieb dann direkt vor ihr stehen. Ohne ein Wort zu sagen, nahm er ihr die Handtasche ab, warf sie in eine Ecke, platzierte ihre Hände hinter ihrem Rücken, knöpfte langsam ihre Bluse auf und griff ihr ohne zu zögern auf die prallen, hervorstehenden Brüste. Sarah sah seine gepflegten Hände tastend über die Konturen ihres Leibes wandern, mit ihren hellen, aufrecht herausragenden Nippeln spielen und ihren Bauch streicheln.

Plötzlich ließ er von ihr ab und setzte sich auf die bequeme Ledercouch, trank einen Schluck Whisky und lehnte sich zurück. Ohne Scheu öffnete er den Reißverschluss seiner Jeans und holte seinen Schwanz, der schon recht steif war, aus der Hose. Noch immer konnte sie sein Gesicht nicht sehen, denn sie erlaubte sich nicht, auch nur eine Sekunde aufzublicken. Mit devot gesenktem Blick und blanken Brüsten stand sie im Raum – von beiden Männern beobachtet.

Der Fremde rieb kurz an seinem Schwanz, der sich sofort zu einem wahren Obelisken aufrichtete. Mit der linken Hand winkte er die Sklavin zu sich. Gehorsam ging sie auf den Mann zu und blieb vor ihm stehen. Er lehnte sich vor, schob ihren Ledermini über ihre Hüften und zog sie mit einem gekonnten Ruck auf seinen Schoß. Ohne Umschweife hatte sie den Pfahl des Fremden in ihrer Lusthöhle. Er packte sie fester an den Hüften und zeigte ihr, in welcher Intensität und Geschwindigkeit sie auf ihm reiten sollte. Als sie den richtigen Rhythmus gefunden hatte, ließ er von ihr los und knetete ihre Brüste, saugte daran, als wollte er sie aussaugen und stöhnte dazwischen immer wieder auf. Mit dem Daumen der rechten Hand rieb er ihren Kitzler und Sarah ritt wie in Trance. Master Tom war weg, die Wohnung nicht mehr existent – es gab nur noch den Fick, den ihr der fremde Schwanz gerade bescherte.

Sarah keuchte schwer und spürte gerade die heiße Welle eines sehr intensiven Orgasmus auf sich zurollen, als der Mann sie packte und von sich stieß. Er hatte sich in ihr entladen, ohne dass sie es bemerkt hatte.

Rasch stand sie auf und stellte sich wieder in die Mitte des Raumes. Der Fremde stieß noch ein paar tiefe Seufzer aus, packte seinen Schwanz weg, gab ihr die Tasche und schob sie zur Haustür raus. Irritiert und ihres Höhepunktes beraubt, stand sie vor dem Haus und war den Tränen nahe. In diesem Moment wusste sie nicht, was geschehen war, doch sie verließ das Grundstück und machte sich auf den Heimweg.

Erst ein paar Straßenlampen weiter fiel ihr auf, dass ihre Bluse noch weit offen stand und sie barbusig den Heimweg angetreten hatte. Erst als sie stehen blieb, um die Knöpfe zu schließen, bemerkte sie mit Schrecken, dass ihr gleichzeitig die Zornestränen über die Wangen und Spermatropfen über die Innenseite ihrer Oberschenkel liefen. Sie kam sich so benutzt, ausgenutzt, zum Fickobjekt erniedrigt und wie ein billiges Straßenflittchen vor. Kraftlos ließ sie sich auf der Bordsteinkante nieder, umschlang mit den Armen ihre Knie und weinte leicht wippend. In diesem Moment beschloss sie, Tom gegenüberzutreten und ihm klarzumachen, dass er sie nie mehr wieder auf solche Art und Weise behandeln durfte. Sie war schließlich mehr wert, als ein Stück Fickfleisch, an dem Fremde sich befriedigen konnten, wann immer sie das Bedürfnis danach hatten.

Als ihre Tränen und die Wimperntusche auf ihren Wangen getrocknet waren, stand sie auf und schlich gebeugt nach Hause. Der gröbste Zorn war mittlerweile verraucht und langsam stellte sich ein Gefühl ein, das sie nicht wirklich zuordnen konnte. Sie fühlte sich gespalten, orientierungslos und ein wenig verwirrt. Ein paar Straßen weiter allerdings kam Ordnung in ihre Gefühlswelt und ließ zumindest eine Richtung erkennen.

Es war so etwas wie innerer Stolz, ja sogar eine Art von innerer Befriedigung, die sich warm in ihr ausbreitete. Jetzt wusste sie, dass sie stark genug war, um ihrem Gebieter jeden Wunsch zu erfüllen; sie brachte mit ihrem Körper einen fremden Mann innerhalb weniger Minuten zum Orgasmus. Sie war für ihren Herrn ein besonderer Schatz, auf den er stolz war, denn schließlich hatte er sie als ganz besonderes Geschenk dargeboten. Gleichzeitig mit ihrer Stimmung wurde auch ihr Gang leichter und sie ging beschwingt, fröhlich und zufrieden nach Hause. Selbst der verhinderte Orgasmus fehlte ihr nicht mehr – sie hatte in der Erkenntnis, etwas wirklich Besonderes für ihren Herrn zu sein, Befriedigung gefunden. Beschwingt ging sie nach Hause und genoss sogar die Feuchtigkeit des Fremden, die noch immer zwischen ihren Beinen für ein reibungsloses Gehen sorgte.

***

Am nächsten Morgen klingelte ihr Handy. Verschlafen murmelte sie ein verwaschenes »Hallo« vor sich hin und fand es nicht der Mühe wert, ihre Augen zu öffnen. Nach kurzer Stille vernahm sie die Stimme ihres Herrn und setzte sich blitzschnell auf. Mit sanften Worten lobte er sie wegen ihres gestrigen Einsatzes. Sein Freund wäre begeistert von ihrer Anmut und Schönheit sowie ihrem sexuellen Können gewesen und das habe ihn selbst sehr stolz gemacht. Er würde sie am Abend um zwanzig Uhr in seinem Haus im Lackoutfit erwarten.

Ein heißer Strom von Endorphinen schwappte in Sarahs Gehirn und ihren Körper von oben nach unten und wieder zurück. Sie ließ sich im Bett zurückfallen und genoss diesen Moment der Glückseligkeit.

***

Der Tag verlief ganz im Zeichen des kommenden Abends. Sarah erledigte zwar ihre geplanten Arbeiten, war jedoch mit dem Kopf ganz bei Tom und ihrem Treffen. Sie überlegte, wie der Abend wohl verlaufen würde, malte sich romantische Szenen aus, die von zwischenzeitlicher Benutzung abgelöst wurden. Während des gesamten Tages befand sie sich in einer Art Schwebezustand, aus dem sie nicht mehr wieder rausgehen wollte.

Nachdem sich Sarah lange im Badezimmer aufgehalten hatte, schlüpfte sie in einen schwarzen Lackmini, zurrte eine schwarz-weiße Lackkorsage eng an ihren Oberkörper und streifte über die halterlosen Strümpfe und ihre hochhackigen, schwarzen Lack-Overknees. Um nicht wie eine Nutte auf der Straße herumzulaufen, warf sie ihren beigen Frühjahrsmantel über und sah darin recht bieder aus. Dass sie darunter Lack ohne Höschen trug, konnte schließlich niemand ahnen.

Schon von weitem sah Sarah, dass vor Toms Haus einige Fahrzeuge parkten. Das Haus schien jedoch verlassen zu sein, denn im vorderen Teil brannte kein Licht. Nur die schwachen Lichter der Gartenbeleuchtung warfen ihren trüben Schein trotzig in die Schwärze der Nacht. Da sie noch drei Minuten Zeit hatte, schlenderte sie ein wenig die Straße entlang, ohne etwas Interessantes zu entdecken.

Um Punkt zwanzig Uhr stand sie mit gesenktem Blick auf der Fußmatte und wartete, dass ihr die Tür geöffnet wurde. Beinahe im gleichen Augenblick stand Tom hinter ihr und kitzelte sie. Sarah stieß einen kurzen, hellen Schrei aus und wand sich zwischen seinen Fingern. Ausgelassen zog er sie an sich und küsste sie über ihre Schulter wild und leidenschaftlich. Dann kreuzte er seine Unterarme über ihren Schlüsselbeinen und flüsterte ihr sanft ins Ohr: »Baby, du siehst in diesem Sherlock Holmes Mantel einfach umwerfend aus!« Er lachte und drehte sich mit ihr im Kreis. »Habe ich dir schon gesagt, wie sehr ich dich mag, Kleines?«

Sarahs Herz schwoll an und drohte in ihrer Brust zu zerbersten. Sie wollte sich umdrehen, sich an ihn schmiegen und küssen, doch er hielt sie in ihrer Position fest.

»Wenn wir da jetzt hineingehen, dann bist du mein Baby, auf das ich stolz sein will. Das mir zeigt, dass es für mich da ist, mir gehorcht und mich in allen Lagen respektiert. Wirst du das schaffen? Machst du das für mich, Baby?«

Sarah versteifte sich kurz in seinen Armen, die ihr plötzlich zu eng wurden. Sie hatte das dringende Bedürfnis, sich aus der Umklammerung zu befreien, um atmen zu können. Doch sie stand still wie eine Maus vor der Schlange und hielt den Atem an. Ohne es zu wollen, hörte sie sich »Jawohl, mein Gebieter« sagen.

Er küsste sie freudig auf die linke Wange, nahm ihre Hand und zog sie wie eine willenlose Puppe zur Tür hinein.

Im Vorraum zog er ihr den Mantel aus. Sie nahm Zigarettendunst sowie ein leichtes alkoholisches Aroma wahr, was aus einem der hinteren Zimmer kommen musste. Daraus schlussfolgerte sie, dass Tom Besuch hatte und sie ihre Dienste anbieten musste. Oder wollte er sie vorführen? Waren auch anderen Frauen zugegen? Submissive? Dominante? Welche Altersgruppe würde sie empfangen? Unzählige Fragen drängten sich in ihrem Kopf um die Vormachtstellung, doch sie alle blieben unbeantwortet. Tom nahm sie wieder an die Hand und steuerte dem Partyraum zu, in dem leise Musik zu hören war. Sarahs Herz schlug im dreifachen Rhythmus der Latinoklänge, die nun laut hörbar waren.

Schwungvoll riss Tom die Tür auf und stellte seine Sklavin in die Mitte des Raumes. »Meine Herren, das ist Sarah«, erklärte er lautstark, um die Unterhaltungen zu unterbrechen. »Sie wird jetzt ihren prachtvollen Körper für euch tanzen lassen!«

Während Sarah sich mit geschlossenen Augen auf den Rhythmus der Musik einstellte, bestaunten die drei anwesenden Herren, die geschätzte dreißig Jahre alt waren, das Tanzobjekt mit schief gelegtem Kopf und gekräuselten Lippen.

Sarah begann zu tanzen und im gleichen Augenblick grölten die drei Männer. Das war wie im Zirkus bei den Tanzbären!, schoss es ihr durch den Kopf, ließ sich von den Gedanken jedoch nicht von ihrer Aufgabe abhalten. Wie erwartet, dauerte es nicht lange und zwei Hände packten sie am Arsch. Sie öffnete die Augen und sah sich einem blonden Mann gegenüber, der sie fest an sich drückte, um mit ihr zu tanzen. Gekonnt wanderten seine Hände unter den Lackmini und spreizten ihre Pobacken, gleichzeitig lehnte er sich nach hinten und zog sie mit. Tanzend drehte er sich den beiden anderen klatschenden Männern zu, die nun vollen Einblick auf ihre bloßgelegte Scham und den blanken Arsch hatten. Sie beugten sich ein wenig nach vorn und befingerten die samtig-rosafarbene Lustgrotte der jungen Sklavin. Doch noch ehe einer der Finger in ihrer Spalte verschwinden konnte, drehte sich der Mann wieder weg und rieb seinen Schwanz an ihrem Unterleib. Während er sie einige Pirouetten drehen ließ, stülpe er den Lackmini hoch, sodass die Zusehenden in schneller Folge ihren nackten Arsch sowie ihre glatt rasierte, weiße Pflaume sehen konnten. Sie fühlte sich wie ein Stück Torte auf dem Drehteller, das von Passanten gierig begutachtet wurde.

Als das Lied zu Ende war, holte der Blonde Sarahs Brüste aus der Korsage und prüfte ihre Festigkeit. Auch ein gezielter Griff in ihre Spalte war eine Prüfung. »Schön eng!«, sagte er lachend und schob ihr den glänzenden Finger mit ihrem Saft grob in den Mund. Wie auf Kommando kamen die anderen beiden auf die Sklavin zu und steckten ihr ebenfalls jeweils einen Finger in die Pussy, während die andere Hand die Festigkeit ihrer Titten prüfte.

Der Blonde zog sie jedoch ein Stück weit weg und drückte ihren Kopf weit nach unten, sodass sie mit den Händen den Boden berührte. Mit einem gekonnten Druck zwischen ihren Knöcheln öffnete er ihre Beine, sodass sie weiter in der Grätsche stehen musste. Ihr blanker Arsch war nun frei zugänglich und schon spürte sie einen Finger in ihrer Rosette. Dann zwei weitere in ihrer Möse und auch noch einen an ihrer Lustperle. Gierige Hände erforschten ihren Leib und die straffe Haut, als wäre sie nichts weiter, als ein Lustobjekt männlicher Begierde. Inmitten dieses Spiels zog sie der Blonde hoch und die Finger der anderen beiden glitten aus ihren Öffnungen. Er tanzte wieder ein wenig mit ihr und hatte dann eine glorreiche Idee. »Wer von euch möchte die Reise nach Jerusalem spielen? Dieses Dreckstück hier wird unser Sessel sein ...« Grinsend nahm er den leeren Holztisch aus der Ecke und legte ihn mit der Platte auf einen anderen massiven Tisch, sodass die Tischbeine in die Höhe ragten.

Mit einem kurzen Pfiff beorderte er Sarah zu sich, riss ihr die Kleider vom Leib und setzte sie an die Kante des Tisches. Dort zog er ihr noch die Overknees aus, sodass sie splitternackt vor den fremden Herren auf dem Tisch sitzen musste. Es war demütigend und anregend zugleich, völlig nackt von Fremden angestarrt zu werden.

Während sich der Blonde mit ihrem Hals beschäftigte und diesen mit beiden Händen etwas fester massierte, bat er Tom um vier kurze Seile. Er blickte ihr in die Augen und verstärkte den Druck auf ihren Hals. Sarahs Luftzufuhr wurde stark gemindert und sie versuchte krampfhaft, Luft einzusaugen. Panik stieg in ihr hoch und sie wollte sich aus dem Griff befreien, doch seine Hände waren wie Stahlklammern. Verzweifelt schlug sie mit den Beinen und Armen aus, doch ihr Peiniger schlang blitzschnell ein Bein um ihre Beine und hielt sie fest. Die rudernden, schlagenden Arme schien er nicht zu registrieren. Er drückte sich an ihr Knie und rieb seinen prallen Schwanz daran. Immer tiefer sah er ihr mit starrem Blick in die Augen und weidete sich an ihrer Panik, ersticken zu müssen. Als Tom mit den Seilen ins Zimmer trat, ließ er seine Hände vom Hals über ihre Brüste gleiten und ging zwei Schritte auf seinen Freund zu, um die Seile entgegenzunehmen.

Sarah sprang vom Tisch, rieb sich den Hals und atmete vorn übergebeugt kräftig durch. Tom registrierte kurz diese Haltung, fand sie jedoch offensichtlich völlig in Ordnung und ließ sich gemütlich neben der Stereoanlage auf der Couch nieder.

Der Blonde schob Sarah ungeachtet ihrer Haltung auf den Tisch zurück, packte ihre Beine an den Knöcheln und hob sie gespreizt in die Höhe. Direkt am Ende des Tischbeines fixierte er ihren linken Knöchel mit dem Seil, kurz darauf auch den rechten. Vorsichtig zog er ihren Arsch so weit an die Tischkante, dass er ein klein wenig über die Platte ragte. Mit der Hand fuhr er nun über ihre weit geöffnete Spalte und wischte beiläufig die Feuchtigkeit an ihrer Wange ab.

Dann schnappte er sich ihre Arme und fixierte die Handgelenke ebenfalls an den Tischbeinen, direkt an der Tischplatte, sodass sie sich hinten abstützen konnte, aber jedem, der direkt vor ihr stand, in die Augen sehen musste. Ihre glatte, rosa Lustgrotte war nun zu einem offenen Tor geworden und jeder konnte sie ungehindert befingern, ficken, lecken oder etwas in sie stecken. Bedrückende Scham überfiel sie, als alle drei ihr direkt in die Möse starrten. Der Blonde überprüfte, ohne ihr noch mal ins Gesicht zu sehen, ein letztes Mal die Position ihres Arsches und rief Tom ein beschwingtes »Los geht's!« zu.

Tom rieb sich die Hände und drehte die Musik, die inzwischen verstummt war, wieder auf. Die drei Männer, die neben Sarah standen, tanzten nun um den Tisch, an den sie gefesselt war. Jeder versuchte, so lange als möglich vor ihr zu verweilen, musste dann aber weiter, wenn der nächste von hinten drängte. Als die Musik erstarb, packte der Mann, der ihr am nächsten stand, rasch seinen Schwanz aus und schob ihn ohne jede Vorwarnung in ihr zartes Loch. Mit heftigen Stößen pumpte er in sie und grinste. Doch recht rasch ertönten wieder heiße Latinoklänge und er musste aufhören, sich an der jungen Stute zu erfreuen. Da er seinen Schwanz nicht wieder in die Hose zurückschob, holten auch die anderen beiden ihre Schwänze heraus und ließen sie aus dem Reißverschluss herausstehen.

Schon nach sehr kurzer Zeit verstummte die Musik und der Blonde war an der Reihe. Er stieß seinen harten Kolben in Sarahs trockene Rosette, sodass ihr kurz die Luft weg blieb. Ohne auch nur eine Sekunde auf ihre zusammenzuckende Reaktion zu achten, fickte er lachend in sie hinein. Sarahs Rosette schien wie ein Feuerring zu brennen und je mehr sie sich verspannte, desto schmerzhafter wurde dieser Ritt. Als die Musik wieder von neuem begann, dankte Sarah ihrem Meister in aller Stille. Doch sie wusste, das Spiel war noch lange nicht vorbei. Johlend, singend und jauchzend tanzten sie um den Tisch herum und versuchten, so oft als möglich zu einem Kurzfick zu kommen. Sarah kam sich wie ein Zigarettenautomat an einer belebten Straße vor.

Nach mehreren Runden, während der sie etliche Male von jedem Schwanz gefickt worden war, wollte einer der Männer eine Pause machen, um etwas zu trinken. Die drei ließen sofort von ihr ab und begaben sich tanzend und prustend zu Tom auf die Couch, der die Musik nun so leise spielen ließ, dass sie nur noch als kaum wahrnehmbare Hintergrunduntermalung diente. Sie packten ihre feuchten Schwänze weg und unterhielten sich über eine Schlampe namens Maja. Sarah hingegen ließen sie unbeachtet in ihrer nun doch schon sehr unbequemen Position sitzen. Sie hatte Durst, ihre Gelenke schmerzten und sie musste sich dringend am Rücken kratzen. Sie fühlte sich in diesem Moment völlig allein gelassen, obwohl keine zwei Meter vier Männer saßen. Und doch hatte sie den Tanz sowie das Spiel auf eine ganz besondere Art genossen. Das begehrte Fickobjekt zu sein, um das sich jeder der Anwesenden bemühte, abwertend behandelt zu werden und nur Mittel zum Zweck zu sein. Die kurzen Ficks allein waren recht geil, aber noch mehr erregte sie diese Demütigung, die sie hier so ungefiltert erhalten hatte.

Während sie dieses Gefühl genoss, stand der Kleinste, den sie Ben nannten, auf und kam mit einer dünnen Knabberstange auf Sarah zu. »Hast du Lust, auch etwas zu knabbern?«, fragte er höflich und hielt ihr die Laugenstange vor die Augen. Lächelnd schob er sie in ihre Möse, drehte sie ein paar Mal darin herum und steckte sie anschließend in den Mund. Die mit Lustsaft durchtränkte Salzstange schmeckte nicht sonderlich gut, rief aber die beiden anderen Besucher auf den Plan. Auch sie kamen mit dem Knabbergebäck und tränkten jeweils ein Stäbchen in ihrer Muschi. Angewidert biss sie von jedem ab und schluckte es.

»Wie wäre es mit etwas Leichterem? Muschisaft ist doch recht zäh!«, rief er aus und holte seinen Schwanz aus der Hose. Er nahm das nächstbeste Glas, ließ einen gelben Strahl hinein und reichte es an den Blonden weiter. »Eine kleine Spende für unsere durstige Sklavin bitte!«, rief er erheitert aus.

Erfreut holten auch die beiden anderen Männer ihre Schwänze aus der Hose und pinkelten ein wenig ins Glas. Mit einer Knabberstange vermischte Ben den gelben Sekt und schob sie drängend in Sarahs Mund. Sie verzog das Gesicht und schluckte rasch, damit sich der ekelhafte Geschmack nicht richtig in ihrem Mund ausbreiten konnte.

»Hey, hey!«, rief Ben aus, »jetzt schling doch nicht so! Es ist genug von allem da!« Und schon tauchte er etliche Stangen in das Sektgemisch und hielt sie der noch immer gefesselten Sklavin unter die Nase. »Riech doch mal, welch herrliches Aroma sie haben. Sie riechen nach drei Gewinnern ...«

Sarah sog artig den grässlichen Uringeruch auf und schluckte schwer. Ben genoss ihren Ekel, tauchte zwei Finger in das Glas und benetzte mit dem Harn ihre Lippen. Dann ließ der Blonde sie den Mund weit öffnen und schob ihr alle triefenden Salzstangen bis in die Kehle. Sie musste kurz würgen, schaffte es jedoch, die Stangen in ihrem Mund zu behalten. Rasch schluckte sie auch diesen Brocken und sah aus den Augenwinkeln flehentlich zu ihrem Meister hinüber, der sich sichtlich an diesem Szenario erfreute.

Ben bemerkte ihren Blick und nahm ihr zartes Gesicht grob zwischen die Finger. »Hier spielt die Musik, mein Kätzchen! Du bist hier bei uns und hast das zu machen, was wir dir sagen, kapiert?«

Erschrocken stammelte Sarah nur ein: »Jawohl, Sir.«

Ben ließ wieder los und meinte lapidar »Geht doch!« Das Glas mit der gelben Flüssigkeit, auf dessen Innenseite sich bereits Kondenswasser gebildet hatte, schwenkte er mit zynischem Lächeln vor Sarahs Augen. »Nach so vielen Salzstangen muss das Mäuschen doch durstig sein.« Er strahlte. »Na komm, trink schön alles aus, bis auf den letzten Tropfen. Du hast es dir aber wirklich verdient!«

Um sie noch ein bisschen mehr zu quälen, ließ er sie an dem Glas riechen. Unwillkürlich schüttelte sich Sarah und spürte eine unangenehme Gänsehaut ihren Rücken entlangkriechen. Langsam setzte er das Glas an ihre Lippen und ließ vorsichtig die übelriechende Urinmischung in ihren Mund laufen. Widerwillig schluckte sie und alle drei Männer starrten sie gebannt an. Als der letzte Tropfen in ihrem Hals verschwunden war, ließ Ben das Glas zu Boden fallen, setzte seinen steifen Schwanz an ihrer glänzenden Lustgrotte an und stieß zu. Er fickte sie ein paar Stöße lang hart und stieß dann einen kurzen Schrei aus. Nach zwei weiteren Pumpbewegungen ließ er von ihr ab und verschwand aus dem Zimmer. Kurz darauf hörte man die Wasserleitung im Badezimmer.

Der Blonde äugte neugierig auf die rosafarbene Pussy der jungen Frau und begann, ihren Kitzler zu reiben. Er stellte sich seitlich von Sarah, sodass sowohl der dritte Mann als auch Tom zusehen konnten. Durch diese ekelerregende, gelbe Demütigung war Sarah jetzt überhaupt nicht in der Stimmung für sexuellen Genuss, dennoch hatte der Mann so geschickte Finger, dass ihr heiße Ströme lustvollen Verlangens durch den Körper jagten. Es dauerte nicht lange und sie merkte, dass ihre Pussy sich in schnellem Rhythmus öffnete und schloss – ein Zeichen für den herannahenden Orgasmus. Sie konzentrierte sich und – aus war es!

»Geile Sache!«, bemerkte der Blonde und ließ von ihr ab. Der andere schoss ohne Vorwarnung mit seiner Kamera ein paar Bilder.

Irritiert öffnete Sarah die Augen und sah, dass weißes Sperma rhythmisch aus ihrem Fickloch herausquoll. Ihr Verlangen nach dem Höhepunkt wurde nicht gestillt, weshalb sie frustriert wieder die Augen schloss. Die beiden Männer jedoch sogen gierig den Anblick der jungen Fut mit dem Sperma in sich auf.

Als genügend Fotos geschossen waren, holte der Blonde die letzten Zeugen von Bens Orgasmus mit dem Finger aus ihr heraus und steckte ihr den Finger in den Mund. Artig leckte sie ihn sauber. Dann drückte er mit dem Finger das Sperma, das sich bereits an ihrer Rosette gesammelt hatte, in den Arsch. Und wieder musste sie den dargebotenen Finger sauber lecken.

»Die ist noch immer nicht sauber«, stellte er fest und holte eine Flasche Mineralwasser. Er ließ das Wasser langsam über ihre spermaverschmierte Pussy laufen, das leere Uringlas hielt er unter ihre Rosette. Als das Glas halb voll war, hielt er es ihr an die Lippen und zwang sie nun, das Harn-Spermawasser zu trinken.

Erneut kam Ekel in ihr hoch und der Blonde freute sich wie ein kleines Kind darüber. Abschließend gab er ihr eine schallende Ohrfeige, dass ihre Haare quer übers Gesicht flogen und dort kleben blieben. Fragend sah sie ihn an, aber er drehte sich um und setzte sich wieder zu Tom.

Ben kam aus dem Waschraum zurück und gesellte sich zur Männerrunde. Die Sklavin blieb geschunden, missbraucht und geschlagen in ihrer nun doch schon sehr schmerzhaften und unangenehmen Position gefesselt zurück.

Sie unterhielten sich über belanglose Themen und nahmen ihr Lustobjekt in keiner Sekunde wahr. Sarah hingegen wünschte sich, der Abend wäre bald vorüber, oder zumindest, man würde sie endlich aus ihren Fesseln holen und sie sich strecken lassen. Doch sie befürchtete und hoffte zugleich, dass die drei Männer ihrem Spieltrieb noch länger folgen würden.

Ihre Vermutung, beziehungsweise ihr Wunsch, nach weiteren Spielen wurde wahr. Als die drei Männer ein wenig zur Ruhe gekommen waren, erzählte einer von ihnen, von dem Sarah mittlerweile wusste, dass er Chris hieß, von seinem Wunsch, in der Kindheit einen Hund gewollt zu haben. Doch beide Eltern waren berufstätig und die Wohnung zu klein. Somit musste er immer darauf verzichten. Dieser Zeit nachtrauernd, starrte er gedankenverloren an die Decke, bis er einen herben Schlag auf seinem Oberschenkel spürte.

»Mach die Augen zu und lauf nicht weg«, sagte Ben, der ihm den Hieb verpasst hatte und aufgesprungen war. In einer Kiste am anderen Ende des Zimmers kramte er ein schwarzes, nietenbesetztes Lederhalsband sowie eine Leine heraus und legte Sarah beides an. Dann befreite er sie von den Fesseln und zwang sie an der Leine auf Hände und Knie. Ihre schmerzenden Gelenke schrien nach Streckung, Ruhe und ein wenig Massage … aber Sarah hatte nun der Kindheitstraum eines Mannes zu sein.

Ben zog die Hündin zu Chris, der noch immer mit geschlossenen Augen auf der Couch saß und die Hände über die Oberschenkel hängen ließ. Ben deutete Sarah an, dass sie ihm die Finger lecken sollte. Gehorsam, aber widerwillig, leckte sie mit feuchter Zunge die nach Zigaretten riechenden Finger.

Chris öffnete die Augen und rief erfreut »Wow! Mein eigener Hund! Und so schön ist der! Danke! Ich danke euch vielmals!« Er zog Sarah am Kopf zwischen seine Beine und tätschelte ihr das Haar. »Na, kannst du nicht sprechen?«, fragte er herausfordernd.

Doch Sarah hielt ihren Mund. Sie war drauf trainiert, als Hündin so authentisch wie möglich zu agieren. Da ließ Ben von ihr ab, stand auf und beinahe im gleichen Augenblick durchzuckte ein greller Schmerz ihren Arsch. Chris stand nun hinter ihr und ließ die Gerte zum Rhythmus der gesprochenen Silben auf ihrem Rücken und Arsch tanzen. »Wenn – ich – dir – sage – du – sollst – ant – wor – ten – dann – hast – du

– ge – fäl – ligst – Laut – zu – ge – ben – du – un – dank – barer – Hund!«

Sarah versuchte, den Schlägen zu entkommen, indem sie von der Couch zurückwich und aus dem Raum zu fliehen versuchte. Doch Chris stieg rasch auf die Leine und hielt sie somit fest. Sie lief auf allen vieren im Kreis, doch ihr Herrchen schlug unerbittlich zu. Als ihr Rücken sowie der Arsch feuerrot waren und höllisch brannten, begann sie, wie ein junger Hund zu jaulen und legte sich auf den Rücken.

Von den drei Männern vernahm sie ein mitfühlendes »Ohhh ...« und wähnte sich in Sicherheit. Doch sehr bald merkte sie, dass die drei mit ihr kein Mitleid hatten und es sich lediglich um eine sehr zynische Äußerung handelte.

Ben nahm die Leine auf und zog so heftig daran, dass Sarah im Nu auf den Beinen war. »Das ist dein Hund«, sagte er, strahlte Chris an und gab ihm die Leine. »Mach damit, was du willst!«

Chris sah in das tränenüberströmte Gesicht seiner jungen Hündin und streichelte sie am Kopf. »Ist ja schon wieder alles gut«, flüsterte er ihr tröstend ins Ohr. »Wir gehen jetzt mal in die Küche und finden etwas Leckeres für dich im Kühlschrank. Wie wär's damit?« Kaum hatte er diese Worte gesprochen, eilte er mit großen Schritten zum Kühlschrank. Seine neue Hündin zog er hinter sich her, weil sie mit einem so abrupten Aufbruch nicht gerechnet hatte. Das Halsband drückte kurz, aber heftig, gegen ihren Kehlkopf und sie musste husten und sich räuspern. Dessen ungeachtet, untersuchte ihr Herrchen den Inhalt des Kühlschranks.

Er fand an mehreren Dingen sichtlich Freude und legte einiges davon auf die Arbeitsplatte. Währenddessen waren auch die anderen drei nachgekommen und lehnten im Bereich der Küchentür an der Wand. Sarah sah Tom bittend an, doch er schien sich auf die Lebensmittel zu konzentrieren, die da aus seinem Kühlschrank wanderten. Seiner am Boden kauernden, nackten Sklavin an der Leine eines Fremden schenkte er keinerlei Beachtung.

Als Chris sah, dass seine Hündin ihm nicht ihre gesamte Aufmerksamkeit schenkte, zog er mit einem so heftigen Ruck an der Leine, dass Sarah nach vorn fiel. Als sie mit dem Gesicht am Boden lag und den Arsch aber noch weit in die Höhe gereckt hielt, schlug er mit der Handschlaufe der Lederleine erneut auf sie ein. »Dich werde ich lehren, andere anzustarren, während ich dir hier mühsam Köstlichkeiten aus dem Kühlschrank zusammenstelle!« Erbost ließ er die Leine wieder und wieder auf Sarahs Arsch knallen.

Insgeheim erfreute Tom sich über die kunstvoll gezeichneten roten Striemen, die nun weithin sichtbar auf der weißen Haut seiner Sklavin erblühten. Auch die schamerfüllten Augen sowie die dazwischen doch immer wieder aufblitzende Geilheit seiner kleinen Schlampe erregten ihn, sodass er sich sehr beherrschen musste, sich nicht im selben Moment an ihr zu vergehen. Doch an Tagen wie diesen war sie einzig und allein für seine Gäste da, um ihm den Genuss zu verschaffen, unerreichbar zu sein. Um seine Lust anzuheizen und tagelang aufrecht zu halten. Um beim Anblick der Fremdbenutzung tiefe Befriedigung zu erfahren, weil sie bereit war, alles für ihn zu tun, um ihn glücklich zu machen.

Während Tom im Türrahmen lehnte, war Chris mit der Auswahl der Lebensmittel aus dem Kühlschrank fertig. Er stellte eine metallene Hundeschüssel auf die Arbeitsplatte und legte ein paar kleine Stücke Hering hinein, die er mit einem Löffel Kartoffelsalat dekorierte. Das Ganze garnierte er mit dem Fruchtfleisch einer Limettenscheibe und übergoss es anschließend mit Orangenpunsch. Ein wenig Karamellsoße sowie ein Löffel Bohnengulasch sollte das Gemisch geschmacklich ungenießbar machen. Mit Freuden vermischte Chris die Köstlichkeiten und zeigte sie den anderen, wofür er allein für die Farbkombination großes Lob erntete. Beim Geruch der Sklavenmahlzeit wurde allgemein die Nase gerümpft. Mit großer Freude verfolgten die Männer die Reaktion der knienden Sklavin, die nun nicht mehr wagte, ihre Augen vom Boden auf jemanden zu richten.

Als Sarah die Schüssel vor die Nase gesetzt bekam, wurde ihr beim Anblick des Inhaltes sowie beim Geruch leicht übel. Das ekelhafte Zeug in diesem Hundenapf stank nach gesüßtem Fisch, der mit Sicherheit schon zumindest ein Mal ausgekotzt war. Vorsichtig drehte sie die Augen nach oben, um zu überprüfen, ob ihr Herrchen nicht doch nur einen Scherz gemacht hatte und sie nun lachend von dem Napf befreien würde. Doch sein Gesichtsausdruck verriet ohne Zweifel, dass er erwartete – nein, fest davon ausging –, dass seine Hündin den Napf leeren würde. Sie konnte auch die Blicke der anderen drei auf sich spüren, obwohl sie es nicht mehr wagte, ihre Augen von der Schüssel zu heben. Sie atmete tief durch, schluckte und tauchte ihr Gesicht in den Hundenapf, der jedoch etwas zu klein für ihr Gesicht war. Sie konnte somit die Ekelmahlzeit nicht mit dem Mund aufnehmen, sondern musste mit den Lippen und der Zunge immer wieder kleine Häppchen herausfischen. Das Ganze machte das Essen noch grauenhafter als es an sich schon war.

Chris amüsierte sich und traktierte Sarahs Flanken mit der Hundepeitsche. Er schlug zwar nicht fest zu, aber sie zuckte bei jedem Schlag zusammen. Und bei jedem Hieb trieb er sie zur Eile mit dem Essen an. Sie konnte sich nun nicht mehr vollständig auf den Fraß konzentrieren und verschluckte sich ein paar Mal. Würgend und hustend kniete sie nun nackt auf dem kalten Fliesenboden und wünschte sich ganz weit weg. Sie wäre gern an einem weißen Strand gewesen, mit großen Palmen und dunklen Menschen, die beim Sonnenuntergang Cocktails schlürfend dem Abend entgegentanzten. Doch sie streckte hier in Toronto ihre blanke Pussy fremden Männern entgegen, ein Brei aus Hering, Karamellsoße, Limette und Bohnengulasch tropfte von ihrem Kinn zu Boden.

Während sie ihren Gedanken sehnsüchtig nachhing, vergaß sie zu essen und wurde recht schmerzhaft von der Gerte darauf hingewiesen. Mit letzter Kraft und viel Konzentration holte sie nun den Rest aus dem Napf und schluckte ihn angewidert runter. Sie war nur noch darauf aus, dieses ekelhafte Zeug wegzubekommen und merkte deshalb nicht, dass Chris hinter sie getreten war und seinen Schwanz an ihrer Rosette angesetzt hatte. Erst als er sie mit ziemlicher Härte penetrierte, schreckte sie auf und hätte sich bald wieder an einem Bissen verschluckt.

Chris stieß seinen Schwanz in völliger Ekstase in sie hinein, fixierte ihr verschmiertes Gesicht und entlud sich innerhalb weniger Sekunden in seine Hündin. Während Chris noch versuchte, wieder in die reale Welt zurückzukehren, applaudierten seine Freunde lautstark. Dann verließen sie die Küche und schlenderten angeregt plaudernd in den Partyraum zurück. Chris stand auf, knöpfte seine Hose zu und folgte den anderen. Sarah beachtete niemand mehr, und sie wusste auch nicht, was sie nun tun sollte, durfte oder gar musste. Verstohlen blickte sie zur Tür hinaus, sah jedoch niemanden. Die vier Männer schienen sich im Partyraum köstlich zu amüsieren.

Rasch stand sie auf, trank köstliches Wasser direkt aus der Leitung und wusch sich das klebrige Gesicht, auf dem bereits die Essensreste trockneten. Dann begab sie sich wieder in ihre

Fressposition und wartete. Doch niemand kam. Sie überlegte, was ein Hund machen würde; ein richtiger Hund. Er würde natürlich zur Gesellschaft laufen, um sich ein paar Streicheleinheiten zu holen.

Auf allen vieren lief sie zur Partyraumtür und stieß sie mit dem Kopf auf. Ohne jemand bestimmten anzusehen, lief sie im Raum herum und schnüffelte mal an einem Schuh, dann wieder an einem Tischbein und am Teppich. An einer Stelle schnüffelte sie ganz intensiv, warf sich auf den Rücken und rieb sich daran. Die Stimmen der Männer verstummten in diesem Augenblick und sie wusste, dass sie die komplette Aufmerksamkeit aller vier Männer hatte. Leise vor sich hin knurrend wand sie sich auf dem Rücken, die Arme und Beine in die Luft gestreckt und genoss es unendlich, Mittelpunkt der Party zu sein.

Als sie mit der Duftmarkierung fertig war, eilte sie zur Couch und schlängelte sich zwischen den Beinen durch, um zu Boden gefallene Knabbergebäckstückchen aufzulesen. Eigentlich konnte sie kein Essen mehr sehen, doch sie wollte der perfekte Hund sein.

Als sich nichts Essbares mehr am Boden befand, setzte sie sich vor Chris hin, sah ihn mit strahlenden Augen erwartungsvoll an. Mit dem Hinterteil wackelte sie heftig, sodass ein Schwanzwedeln simuliert wurde. Chris nahm ihren Kopf in beide Hände und erzählte ihr, welch guter Hund sie doch sei, kraulte sie hinter den Ohren und drückte ihr einen Kuss auf die Nasenspitze.

Ben fand diese Schmuserei sichtlich nicht so prickelnd und fragte, ob die läufige Hündin nicht ein paar Kunststücke vorführen könnte. Chris stand auf, lockte Sarah in die Mitte des Raumes und warf sein Feuerzeug hinter die Bank. »Such!«, herrschte er sie an und zeigte in Richtung Bank.

Sarah machte sich sofort schnüffelnd auf den Weg, um das Feuerzeug zu holen. Sie legte es vor seinen Füßen ab, setzte sich und sah ihn wieder strahlend an.

Chris erwartete Applaus, doch dieser blieb aus. »Roll dich!«, befahl er seiner Hündin, die sich sofort zur Seite fallen ließ, um ein paar Rollen über den Teppich zu präsentieren. Doch auch dieser Trick kam bei den anderen nicht wirklich an. »Mach das tanzende Männchen!«, orderte er ziemlich nervös.

Sarah setzte sich auf die Unterschenkel, ließ ihre Hände wie Pfoten hängen, hüpfte im Kreis und kläffte dabei leise. Doch auch dieses Kunststück rief bei den Zuschauern nicht gerade Begeisterungsstürme aus; im Gegenteil. Ben und der Blonde simulierten mit ihren Händen Trichter, um Buh-Rufe auszustoßen.

»Kauf dir lieber einen Papagei!«, rief Ben. Er und der Blonde wandten sich Tom zu und unterhielten sich.

Chris gab Sarah einen kräftigen Tritt in den Hintern, sodass sie auf den Bauch fiel. »Verschwinde, du räudiges Mistvieh!«, schrie er sie an und wies mit dem Zeigefinger zur Tür.

Sarah rappelte sich auf und rannte auf allen vieren hinaus – weiterhin von Fußtritten ihres Herrchens angetrieben. Als sie im Flur war, hörte sie die Tür ins Schloss fallen. Sie war allein. Dankbar setzte sie sich an die Wand und begutachtete ihre leicht aufgescheuerten Knie. Sie hatte von dem Spektakel genug und wollte eigentlich nach Hause. Da sie jedoch noch nicht entlassen worden war, wagte sie es keinesfalls, aus dem Haus zu gehen. Deshalb blieb sie einfach sitzen, schloss die Augen und ruhte sich aus.

Es dauerte nicht lange, bis Tom in den Flur trat, um ihr das Halsband abzunehmen. Liebevoll streichelte er ihr den Rücken und schob sie wortlos in den Partyraum zurück. Wie gern hätte Sarah jetzt mit ihm gekuschelt, doch sie hatte weder darauf das Anrecht noch würde sie ihn darum bitten können.

Im Partyraum warteten die drei Jungs schon auf ihr Spielzeug und erhoben sich, als es eintrat. Der Blonde hatte ein Seil in der Hand, mit dem er Sarahs Handgelenke hinter ihrem Rücken fesselte. Dieses Seil schlang er durch einen in der Decke fixierten Metallring und zog ihr somit die Arme immer höher. Er stellte sich direkt vor sie und sah ihr fest in die Augen. Langsam, aber unaufhörlich, zog er am Seil. Ihre Schultergelenke waren zwar schon schmerzhaft überdehnt, doch sie wollte sich nicht vor ihm beugen, den Augenkontakt nicht verlieren. Als er jedoch fies grinsend weiterzog, konnte sie nicht anders, als sich vornüberzubeugen. Der Schmerz war einfach zu heftig. Er zurrte ihre Arme so lange am Seil nach oben, bis sie einen Neunziggradwinkel einnehmen musste und ihm genau auf den Schwanz starrte.

»JETZT sind wir auf Augenhöhe, du kleine Schlampe!«, rief er erheitert aus und ruckte noch ein paar Zentimeter am Seil, sodass sie nur noch auf Zehenspitzen stehen konnte. In dieser Position verankerte er das Seil an einem Haken in der Wand, nahm sie am Arsch und drehte sie im Kreis. Mühevoll tänzelnd folgte sie seinem Druck.

»Na, das ist ja ein saftiger Anblick, der erfreut. Aber irgendetwas fehlt noch …«, überlegte der Blonde laut und kramte in einer Kiste. Mit vier chinesischen Essstäbchen und schmalen Gummiringen kam er zurück und betastete die nach unten hängenden Titten der Sklavin grob. Er quetschte und drückte, schlug sie in kurzen Abständen hart auf die Nippel und zog daran. Sarah zuckte bei jedem Schlag kurz zusammen, verkniff sich jedoch einen Schmerzensschrei.

Der Blonde setzte sich auf den Boden, legte zwei der Essstäbchen so an ihre Nippel, dass sie gefangen waren. Dann schlang er um beide Enden die Gummiringe und mit jeder Schlinge wurden die Nippel fester zwischen dem Holz gequetscht. Sarah schrie auf und begann, in ihren Fesseln zu zappeln. Der Blonde sah ihr in die Augen, die sich bereits mit Tränen gefüllt hatten und meinte lapidar: »Geht ja doch.«

Breit grinsend legte er auch die beiden anderen Stäbchen an ihre Nippel und fixierte auch diese mit jeweils zwei Gummibändern. Die beiden kleinen Holzzwingen fühlten sich wie Piranhas an, die sich gerade an den Nippeln nach innen fressen wollten.

Noch während sie versuchte, den Schmerz in ihren Brüsten zu ignorieren, brannte ein neuer zwischen ihren Beinen. Der Blonde hatte zwei metallene Krokoklemmen mit Gewichten an ihre Schamlippen gezwickt und erfreute sich an dem Anblick der weit nach unten gedehnten Lippen. Wie ein kleines Kind tippte er die Gewichte an, ließ sie gegengleich schwingen und wippte mit dem Kopf den Takt dazu. Sarah sah zwischen ihren gefangenen Brüsten durch und spürte den Schmerz an den Schamlippen beim Anblick der schwingenden Gewichte um ein Vielfaches stärker. Sofort wandte sie sich ab und konzentrierte sich auf einen Punkt auf dem Teppich und hoffte, dass dem Blonden nicht noch mehr einfallen würde. Doch ihre Hoffnungen wurden zunichte gemacht, als er ihr etwas Weiches in die Pussy einführte. Es fühlte sich wie Latex an, aber sie konnte nicht sagen, was es war. Doch als sie die Luft in einem kleinen Blasebalg zischen hörte, wusste sie schlagartig, was in ihrer Pussy steckte: Ein aufblasbarer Plug! Der Blonde pumpte und pumpte, der Plug breitete sich aus und dehnte ihre Muschi wie eine große Männerfaust auseinander.

»Damit der Popo enger und der Arschritt zum Himmelsritt wird!«, rief er aus und pumpte noch mal einen Hub Luft in den Latexplug, der nun schon Sarahs Muschi zu zerreißen drohte. Er prüfte mit dem abgeleckten Zeigefinger die Enge ihrer Rosette, drückte von oben ein paar Mal auf den Plug und zog ihn wieder zufrieden nickend heraus.

Sarah wurde langsam unwohl. Sie war bereits knapp an ihrer Grenze, wollte sich ausruhen, gehalten werden, gestreichelt und gelobt. Doch stattdessen spürte sie die vierzehnschwänzige Lederpeitsche auf ihrem unteren Rücken landen, zuckte zusammen und schrie kurz auf. Die drei Männer lachten und schon kam der zweite Schlag.

»Wir spielen jetzt ›Ringelspiel‹. Jeder von uns darf die Peitsche zwei Mal benutzen und du musst versuchen, den Schlägen auszuweichen. Trifft dich einer von uns sechs Mal hintereinander, darf er dir seinen Schwanz in deinen herrlich engen Arsch schieben und dich ein wenig glücklich machen.« Es war wieder die Stimme des Blonden, der sich hier als Boss bestimmt hatte.

Sarah wusste, dass sie keine Chance hatte, auch nur einem einzigen Schlag zu entkommen; nicht bei der geringen Freiheit, die sie ihr gelassen hatten. Sie konnte nur mit Mühe stehen und somit war jedes Ausweichmanöver von vornherein zum Scheitern verurteilt. Dennoch würde sie es probieren – das lag allein schon im Instinkt, sich schützen zu wollen.

Die Schläge prasselten in kurzen Abständen auf ihren Rücken und Arsch, doch sie waren nicht wirklich schmerzhaft. Dennoch versuchte sie, jedem Schlag auszuweichen, denn es könnte ein harter Schlag folgen. Bei jeder Bewegung, die sie machte, schwangen die Gewichte und zogen ihre Schamlippen nach unten. Auch die Essstäbchen bewegten sich und bissen ihr beinahe die Nippel ab. Sie drehte sich im Kreis, den Hintern immer von den Männern weg, doch diese rückten immer wieder nach und liefen ihr förmlich hinterher. Jetzt wusste sie, weshalb dieses Spiel ›Ringelspiel‹genannt wurde.

Als johlender Beifall ausbrach, spürte sie einen lange nicht mehr gespürten Schmerz und sie heulte auf. Chris hatte ihr seinen dicken Lümmel bis zum Anschlag in die nun sehr eng gemachte Rosette geschoben und sie ruckartig ausgedehnt. Sarah dachte, er würde ihr Loch sprengen. Doch anstatt vorsichtiger zu agieren, stachelte ihr Schrei Chris noch mehr an und er fickte sie johlend.

»Das ist ein arschgeiler Ritt in einem superengen Loch, Freunde!« Chris stieß noch ein paar Mal zu und entlud sich in ihr. Seine Schwellung nahm sofort ab, worüber Sarah sehr froh war. Ihr schossen die Tränen in die Augen und sie fühlte sich wie ein Stück Fickfleisch, das malträtiert wurde.

Chris ließ sich auf die Couch fallen und die beiden anderen setzen ihr Spiel fort. Sarah war es nun leid, geschlagen zu werden, und sie versuchte, den Schlägen zu entkommen. Das eine oder andere Mal gelang es ihr auch, aber damit verlängerte sie lediglich ihr Martyrium. Hätte sie still gehalten, wäre alles schneller vorbei gewesen.

Nun war Ben an der Reihe. Er hatte keinen allzu großen Schwanz, aber da ihr Anus von Chris schon kleine Risse hatte, war auch dieser Fick sehr schmerzhaft. Sie jammerte und weinte, doch das schien den Ficker nur noch mehr anzustacheln. Er fickte immer schneller und spritze ebenfalls recht schnell seinen Saft in sie. Und kaum war sein Schwanz aus ihrem Arsch, steckte auch schon der Blonde seinen hinein. Gleich, von Anfang an, packte er Sarah am Hals und drückte zu. Panisch riss sie die Augen auf, schnappte begierig nach Luft, begann zu röcheln, würgen und husten, wand sich in würgenden Händen und trat mit den Beinen aus.

Beinahe im gleichen Augenblick war Tom zur Stelle, riss den Blonden grob zu Boden und rief: »Verschwinde! Auf der Stelle! Hier hat der Spaß sein Ende!«

Tom machte sich sofort daran, das Seil seiner Sklavin zu lösen, sodass sie wieder aufrecht stehen konnte. »Ihr beide geht besser auch«, wandte er sich in ruhigem Ton an Chris und Ben.

Wortlos standen die beiden auf und folgten dem Blonden, der sofort Reißaus genommen hatte.

Tom nahm die Geräte von Sarahs Körper und hob sie hoch, als wollte er sie zur Hochzeitnacht über die Schwelle tragen. Mit dem Gesicht grub er sich in ihr Haar und flüsterte ihr zu, welch wunderbarer Schatz sie doch sei und er eine Frau solchen Formats gar nicht verdient habe. Sanft legte er sie auf das Bett, strich ihr vorsichtig das Haar aus dem Gesicht und verließ den Raum. Kurz darauf kam er mit einem bunten Cocktail zurück, den er auf das Nachtschränkchen ihrer Seite stellte, zog sich aus und legte sich zu ihr. Schweigend genossen sie die Wärme des jeweils anderen Körpers, die Nähe, die Vertrautheit und auch die Befriedigung, die sie beide während der letzten Stunden erfahren hatten.

Nach kurzer Zeit jedoch vernahm Tom im Halbschlaf nur noch Sarahs gleichmäßige, tiefen Atemzüge, die ihm verrieten, dass sie eingeschlafen war.

***

Als Sarah am nächsten Morgen erfrischt wach wurde, war das Bett neben ihr leer. Rasch schlüpfte sie in ihre Kleider, die nun wegen der Tageszeit völlig deplatziert waren. Sie rief nach Tom, bekam jedoch keine Antwort. Etwas enttäuscht, Tom nicht mehr vorgefunden zu haben, verließ sie das Haus, ohne richtig nach ihm gesucht zu haben. Sie war sicher, dass er eine solche eigenmächtige Aktion niemals gebilligt hätte. Sie konnte nur ihre Finger nicht von der Schreibtischschublade lassen, die sie seit dem ersten Besuch in seinem Haus magisch angezogen hatte.

Nachdem sie sicher war, dass Tom sich nicht im Haus aufhielt, öffnete sie vorsichtig die Schublade und spähte hinein. Auf den ersten Blick konnte sie nichts erkennen. Neugierig zog sie sie weiter raus, bis sie ihren Inhalt untersuchen konnte. Ihren Fantasien zum Trotz fand sie jedoch nur Belangloses wie Scheren, Büromaterial, einige Rechnungen und ein paar Notizblöcke, die jedoch allesamt unbeschrieben waren. Enttäuscht schloss sie die Schublade und verließ das Haus. Sie ging nach Hause, um sich für die Uni fertig zu machen.

***

Während der nächsten vier Tage hörte sie nichts von Tom, aber eigenartiger Weise störte es sie diesmal kaum. Sie war noch immer von dem Abend mit dem illustren Trio befriedigt, auch wenn sie keinen Orgasmus gehabt hatte. Allein die Worte ihres Herrn hatten sie vollends ausgefüllt.

Am fünften Tag allerdings dachte sie häufig an Tom und am sechsten wurde sie langsam nervös. Als am siebenten Tag noch immer kein Anruf von Tom kam, wurde Sarah missmutig. Immer wieder rief sie ihre Mailbox ab und vergewisserte sich, dass sie bei den eingehenden Nachrichten auch keine übersehen hatte. Auch kam keine SMS. Am achten Tag konnte sie sich schon nicht mehr auf die Vorlesung konzentrieren und schlug zu Hause ihre Bücher nicht auf. Der neunte Tag verging, und sie hatte noch immer keine Nachricht erhalten. Am zehnten Tag, als Sarah nur noch heulte, kam endlich der befreiende Anruf ihres geliebten Meisters.

»Ich möchte dich sehen. Morgenabend um neunzehn Uhr. Klingel an der Tür, mein Schatz.« Und schon hatte er wieder aufgelegt.

Ob sie Zeit, beziehungsweise Lust, hatte, war ihm völlig gleichgültig. Doch Sarah kam nicht mal annähernd auf den

Gedanken, nicht bei ihm zu erscheinen. Sie war sich seiner wieder sicher und somit rundum glücklich.

Am nächsten Abend wählte sie einen roten Minirock, wollene Overknees, Heels und einen Bolero, ebenfalls in schwarz. Das Haar steckte sie sich nach oben, eine Perlenkette um ihren Hals rundete das Bild ab.

Gut gelaunt klingelte sie um Punkt sieben Uhr an Toms Haus. Demütig mit gesenktem Blick wartete sie und sah plötzlich rote Riemchenheels in Toms Flur. Entgeistert ließ sie ihren Blick an der Figur entlanggleiten, bis sie in das Gesicht einer älteren, molligen, dunkelhaarigen Frau sah, die sie sehr freundlich ins Haus bat – so, als wäre es das ihre.

Sarah folgte der Frau ins abgedunkelte Wohnzimmer, in dem ein Kerzenmeer für flackernde Stimmung sorgte. Romantische Musik sowie eine Flasche Champagner mit zwei Gläsern rundeten das Bild ab. Tom saß auf der schwarzen Ledercouch und lächelte seiner Sklavin zu, ließ sie aber inmitten des Raumes stehen. Liebevoll streckte er die Arme nach der Fremden aus und zog sie auf seinen Schoß. Sie küsste ihn leidenschaftlich, knöpfte langsam sein Hemd auf, streichelte ihn, flüsterte ihm immer wieder etwas ins Ohr, das ihm entweder einen kecken Blick der Verwunderung oder auch ein Lächeln entlockte, das einen Gletscher zum Schmelzen hätte bringen können.

Sarah stand inmitten eines Albtraumes und spürte ihr Herz hart gegen die Rippen hämmern. Jede Muskelfaser spannte sich in ihrem Körper und ihre Bauchgegend schien das tiefe Loch der Hölle zu beheimaten. Ihre Kurzatmigkeit war deutlich hörbar und ihre Aura war purer Stacheldraht. Sie war kurz davor, dieses Miststück von ihrem Meister zu zerren und sie zu verprügeln. Doch der Respekt vor ihrem Gebieter war größer als ihr Mut und deshalb drehte sie sich um und lief weg.

Kurz bevor sie die Tür erreicht hatte, drang ein harter Befehl in ihre Ohren: »Du bleibst hier!« Diese Worte pflanzten sich vom Ohr bis in ihre Leibesmitte fort und ließen sie auf der Stelle erstarren.

Tom war mit wenigen Schritten bei ihr, fasste sie grob am Arm und zerrte sie zurück ins Wohnzimmer. »Was erlaubst du dir eigentlich, du Schlampe? Zieh dich aus! Sofort!«, herrschte er sie an und sah ihr dabei in die völlig überraschten Augen.

Unsicher machte sie sich am Knopf ihres Boleros zu schaffen, doch Tom war sehr ungeduldig. Kurzerhand riss er heftig daran und die Knöpfe sprangen in den Raum. Beinahe gleichzeitig hatte er ihren Mini geöffnet und ließ ihn zu Boden fallen. Indem er einen ihrer Overknees ausziehen wollte, riss er sie von den Füßen und sie plumpste auf den Boden. Innerhalb weniger Sekunden lag nun eine völlig überrumpelte, splitternackte Sarah auf dem Boden.

Rasch waren rote Seile um ihre Armgelenke gebunden, und ehe sie es sich versah, hatte Tom sie auch schon am Seilzug nach oben gezogen. Die Seile drückten trotz glatter Oberfläche ins Fleisch und ihr Körper schien Tonnen zu wiegen. Mit leiser Stimme bat sie ihren Meister, sie doch nach Hause gehen zu lassen, sie könne im Moment keine weitere Qual mehr ertragen. Kaum hatte sie diesen Satz zu Ende gesprochen, steckte ihr Tom einen Ballknebel in den Mund – im Moment erheiterte ihn das Flennen nicht, es nervte ihn wohl einfach nur. Sarah hingegen störte der Knebel und sie versuchte, sich dagegen zu wehren. Trotzig strampelte sie mit den Beinen und versuchte, ihren Körper in Schwingung zu versetzen, um ihn damit an seiner empfindlichen Stelle zu treffen. Tom jedoch umschlang ihre Mitte mit seinem linken Arm und hielt sie fest; ihre kläglichen Versuche konnten ihm nicht das Geringste anhaben. Er sah sie noch kurz an, trocknete mit dem Daumen die einzelne Träne auf ihrer Wange und ging in die Hocke. Mit einem weiteren Seil band er auch ihre Fußknöchel zusammen. Kunstvoll schlang er das Seil in festen Bahnen bis zum halben Unterschenkel. Dort knüpfte er einen dicken Knoten an der Vorderseite ihrer Beine und zog das Seil nach unten, um an den Knöcheln den gleichen Knoten zu binden. Das Ende dieses Seilstückes zog er zwischen den Füßen nach hinten und dann straff nach oben, sodass die Fersen in ihre beiden Gesäßhälften drückten. Das Seilende schlang er als Doppelschlinge um ihren Bauch, wobei er über dem Nabel sowie am Rücken die gleichen Kunstknoten anfertigte. Nun hing seine Sklavin wie ein schön verzierter Rollbraten an einem Seil und konnte sich nicht mehr bewegen.

Sarahs Oberschenkel waren überdehnt und schmerzten unaufhörlich. Sie versuchte, sich zu winden, doch mit jeder Bewegung schnitten die Seile tiefer in ihre Haut. Wütend stieß sie ein paar Schreie aus, die jedoch vom Ballknebel in ihrem Mund zurückgehalten wurden, lediglich Speichel tropfte aus den Mundwinkeln auf ihre Brüste und dann zu Boden.

»So, meine Liebe, wurden aufsässige, freche Rotznasen in Japan bestraft«, fauchte er sie an. »Du wirst lernen, dich mir gegenüber gebührlich und mit aufrichtigem Respekt zu benehmen, hast du mich verstanden?«

Sarah sah ihm bittend in die Augen und bewegte sich nicht. Erst als sich die scharfen Krokoklemmen in die zarte Haut ihrer rosafarbenen Brustwarzen bissen, nickte sie eifrig mit dem Kopf und versuchte, ein verzweifeltes »Ja« zu formulieren. »So gefällst du mir schon besser, meine Teuerste!«, lachte Tom und widmete sich wieder seiner molligen Gespielin.

Die Minuten zogen sich wie Jahre dahin und Sarah hatte das Gefühl, als würden aus ihren Oberschenkeln, Knien und

Armen Flammen lodern, die an der Decke des Wohnzimmers leckten. Die Kniegelenke schmerzten und sie wünschte sich nichts sehnlicher, als sie durchstrecken zu können. Immer wieder krampfte sich der linke vordere Oberschenkelmuskel zusammen und sie wimmerte kläglich in ihren Knebel. Ihr eigener Körper war ihr schon längst zu schwer und sie hatte das Gefühl, als würden sich die Handgelenke dehnen. Der Schmerz dabei war unbeschreiblich. Im Schulterbereich hatte sie Verspannungen, die zwar nicht wirklich Schmerzen bereiteten, aber sehr unangenehm waren. Immer wieder versuchte sie, diese mit Muskelanspannungen und Verrenkungen auszugleichen. Doch die enge Körperschnürung ließ so gut wie keine Bewegungen zu.

Aber noch mehr als ihr Körper brannte ihre Seele, die durch ihre Augen ständig Nahrung bekam. Sie musste mit ansehen, wie Tom diese Fremde hingebungsvoll leckte, mit Inbrunst fickte, mit ihr spielte, genüsslich Sekt aus ihrer Pospalte schlürfte und ihr Nettigkeiten ins Ohr flüsterte. Die Mollige wand sich unter seinen Händen, Küssen und Liebkosungen, stieß immer wieder tiefe Seufzer aus und rekelte sich wohlig, als nach ihren unzähligen Orgasmen auch Tom einen hatte.

Als wäre Sarah gar nicht im Raum, machten sie sich frisch, tranken noch ein Glas Sekt, plauderten ein wenig und unterhielten sich köstlich. Nach vielen Jahren, so Sarahs Eindruck, verließ diese Schlampe endlich ihr Reich. Die fette Kuh machte sich vom Acker und Sarah belegte sie mit den übelsten Beschimpfungen in ihrem Kopf. Emotional sowie körperlich völlig ausgebrannt, hing sie schlaff in den Seilen und wartete ergeben, was ihr nun widerfahren würde.

Nachdem Tom die Fickschlampe zur Tür gebracht hatte, nahm er seiner nun wieder wimmernden und weinenden Sklavin den Knebel aus dem Mund und trocknete ihr Gesicht. Tränen, Wimperntusche und Speichel blieben an dem Taschentuch haften. Er küsste sie zärtlich auf den Mund und nahm ihr dabei die Krokoklemmen von den Brüsten. Sie zuckte kurz zusammen, als das feine Gewebe schmerzlich durchblutet wurde. Rasch löste er die sehr schmerzhafte Bondage von ihrem Leib und trug Sarah auf die Couch, wo er sie vorsichtig hinlegte. Sanft deckte er sie zu, während sie ihren Kopf auf seinen Schoß bettete.

»Du wirst nie wieder einen Schritt in meinem Haus tun, ohne die Erlaubnis von mir bekommen zu haben, ist das jetzt klar?«

Sie überstreckte den Kopf, sah ihm in die Augen und antwortete mit einem ehrlich gemeinten: »Ja.«

***

Schon am nächsten Tag meldete sich Tom bei seiner kleinen Sklavin. Er gab ihr zu verstehen, dass er sie am kommenden Wochenende auf eine Party mitnehmen würde und sie sich dementsprechend kleiden solle. Sofort beschlich Sarah ein beklemmendes Gefühl. Wie schon so oft hatte Tom ihr zwar erzählt, dass sie gemeinsam ein Event besuchen würden, die Details jedoch hatte er verschwiegen. Wohlweislich, denn Sarah hasste nichts mehr als Ungewissheit – und dies machte Tom sich zu Nutze. Er liebte es, sein Eigentum den überschwänglichen Fantasien zu überlassen. Er wusste, dass dies für sie kaum aushaltbar war, und genau deshalb mochte er dieses Spiel der Grausamkeit so sehr.

Die Tage schlichen dahin und Sarah dachte mehrmals täglich darüber nach, um welche Art von Party es sich dabei wohl handeln würde. Obwohl ihre Lieblingsfantasie eine Cocktailparty bei reichen und einflussreichen Leuten, bei der sie als »normales« Paar auftraten, war, hatte sie nur sehr geringe Hoffnungen, dass sie real wurde. Nicht dieses Mal und wohl auch kein anderes

Mal. Sie standen in einem SM-Verhältnis und Sarah konnte sich kaum vorstellen, dass Tom eine echte Beziehung mit ihr eingehen würde. Dennoch hegte sie diese Hoffnung und bemühte sich umso mehr, seinen Gefallen zu finden.

***

Am Abend der Party hielt Tom pünktlich vor ihrer Haustür und geleitete sie zum Wagen. Er öffnete ihr galant die Autotür und fuhr los, ohne mit ihr zu sprechen. Sein Gesichtsausdruck allerdings verriet, dass er mit ihrem Äußeren sehr zufrieden war. Insgeheim war sie ein wenig stolz auf sich.

Am Parkplatz angekommen, wunderte sich Sarah, dass er so gut wie leer war. Sie schätzte die Anzahl der Wagen auf maximal dreißig, obwohl Tom ihr von einer Großveranstaltung erzählt hatte. Die Halle selbst sah von außen aus, als würde sie mit Leichtigkeit zweitausend Menschen aufnehmen können. Irritiert folgte sie Tom. Der milde Abendwind wehte ihr eine Locke ins Gesicht und der fahle Mond ließ sie in diesem Moment wie einen real gewordenen Traum aussehen. Tom nahm ihre Hand, küsste sie auf die Innenfläche und sah ihr dabei in die Augen.

»Meine Prinzessin«, flüsterte er, »dich habe ich gar nicht verdient.«

Sarah lächelte verlegen und liebte ihn in diesem Moment über alles. Sie war bereit, alles für ihn zu tun, nur um ihm zu gefallen.

Langsam gingen sie auf das Gebäude zu. Mit den schwarzen, Strass besetzten Riemchenheels kam sie auf dem Kieselweg nur mühsam vorwärts. Tom passte sich ihrem Tempo rücksichtsvoll an und betrachtete noch ein Mal seine Prachtstute. Groß, schlank mit breiten Hüften und üppigem, festen Busen. Der Nabel gepierct und auf dem linken Handgelenk innen tätowiert; ein »T« als Zeichen ihrer Zugehörigkeit zu ihrem

Meister. Das silberfarbene Etuikleid passte sich den perfekten Konturen seiner Trägerin an und Tom war einmal mehr stolz auf seinen Besitz.

Er führte sie durch einen Seiteneingang die Treppe hinunter, wo gedämpftes Stimmengewirr zu hören war. Leichte Rauchschwaden flohen die Treppe empor und ein schwaches Licht erhellte das Geschehen im Untergeschoss. Die Halle selbst war dunkel und menschenleer.

An der Garderobe stand ein junger Mann; nackt, mit einem schwarzen Lederhalsband und einem Keuschheitsgürtel ausgestattet. Diese Aufmachung deklarierte ihn eindeutig als Sklaven. Tom nannte ihm seinen und ihren Namen und wartete, bis der Sklave sie auf der Gästeliste gefunden hatte. Sarah wunderte sich keinesfalls über diese Liste, denn exklusive SM-Parties funktionierten nur so. Möchtegerndoms, Probiersklaven sowie Spanner wurden damit fern gehalten. Erneut küsste Tom seiner Angebeteten die Hände und somit ihre Furcht kurzfristig weg. Er gab ihr Kraft, ihm an diesem speziellen Abend zu dienen und sie war fest entschlossen, alles, wirklich alles zu tun, um ihren Meister vor den Augen der anderen als guten Herrn und Sklavenhalter auszuzeichnen.

Sie war seit vielen Monaten bei ihm in Ausbildung. Er erzog sie mit Verstand, Leidenschaft, Hingabe und

Strenge. Er wusste, wann er Grenzen erweitern konnte und wann er sie besser halten musste. Sarah fühlte sich bei ihm aufgehoben, geschützt, gestützt, verstanden und vor allem als Frau begehrt. All die anderen Männer, die sie bis jetzt kennengelernt hatte, waren selbstsüchtig, auf ihren Körper scharf, interessierten sich bloß für ihre Fassade, nicht aber für sie als Mensch und Frau. In Tom hatte sie gefunden, wonach sie jahrelang unbewusst gesucht hatte. Dass es allerdings ein dominanter Mann war, hätte sie sich niemals träumen lassen. Auch ihre Lust an der Unterwürfigkeit und Schmerzgeilheit wurde ihr von Tom gezeigt. So begann sie zu begreifen, was ihr wirklich gefehlt hatte und war froh, Tom schon mit zweiundzwanzig Jahren begegnet zu sein. Immer wieder hatte sie gehört, dass viele submissive Menschen ihrer Neigung niemals freien Lauf lassen können, weil es am richtigen Partner fehlte. Andere wiederum waren in ihrer eigenen Scham gefangen; sie konnten sich ihre Neigung nicht eingestehen und lebten somit ein unbefriedigtes Leben in Verdrängung, Unruhe und Zerrissenheit.

Sarah wurde jäh aus ihren Gedanken gerissen, als Tom sie sanft an der Hand in Richtung Saaltür zog. Ihr Herz machte einen Sprung, setzte kurz aus und hämmerte in schmerzendem Stakkato gegen ihre Brust.

Es geht los!, dachte sie panisch. *Was wird passieren? Was erwartet mich hinter diesen Türen? Werde ich den Anforderungen meines Meisters gerecht? Werde ich ihn in meiner Unzulänglichkeit und Schwäche blamieren? Wird er mich verstoßen?*

Als er die Tür öffnete, standen sie vor einem großen Saal, in dem sich rund achtzig Menschen befanden. Der größere Teil zeichnete sich als Sklavenvolk in der hinteren Ecke aus. Die Dominanten standen tratschend vor einer großen, hell beleuchteten Bühne und genossen kühle Getränke.

Sarah wünschte sich jetzt auch ein Getränk, um ihre zugeschnürte Kehle zu entspannen, doch Tom führte sie die Stufen zur Bühne hinauf. Sie sah den Sklaven von der Garderobe mit einem Mikrofon oben stehen.

»Ladies und Gentlemen – Master Tom mit Sklavin Sarah!«, kündigte er sie beide an.

Tom schritt selbstbewusst die Bühne entlang und genoss die bewundernden Blicke der Gäste. Doch nicht er war Mittelpunkt der Aufmerksamkeit, sondern seine schöne Begleiterin. Er führte sie in die Mitte der Bühne und bat sie, sich zu präsentieren. Sarahs Herz setzte erneut aus. Herren und Herrinnen, Sklaven und Sklavinnen richteten ihre Aufmerksamkeit nur auf sie. Sie wusste plötzlich nicht mehr, was sie tun sollte, ihr Kopf war völlig leer.

Präsentieren!, schrie es in ihr. Sie hatte sich unzählige Male präsentiert, doch nun hatte sie keinen blassen Schimmer, was zu tun war. Die Zeit schien wie Honig an ihr zu kleben und die Panik ließ sie erstarren.

Nach einer Ewigkeit drang die Saalmusik an ihre Ohren und sie begab sich auf eine mentale Reise im Fluss der Melodie. Sie bewegte ihren schlanken, festen Körper wie eine Weide im Wind. Sie ließ sich von der Musik tragen und die unzähligen Augen, die sie lüstern von unten her anstarrten, waren vergessen. Es gab nur noch den Rhythmus und sie. Sie tanzte und spielte mit ihrem Kleid, zog es langsam hoch, um es dann wieder ein Stück fallen zu lassen. Sie entblößte neckisch ihren Brustansatz, bedeckte ihn aber schnell wieder. Nach vielen solcher Reize, die sie dem Publikum bot, stand sie dann nackt auf der Bühne und die Musik wurde immer leiser, bis sie letztendlich erstarb. Im Saal regte sich nichts und alle starrten wie gebannt auf die Bühne. Auch Tom war von der Darbietung fasziniert und holte sie in die Realität zurück, indem er sie leidenschaftlich küsste. Er dankte ihr für die überragende Show. Das Publikum zollte ihr durch tosenden Applaus Respekt.

Sarah lachte verlegen und wollte nichts als weg von hier, wollte wieder bekleidet und in Sicherheit sein – doch dies sollte noch lange nicht der Fall sein.

Der Empfangssklave überreichte Tom demütig mit gesenktem Blick ein Halsband mit Leine. Sarah kniete sich automatisch nieder, senkte ebenfalls ihren Blick zu Boden und nahm als Zeichen ihrer Ergebenheit das Halsband an. Dann führte Tom sie von der Bühne und die Gäste nahmen ihre Gespräche wieder auf.

An der Leine führte er sie in den hinteren Teil des Saales, wo sich all die anderen Sklaven und Sklavinnen befanden. Sie alle waren nackt, bis auf Halsbänder, Keuschheitsgürtel oder Lederarmbänder. Einige von ihnen waren mit dem Halsband direkt an Karabiner gehängt, die in dicken Holzpfosten steckten. Andere hatten ein wenig mehr Bewegungsfreiheit und waren nur mit der Leine befestigt. Zwei von ihnen waren in einen Pranger eingespannt – sie hatten entweder eine sehr strenge Herrschaft oder sich etwas zu Schulden kommen lassen.

Tom befestigte die Leine ebenfalls an einem Karabiner und wies sie an, sich auf den Boden zu setzen. Er hob ihr Kinn, lächelte sie an und küsste sie auf den Mund. »Mach mir keine Schande, Kleines. Du würdest es bitter bereuen!«, flüsterte er ihr lächelnd ins Ohr und sah sie lange Zeit eindringlich an. Dann drehte er sich wortlos um und gesellte sich zu den anderen Gästen.

Sarah besah sich den Raum. Für sie und ihresgleichen gab es am Boden verteilte Hundeschüsseln, die mit Wasser gefüllt waren. In einer etwas weiter weg stehenden Schüssel meinte Sarah eine gelbe Flüssigkeit zu sehen, war sich jedoch nicht sicher. Der Raum war spärlich beleuchtet, damit die Bühne so richtig zum Vorschein kam. Sie ließ die Szene auf der Bühne noch einmal Revue passieren und fühlte sich nicht mehr so gut wie noch zuvor beim Tanz. Alle Besucher hatten sie angestarrt und ihre Blöße gesehen. Sie hatte zwar schon einige Vorführungen erlebt, aber allesamt waren im kleinen Rahmen mit bis zu maximal zehn Personen gewesen. Dass rund achzig

Augenpaare sie anstarrten, hatte sie noch nie erlebt. Sie war furchtbar beschämt und wollte sich nicht ausmalen, was an diesem Abend noch auf sie zukommen würde.

Neben ihr saß ein junger Mann. Sie schätzte ihn auf zwanzig Jahre. Er hatte die Augen zu Boden gesenkt und sah aus, als wäre er in einer anderen Welt.

Sarah flüsterte ihm verstohlen zu: »Weißt du vielleicht, was hier heute abgeht? Was uns erwarten wird?«

Der junge Mann wagte jedoch nicht, ihr zu antworten. Sie nahm lediglich ein kaum merkbares Nicken wahr; seine Augen blieben gesenkt.

Arschloch, dachte sie und drehte sich zur anderen Seite, um ihre Frage zu wiederholen. Doch auch ihre Nachbarin, mit der sie Schulter an Schulter saß, bewegte sich nicht und ließ sich auch nicht zu einer Antwort hinreißen. *Was ist mit denen eigentlich los?,* dachte sie leicht eingeschnappt. Doch bevor sie sich weitere Gedanken machen konnte, wurde die Bühne wieder erhellt und der Begrüßungssklave trat vor.

»Lady Simone und Sklave Hektor!«, kündigte er in feierlichem Ton an.

Die Herrin zog einen muskulösen, eingeölten Sklaven an einer Kette hinter sich her. Er war mit einem Knebel sowie einem Hundeschwanz-Plug ausgestattet. Sie gab ihm den Befehl, Männchen zu machen, sich zu rollen, hinter dem Ohr zu kratzen – was allgemeine Belustigung auslöste – und ein Stöckchen zu apportieren. Danach saß er hechelnd und nach Lob heischend vor ihr und wedelte tatsächlich mit dem Schwanz. Die dominanten Besucher dankten mit kurzem Applaus und wandten sich wieder ihren Gesprächen zu.

»So läuft das hier also ...«, sagte Sarah leise zu sich selbst und war überrascht, dass jeder vorgestellt wurde und dabei etwas

»Besonderes« vorführte. Offensichtlich sollte dies der Beginn von Spielchen werden, die wohl aufgrund der hohen Teilnehmerzahl noch sehr anstrengend werden würden. Doch sie ließ sich von diesem Gedanken nicht entmutigen. Sie nahm sich vor, für ihren geliebten Herrn alles zu geben – und noch ein bisschen mehr. Er sollte auf sie stolz sein, sie gern präsentieren und vor allem lieben. Seine Liebe war ihr sicher, so lange sie ihm Freude bereitete. Und sie liebte es, ihm Freude zu bereiten.

Das Licht auf der Bühne hellte erneut auf und sie wurde aus ihren Gedanken gerissen. »Master Duke und seine Null!«, wurden angekündigt.

Ein stattlicher älterer Herr in teurem Lederoutfit betrat die Bühne. Hinter ihm ein schmächtiger junger Mann Mitte zwanzig, rotblond mit heller, sommersprossenübersäter Haut. Ein Blick des Masters reichte, um den Sklaven auf Hände und Knie gehen zu lassen. Der Duke setzte sich seitlich auf ihn und ließ sich über die Bühne tragen. Sarah hatte Angst, der Bursche würde unter dem massigen Herrn zusammenbrechen. Doch »Null« bäumte sich wie ein Pferd der Spanischen Hofreitschule auf und hüpfte auf den Knien. Das harte Aufschlagen der Knie verriet, dass das Gewicht einfach viel zu hoch war. Aber da musste er durch. Sarah stellte sich vor, wie die Kniescheiben brechen und Master Duke nach einem Tierarzt rief. In diesem Moment stieg der Herr von seinem Reittier und verbeugte sich. Der Applaus war höflich, aber keineswegs begeistert. Offensichtlich waren viele Tops der Meinung, dass alles seine Grenzen habe. »Null« kam auf die Beine und sah gequält aus, aber als sein Master ihm etwas zuflüsterte und küsste, strahlte er übers ganze Gesicht. Er war glücklich. Auch er wurde an einem Pfosten für die weitere Verwendung neben den anderen Sklaven abgesetzt.

Nun ertönte Musik und es dauerte nicht lange, bis das Licht im Saal stark gedimmt wurde, auch die Bühne lag im Dunkeln. Die Musik verstummte und ein Raunen ging durch den Saal. Der Begrüßungssklave huschte auf die Bühne und kündigte an: »Lady Satina und ihre Sklavinnen!«, und schon war er wieder von der Bühne verschwunden.

Ein leiser Trommelwirbel war durch die Lautsprecher zu hören und ein Scheinwerfer fokussierte den Vorhang der Bühne, der sich langsam öffnete.

Von rechts trabten unter tosendem Applaus sechs Sklavinnen mit Trense, Pferdeschweif und Stirnwedel in rot-schwarz herein. Sie zogen eine schwarz-lackierte Kutsche, in der Lady Satina erfolgsgewohnt thronte. Die Kutsche kam in der Mitte der Bühne zum Stehen und die stolze Herrscherin wandte sich ans Publikum. Sie bedankte sich bei allen Anwesenden für ihr Kommen und erklärte die Spiele feierlich für eröffnet. Große, salbungsvolle Reden ersparte sie allen Anwesenden, nahm die Zügel in die Hand, schnalzte damit über die nackten Rücken der Sklavinnen und rollte von der Bühne. Die Gäste zollten ihr mit erneutem Applaus Respekt und Dank für die Einladung – die Sklavinnen und Sklaven hingegen schauten sich unsicher um.

Offensichtlich hatte keiner von den Devoten auch nur einen blassen Schimmer, worum es bei diesem Fest – oder besser gesagt bei diesen »Spielen« – gehen sollte.

Sarah empfand eine Mischung aus Neugierde, Angst, Vorfreude, Enthusiasmus und Scham. Um für ihre Aufgaben gewappnet zu sein, sah sie sich unter den Tops um. Sie wollte zumindest ihre Gesichter sehen, sie ein wenig einschätzen können und sich mit ihnen vertraut machen. Das würde die Erfüllung der Aufgaben wesentlich erleichtern – hoffte sie zumindest.

An der Rückseite der Bühne wurde Lady Santina auf einem

Herrscherthron hereingebracht. Sie würde wohl die ganze Zeit über die Spiele aus nächster Nähe überwachen und sich daran ergötzen.

Der Begrüßungssklave stellte sich erneut auf die Bühne und bat jene Tops, die eine blaue Marke erhalten hatten, zu sich. Er holte eine große Trommel hinter dem Vorhang hervor und begann sie zu drehen. Der erste Top, der die Bühne betrat, nahm einen schwarzen Ball heraus, dem er dem Sklaven überreichte. Mit Freuden verkündete dieser: »Die weiblichen Sklaven haben den Schwanz der männlichen hochzublasen. Die männlichen Sklaven müssen eine Erektion unbedingt verhindern. Ermittelt wird die beste Bläserin sowie der beste Erektionsverhinderer. Das Ausscheiden erfolgt nach dem K.-o.-System. Die Besitzer der beiden besten Sklaven erhalten jeweils zehn Punkte.«

Die aufgerufenen Tops holten ihre Sklaven und Sklavinnen und stellten diese sich gegenüberstehend auf. Einigen Sklaven musste noch der Keuschheitsgürtel abgenommen werden. Extraanweisungen brauchte niemand, jeder wusste, was zu tun war. Auch Sarah war bei dieser Gruppe und ihr Herz trommelte hart gegen die Rippen. Sie kniete sich vor ihr Opfer und wartete auf den Startschuss, der von Lady Satina gegeben wurden. Nervös sammelte sie ihren Speichel, um dem Sklavenschwanz das Gefühl zu geben, in einer nassen Muschi zu stecken. Doch ihre Aufregung vor diesem Wettbewerb ließ ihren Mund trocken werden.

Auf Lady Satinas Befehl hin begannen die Sklavinnen, die dargebotenen Schwänze hingebungsvoll zu blasen, zu lutschen und zu lecken. Schon nach sehr kurzer Zeit wurde das erste Paar zur Seite gestellt. Der etwas ältere Sklave hatte eine Megalatte und sah beschämt aus; seine Domina sah in zornig an. Der Besitzer seiner Blaspartnerin blickte sie mit Stolz an und lächelte. Auch die Sklavin war glücklich, als Siegerin dieser ersten Etappe hervorgegangen zu sein.

Es dauerte nicht lange und schon schieden die nächsten Paare aus. Sarah lag zwar im letzten Drittel, aber für sie gab es keine Punkte. Als nur noch zwei Paare übrig waren, stieg die Spannung ins Unermessliche. Der rothaarige Junge war einer der beiden Kandidaten. Sarah hielt ihm insgeheim die Daumen, dass er gewinnt – er hätte es sich nach der körperlichen Strapaze zu Beginn redlich verdient. Obwohl sich beide Sklaven vollends konzentrierten, wurde bei dem Einen eine leichte Erektion sichtbar. Lady Satina beendete das Spiel und erklärte Master Duke und seine »Null« zum Sieger. Mit einem zufriedenen Lächeln ließ er sich vom Publikum feiern und streichelte seiner »Null« den Sklavenarsch – die darauf folgende Erektion war nicht zu übersehen.

Die Teilnehmer verließen die Bühne, nur die miese Bläserin sowie der geile Altsklave blieben mit ihren Tops zur Bestrafung oben. Der Begrüßungssklave, der von seiner Herrin Satina Sam gerufen wurde, brachte eine Schale mit Chilipaste und überreichte sie der Besitzerin des Altsklaven. Fies grinsend nahm die Herrin die Arme ihres Versagers, legte ihm Handschellen an und befestigte diese weit über seinem Kopf an einem hohen Pfosten mit Karabinern, an dem er mit dem Rücken lehnte. Der nun wehrlose Altsklave äugte ängstlich auf die Chilischale. Die beiden Tops lachten einander zu. Die Herrin legte ihre Hand in die Schale und rieb dann genüsslich den mittlerweile schrumpeligen Schwanz ihres Sklaven ein. Sie hatte ihre Hand noch angelegt, als der Sklave zu wimmern und jammern begann, er wand sich und versuchte, sich aus den Handschellen zu befreien. Seine Herrin warf arrogant den Kopf in den Nacken und steckte ihm auch noch ihre Finger in den Mund.

Das Geheul wurde noch stärker. Er tanzte und jammerte, das Publikum lachte.

Nun wurde der miesen Bläserin befohlen, den mickrigen Schwanz auf Höchstform zu bringen. Angeekelt kniete sie sich vor den tanzenden Sklaven und versuchte, seinen Schwanz in den Mund zu nehmen. Doch schon die kleinste Berührung löste in ihrem Mund ein wahres Feuerwerk aus und sie keuchte auf. Ihr Herr duldete keinen Ungehorsam und stieß ihren Kopf hart gegen den Bauch des Altsklaven. So musste sie blasen, während ihr die Tränen aus den Augen liefen; die Schärfe war einfach unerträglich. Der Altsklave bekam trotz allem eine Latte. Der Top der miesen Bläserin packte sie an den Haaren, zog sie hoch und flüsterte ihr etwas ins Ohr. Mit schreckerweiterten Augen sah sie ihn an, fiel auf die Knie und bat inständig, den Befehl nicht ausführen zu müssen. Doch ihr Top war gnadenlos und sah sie nur mit strengem Blick aus den Augenwinkeln an. Ergeben stand sie auf, stellte sich mit dem Arsch zum noch immer wimmernden Altsklaven und steckte sich seinen chilliüberzogenen Schwanz in die Pussy. Mit verzweifeltem Gesicht fickte sie den Sklaven und die Tränen rannen ihr übers Gesicht. Auch sie begann zu wimmern und zu tanzen, zu flehen und zu bitten, ihr Herr möge doch diese Qual beenden. Die beiden vollführten einen Tanz, der mit einem Fick zwar nicht viel zu tun hatte, aber mehr als lächerlich aussah. Das Publikum applaudierte, lachte und erfreute sich an der Darbietung.

Lady Satina beendete das Treiben nach einiger Zeit und gewährte den beiden mit süffisantem Lächeln eine Dusche. Ohne den beiden noch weitere Aufmerksamkeit zu schenken, wies sie Sam an, mit dem Programm fortzufahren. Die beiden Sklaven versuchten noch während ihres Abgangs von der Bühne, die

Schärfe von ihren Genitalien zu bekommen, indem sie an der Haut rieben und kratzten. Die Sklavin steckte sich zwei Finger in die Muschi, um die brennende Paste wegzubekommen. Das Publikum sah den beiden lachend nach, bis sie hinter dem Vorhang verschwunden waren.

Einige der anwesenden Tops waren durch diese Darbietung geil geworden und sie suchten den Sklaventeil des Saales auf. Dort waren vier Sklavinnen für den Fick freigegeben. Sie waren mit Handschellen auf dem Rücken gefesselt und der Top brauchte nur an einem Seil zu ziehen, um die Arme der Sklavin Richtung Decke zu richten. So brachte er sie auch in eine weit vornüber gebeugte Haltung und konnte sie bequem von hinten stehend ficken. Einige hatten Spaß daran, die Arme der Sklavin so weit nach oben zu ziehen, dass sie nur noch auf den Zehenspitzen stehen konnte. In dieser halb schwebenden Position ließ es sich herrlich ficken. Gleichzeitig konnte ein zweiter Top seinen Schwanz in das Sklavenmaul stoßen und so ebenfalls seiner Geilheit freien Lauf lassen.

Für die Ladies standen Lecktrohne bereit, unter denen gut geübte Lecksklaven fixiert waren. Sie brauchten nur Platz zu nehmen und sich von einer herrlichen Leckerei verwöhnen zu lassen. Hatte sie jedoch Lust auf einen Fick, so standen auch hierfür gut gebaute, potente Sklaven zur Verfügung. Und wer Sonderwünsche hatte, brauchte sich nur an Sam zu richten.

Lady Satina sah, dass die Geilheit im Saal zunahm und gewährte eine Pause, damit die Tops sich ihren Fick holen konnten und doch nichts verpassten.

Nachdem wieder etwas Ruhe eingekehrt war, wurden die Inhaber der roten Marken auf die Bühne gebeten und die Trommel wieder gedreht. Die nächste Aufgabe wurde bekanntgegeben und mit schallendem Gelächter angenommen.

Sam klebte ein rotes Band auf den Boden, vertikal zur Bühne verlaufend. Dann stellten sich jeweils zwei Tops von Sklaven und zwei Tops von Sklavinnen zusammen und Sam überreichte jedem Paar der männlichen Besitzer eine Schnur von etwa eineinhalb Meter Länge. Jeder band das Ende der Schnur um Schwanz und Hoden seines Untergebenen, sodass sie Arsch an Arsch knieten.

Für die Sklavinnen reichte Sam den Besitzern einige kurze, dünne Seile sowie Krokoklemmen mit D-Ringen. Geschickt verwandelten die Tops die schwarzen Seile in Tittenbondages und setzten die Krokoklemmen auf die nun steifen Nippel ihrer Subs. Eine kleine, dicke Sklavin, deren dicke Euter schon jetzt blau waren, jammerte herum. Ihr Dom ging auf sie zu und zog sie am Bondage ein wenig in die Höhe. Wortlos ließ er sie wieder los und sie senkte stumm den Kopf.

Nun wurden die Nippelklemmen am Tittenbondage verankert und mit einem Seil an einer anderen Sklavin befestigt. Damit sie nicht unter Einsatz der Hände kämpfen konnten, wurden diese am Rücken mit Handschellen gefesselt. Die Paare stellten sich der roten Linie gegenüber auf, vor ihnen befanden sich die knienden, an den Schwänzen zusammengehängten Sklaven. Lady Satina gab ihr Kommando und die Sklaven begannen zu ziehen – jeder in seine Richtung. Ziel war es, den anderen über die rote Linie zu ziehen; mit dem Schwanz oder den Titten. Zur Motivation spornten die Halter ihre Untergegebenen mit der Gerte an. Das Klatschen des Lederschlags vermischte sich mit dem Stöhnen und den Schmerzlauten der um den Sieg ringenden Sklaven. Die Titten der Weibchen färbten sich dunkelblau und so mancher Blutstropfen quoll unter den Klemmen hervor.

In der ersten Reihe schaffte es ein recht schmächtiger Sklave, seinen Widersacher über die Linie zu ziehen. Großer Jubel brach aus. Die Männchen wurden zur Seite beordert und von den Zugseilen befreit. Die Weibchen hatten noch keine Siegerin ermittelt und somit mussten sie weiter zerren und nachgeben, sich den harten Schlägen der Gerte beugen, um dann wieder neue Kraft für den nächsten sehr schmerzhaften Zug zu holen. Die kleine dicke Sub mit den beinahe lilafarbenen Titten riss plötzlich mit all ihrer Kraft am Seil und zog die überraschte Gegnerin über die Linie. In großer Freude wandte sie sich an ihren Meister, der sie sofort aus den Seilen befreite. Sie blutete an beiden Nippel und legte schützend die Hände darüber. Ihre Gegnerin kauerte beschämt am Rande der Bühne und weinte vor Frust und Schmerz; sie wusste, dass sie nun hart bestraft werden würde. Die beiden Sieger wurden von ihren Besitzern gelobt und gefeiert, die beiden Loser für ihre Bestrafung vorbereitet. Lady Satina hatte die beiden Tops zu sich gerufen und ihnen die Bestrafung ihrer Untergebenen erklärt.

Den beiden wurden die Handgelenke sowie die Knie mit einer Bewegungsfreiheit von etwa zwanzig Zentimetern zusammengebunden. Ihre Besitzer legten ihnen Halsbänder um und nahmen sie an die Leine. Lady Satina erklärte in den Saal, dass nun beide Kreaturen auf beide Tops hören würden. Jeder Befehl, von wem auch immer ausgesprochen, würde von beiden ausgeführt. Die Sklaven knieten am Boden und wagten nicht, ihren Blick zu heben. Beschämt und ängstlich warteten sie auf ihre Befehle.

Mistress Angela und Sir Collin überquerten schnellen Schrittes die Bühne. Die beiden Gefesselten kamen schwer nach, weil sie nur ganz kleine Schritte machen konnten. Die miese Bläserin wurde mehr gezogen, als dass sie von selbst vorankam.

Am Rand der Bühne befahl Mistress Angela: »Quiekt wie die Schweine!«

Die Delinquenten quiekten und die Gäste begannen schallend zu lachen. Die Schamesröte stieg den beiden Schweinen ins Gesicht, doch sie quiekten so lange weiter, bis sie über die Treppen in den Publikumssaal gezogen wurden. Beide konnten das Tempo ihrer Besitzer nicht halten und stürzten die Treppe hinunter. Für diese Verfehlung gab es für jeden ein paar heftige Peitschenhiebe. Schmerzvoll und überrascht schrien sie auf und wanden sich am Boden.

Sir Collin donnerte ihnen ein »Spielt Seehunde!« entgegen, ohne auf das Jammern zu achten. Die Sklaven knieten sich hin, gingen im Seehundgang Stück für Stück weiter und schlugen mit tierischen Lauten die Hände vor der Brust zusammen. Die Gäste amüsierten sich köstlich und verlangten nach mehr.

Mistress Angela ließ sich nicht zwei Mal bitten und zog ihren Sklaven in schnellem Tempo in die Mitte des Publikumsaales. Obwohl er sich sehr bemühte, fiel er immer wieder hin und wurde mit Peitschenhieben zum Aufstehen aufgefordert. In der Mitte angekommen, bekam er den Befehl, wie ein Affe zu tanzen – und er tanzte und schnatterte wie ein Affe. Seine Leidensgenossin war kurz nach ihm in der Mitte und vollführte gemeinsam mit ihm den Affentanz. Die Gäste applaudierten und warfen Zuckerstücke vom Buffet auf die Tanzenden.

Sir Collin beorderte wahllos zwei weitere Sklaven zu sich und befahl den Affen, nun Schafe zu sein. Sie knieten sich hin und begannen zu blöken. Die beiden neuen Sklaven hatten den Befehl erhalten, die Schafe zu ficken. Bei jedem Stoß sollten die beiden Schafe blöken. Die Menge tobte.

Lady Satina gewährte dem Volk noch ein bisschen Spaß, erklärte dann jedoch die Bestrafung als beendet. Die Seile wurden abgenommen und die beiden verschwanden mit gesenktem Blick und hochrotem Kopf in Richtung Toiletten.

Einige der Tops waren nun geil und begaben sich zu den Sexsklavinnen, um sich dort die schnelle, wenn auch nur vorübergehende Entspannung zu holen. Die jungen Frauen waren noch immer mit den Händen am Rücken gefesselt und brauchten nur noch nach oben gezogen werden, um den Herren freien Zugang zu ihrer Pussy sowie zum Mund zu gewähren. Zumeist bedienten sich zwei Tops einer Sklavin. Einer fickte sie von hinten, einer von vorn ins Sklavenmaul. Auch die Ladies, Mistresses und Herrinnen suchten nun schon die Sexsklaven auf und ließen sich ausgiebig lecken und ficken.

Lady Satina sah dem Ganzen mit Wohlwollen zu und gab noch keinen Befehl, die Party fortzusetzen. Mit einem einzigen Blick beorderte sie Sam zu sich, der vor ihr auf die Knie fiel und sie ebenfalls innig zu lecken begann.

In der Zwischenzeit reichten nackte, nur mit Halsbändern und High Heels bekleidete junge Sklavinnen Erfrischungen. Einige von ihnen trugen auch Tittenklammern, die bei jedem Schritt aufreizend wippten.

Die mitgebrachten Sklaven und Sklavinnen verharrten währenddessen wortlos in ihrer Ecke, mit Leinen angebunden oder gefesselt. Ihnen stand nach wie vor nur Wasser aus den Hundenäpfen zur Verfügung.

Obwohl Sarah durstig war, weigerte sie sich, aus einem dieser Näpfe zu trinken. Die meisten von den anderen hatten sich bereits davor hingekniet und wie die Hunde daraus Wasser geleckt; eine endlose und beschämende Prozedur. Schließlich musste sie dabei ihren Arsch weit in die Höhe recken und die hinter ihr Sitzenden würden einen guten Blick in ihre Lustgrotte haben. Die Titten würden bei jeder Leckbewegung leicht schwingen und die Nippel am Rand der Blechschüssel anstoßen. So lange sie es verhindern konnte, wollte sie sich diese

Blöße nicht geben. Sie hatte den anderen dabei zugesehen und auch bei ihnen den Eindruck, als würden sie aus Scham im Erdboden versinken wollen. Doch ihre Besitzer bestimmten es und alle Sklaven hatten sich schließlich nach deren Wünschen zu richten.

Nachdem so gut wie alle Abficksklaven wieder unbesetzt waren, bat Sam nun die Herrschaften mit den gelben Marken auf die Bühne und übergab ihnen jeweils einen Plug mit Hundeschweif. Die Sklaven und Sklavinnen wurden von ihren Haltern aus der Ecke geholt und bekamen die Plugs in den Arsch gesteckt sowie die Leine angelegt. Artig knieten sie neben ihren Besitzern und warteten auf ihre Befehle.

Nachdem sie sich in einer Linie aufgestellt hatten, musste ein Hund nach dem anderen zeigen, was er konnte. Er musste bei Fuß gehen, auf den Hinterbeinen tanzen, Stöckchen apportieren, brav hecheln, sich wälzen und um Belohnungen betteln. Die übrigen Gäste im Saal riefen erheitert Befehle zu, ergötzten sich an den zu Tieren gewordenen Sklaven und es kam auch vor, dass diese von dem einen oder anderen Gast wie ein Hund gestreichelt wurden. Die Hunde mussten bellen und winseln; es durfte ihnen kein anderer Laut über die Lippen kommen – dies würde hart bestraft werden. Die Hunde beschnüffelten einander gegenseitig an den Geschlechtsteilen und der eine oder andere leckte auch schon mal genüsslich am Schwanz des anderen Hundes.

Das Wedeln mit dem Hundeschwanz amüsierte die Gäste am meisten. Jeder Hundehalter bekam von Sam ein Säckchen mit Belohnungen, die natürlich ausschließlich aus Hundetrockenfutter bestanden. Unwillig und angeekelt kauten die Hunde auf ihren Snacks herum. Ein Hund mittleren Alters verpasste durch das Kauen einen Befehl und sein Herr züchtigte ihn an Ort und Stelle. Der Sub wand sich am Boden, wagte es jedoch nicht, zu schnappen oder wegzulaufen. Er winselte herzerweichend vor sich hin, selbst dann noch, als sein Besitzer ihn an seine Seite drückte.

Mit in dieser Gruppe war der schmächtige Sklave mit seinem massigen Herrn, der ihn privat so gut wie immer als Hund hielt. Die Kunststücke des Sklaven waren hervorragend und somit belegte er natürlich Platz eins in dieser Gruppe. Eine zierliche Jungsub führte die Befehle nur mangelhaft aus und sie wurde als erste aus dem Wettbewerb geschickt.

Bevor die Besitzer ihre Hunde von der Bühne brachten, gab Lady Satina die Hündinnen zur Begattung frei. Sofort stürzte sich jeder Rüde von hinten auf eine Hündin, drückte die Unterarme in ihre Flanken und fickte mit hoch erhobenem Arsch fest in sein Lustobjekt.

Das Publikum applaudierte und hatte seinen Spaß, bis die Tränen flossen. Lady Satina lächelte zufrieden und schickte die Meute von der Bühne – ausgenommen den Sieger sowie die Verliererin.

Sam brachte einen spanischen Reiter auf die Bühne, der ein dreieckiges, ziemlich spitzes Sitzholz in seiner Mitte hatte. Die Sklavin sah das Teil, schrie auf und wollte davonlaufen. Doch Sam war sofort zur Stelle und hielt sie auf. An einem Bein hinter sich her schleifend übergab er sie ihrem Besitzer. Dieser zog sie auf die Beine und flüsterte ihr etwas ins Ohr. Sie nickte, fiel dann jedoch sofort auf die Knie und bettelte um Gnade. Ihr Meister packte sie nun an den Haaren und zog sie unsanft zu sich empor. In aller Schärfe machte er ihr klar, dass sie jetzt nur ja nicht daran denken sollte, ihn hier vor all den anderen zu blamieren.

Sein Blick traf sie bis ins Innerste und sie wandte sich ans Publikum: »Es tut mir leid, dass ich mich so schändlich daneben benommen habe. Ich habe mich ungebührlich verhalten und erbitte nun meine gerechte Strafe. Meister Andrew weiß, was für mich Unwissende das Beste ist und er wird mich fair und gerecht behandeln.«

Wohlwollend nahmen die Gäste diesen Akt der Entschuldigung und Unterwerfung zur Kenntnis, wussten aber gleichzeitig, dass sie nicht nur für ihr Ausscheiden vom Wettbewerb, sondern auch für ihr Fehlverhalten bestraft wurde. Und nach dem bisherigen Vorgehen sowie der überaus strengen Stimme des Tops zu schließen, mussten sie sich auf so einiges gefasst machen.

Meister Andrew nahm seine Sub und drängte sie auf den spanischen Reiter. Schon beim ersten Setzen stöhnte sie laut auf. Er fesselte zusätzlich ihre Hände hoch am Rücken und legte die Schlinge davon um ihren Hals. So musste sie die Arme stets hoch halten, um nicht vom Seil gewürgt zu werden. Es war die zusätzliche Strafe für ihre Auflehnung.

Die Kleine versuchte nun, die schon schmerzenden Arme oben und gleichzeitig das Gleichgewicht zu halten, um nicht vom Reiter zu stürzen. Das spitze Holz grub sich immer tiefer in ihre zarte Pussy und verursachte höllische Schmerzen. Aber sie wollte diese Tortur klaglos über sich ergehen lassen und allen zeigen, dass sie die gehorsame Dienerin ihres Herren war.

Als sie das Gleichgewicht gefunden hatte, wurde der Siegersklave angewiesen, sie an den Fußsohlen zu kitzeln. Ergeben, aber keinesfalls lustvoll, führte er den Befehl aus. Das Mädchen auf dem Reiter wand sich, versuchte die Balance zu halten und litt währenddessen fürchterliche Schmerzen an ihrem Arsch und ihrer Pussy. Lady Satina beobachtete das Treiben und rief dem Sklaven zu, ihre Beine nach unten zu ziehen. Er zog ein wenig und das Holz grub sich noch weiter in ihre weiche Scham. Die Sklavin schrie auf und kippte zur Seite. Wäre sie nicht vom Sieger aufgefangen worden, wäre sie gefesselt zu Boden gestürzt. Ihr Top war sofort bei ihr und befreite sie von ihren Fesseln. Er hob sie hoch, küsste und lobte sie. Das Publikum applaudierte und er trug sie von der Bühne.

Lady Satina kündigte nun an, dass die Sieger nach einer Pause gegeneinander antreten würden. Sie wurden auf die Bühne geführt und angewiesen, drei Liter Wasser innerhalb von zehn Minuten zu trinken. Die Gäste könnten sich in der Zwischenzeit der Fick- und Leckslaven oder des kalten Buffets bedienen. Das Programm würde in einer halben Stunde fortgesetzt werden. Sie wies jedoch darauf hin, dass private Spiele im Moment nicht erwünscht waren.

Die Gäste wandten sich von der Bühne ab und überließen die vier dort oben den wachsamen Augen Sams, der mit der Stoppuhr alles genauestens kontrollierte.

Während der Pause wurde unter den Tops gefachsimpelt und verglichen. Sie tauschten sich über die neuesten Keuschheitsgürtel, Elektrostimmulationsgeräte, über andere Events und das neueste Flagequipemt aus. Viele kannten einander bereits, spielten ab und an gemeinsam oder liehen einander auch die Sklaven aus, wenn sie gebraucht wurden. Nur selten gab es darunter Angeber oder Prahler; die Gruppe hatte Klasse und es wurde auch nicht jeder aufgenommen. Es mussten schon ganz spezielle Empfehlungen für einen Neuling ausgesprochen werden, damit dieser die Chance bekam, sich über einen gewissen Zeitraum hinweg zu beweisen. So konnte jeder sichergehen, dass er sich unter Seinesgleichen bewegte und sich in niveauvoller Atmosphäre amüsieren konnte.

Beim Eingang befanden sich drei Tische mit Sklavinnen, die als lebendes Buffet fungierten. Die Schwarzhaarige war mit köstlichen Früchten belegt; frische Ananas mit roten Belegkirschen in der Mitte ihrer Brüste, Bananenscheiben mit Schokoladensoße an den Schenkeln, süße Weintrauben in der Pussy versteckt, Papayastücke mit Schlagsahne an den Hüften und Karambole-Früchte zwischen den Fingern und Zehen.

Gleich daneben lag eine kurvige Blonde, die mit Schinken und Speck dekoriert war – im Mund hatte sie einen rot glänzenden Apfel und erinnerte tatsächlich an ein Spanferkel.

Die schlanke Rothaarige war das Fischbuffet und bot den Gästen frischen und geräucherten Fisch an. Die Beilagen, Soßen und Süßigkeiten wurden kunstvoll auf Extratischen drapiert angeboten. Die Getränke wurden nach wie vor von nackten Mädchen mit leicht zusammen gebundenen Beinen serviert. Sie trippelten hastig durch den Saal, nur, um niemanden auf dem Trockenen zu lassen.

***

Nach ganz genau einer halben Stunde rief Lady Satina die Gäste wieder zur Bühne und ließ die Spiele fortsetzen. Die vier Subbies standen nach wie vor auf der Bühne, tanzten aber ein wenig herum. Scheinbar ungeduldig stiegen sie von einem Bein auf das andere und sahen sich nervös im Saal um.

Sam brachte den Besitzern der vier Sklaven jeweils ein paar schmale Ketten, Krokoklemmen, kurze, dünne Seile sowie jeweils einen Blecheimer. Der Top der dicken Sklavin befestigte die Klemmen an deren Brustwarzen und äußeren Schamlippen, ließ die Ketten daran einrasten und verband sie miteinander. An diese Kettenverbindung band er das Seil und ließ sie die Beine weit spreizen. Das Ende des Seils schlang er durch den Griff des Eimers, der nun aufgrund seines Gewichtes die Titten und Schamlippen weit nach unten zog.

Die Besitzer der männlichen Sklaven legten im gleichen Stil die Klemmen, Ketten und das Seil mit dem Eimer an, nur dass sie die beiden Klemmen statt an die Schamlippen fest im Sack verankerten. Alle vier Delinquenten stöhnten wegen des Gewichtes des Eimers, der nun leicht schwankend zwischen ihren Beinen hing. Master Collin konnte es sich nicht verkneifen, dem Eimer noch einen leichten Tritt zu geben, sodass dieser die Eier seiner »Null« noch mehr in die Länge zog. Mit schallendem Gelächter stellte er sich an den Rand der Bühne und ließ den leise Jammernden bei den anderen zurück.

Sam erklärte, dass die Wettkämpfer nun die Möglichkeit hätten, ihre Pisse in sich zu behalten und die Schmerzen der drückenden Blase zu erleiden oder es einfach laufen zu lassen. Allerdings würde in diesem Fall die Pisse im Eimer aufgefangen und zusätzliches Gewicht an den ohnehin schon malträtierten Brustwarzen, Schamlippen und Säcken ziehen. Jeder könnte sich entscheiden, wie er leiden wollte. Als Sieger ginge natürlich jener hervor, der am längsten durchhielte, ohne in seinen Eimer zu pissen. Um dem ganzen Spektakel noch eins drauf zu setzen, drang über die Lautsprecher anstelle der Musik nun das Geräusch von fließendem Wasser. Schallendes Gelächter ging durch den Saal. Aus den hinteren Reihen kam noch der Vorschlag, man möge den Vieren doch ein wenig Chilli in die Möse und auf die Schwänze streichen, das mache das Ganze noch witziger.

Lady Satina gefiel dieser Vorschlag und sie nickte Sam wohlwollend zu. Eilends holte er die Chilipaste und überreichte sie den Sklavenhaltern. Mit Freude rieben sie ihre Untergebenen ein und ergötzten sich an den Tänzen. Sie wanden sich, bewegten die Hüften und zuckten zusammen – all dies ließ die schweren Eimer schwanken. Der dicken Sub standen die Tränen in den Augen und man hörte es plätschern. Die Aufmerksamkeit der Gäste richtete sich nun auf das Weib. Ihre Nippel, schon beim Hauptspiel blutig gerissen, waren nun wieder rot und sie versuchte, das Gewicht mehr mit den Schamlippen zu halten, indem sie sich weit nach vorn beugte. Doch ihr Sekt machte den Eimer schwerer und schwerer – bis die Klemmen von der malträtierten Haut rutschten. Im gleichen Moment ergoss sich der Inhalt über den Bühnenboden. Beschämt blickte sie zu Boden und konnte ihre Tränen nun nicht mehr zurückhalten. Hemmungslos heulte sie und bedeckte ihr Gesicht.

Noch während sie ihre Pisse nunmehr auf den Boden laufen ließ, gaben auch die beiden schlanken Sklaven auf und pissten in ihre Eimer. Auch ihre hielten dem enormen Gewicht nicht Stand. Der gesamte Bühnenboden war bereits mit Sklavenpisse überschwemmt. Nur die sommersprossige »Null« konnte seine Pisse noch in sich behalten. Ihm wurden die Ketten und Klammern entfernt.

Die dicke Sub musste sich nun inmitten der goldenen Pfütze knien und ihren Mund weit öffnen. Die »Null« stellte sich vor sie und pisste ihr mit hartem Strahl direkt in ihr offenes Sklavenmaul. Der Strahl schoss in hohem Bogen aus dem Jungsklaven, sodass die am Boden kniende Sklavin nicht alles in sich aufnehmen und schlucken konnte.

Ausgepisst und erleichtert wurde der Jungsub zum Sieger erklärt. Bevor es jedoch zur Siegerehrung kommen sollte, wollte Lady Satina eine saubere Bühne sehen. Wie auf Kommando kamen alle Sklaven aus ihrer Ecke und knieten sich auf die Bühne. Ergeben leckten sie jeden Tropfen des goldenen Saftes vom Boden auf und reinigten mit ihren Zungen auch die Stiefel und High Heels der Tops. Zufrieden beobachtete Lady Satina das Treiben auf der Bühne.

Nachdem alles wieder sauber geleckt war, stieg die Gastgeberin von ihrem Thron herunter und kürte die »Null« zum

Sieger der 14. Wettkämpfe. Er durfte nun einen Tag lang der Gastgeberin dienen. Die »Null« sank vor der großen Göttin auf die Knie und bedankte sich zehenküssend bei ihr. Master Collin stand freudestrahlend und stolz daneben und ließ sich ebenso feiern wie sein Sklave.

Als der Applaus für die beiden verebbt war, übernahm Sam wieder das Mikrofon und kündigte ein paar lustige Gesellschaftsspiele unten im Saal an. Erstaunt sahen ihn die Anwesenden an, denn sie waren einer Einladung Lady Satinas zu einem Wettkampf gefolgt – mit weiteren Spielen hatte niemand gerechnet.

Er bat die anwesenden Tops im Abstand von circa einem Meter zwei Reihen zu bilden und ihre Paddles, Gerten, Rohrstöcke, Kurzpeitschen oder sonstige Flaginstrumente bereitzuhalten. Dann begab er sich zu den Niedrigen, band sie von den Pflöcken, Spreizstangen und Seilen los und hielt sie an, ihm zu folgen. Er führte sie zum Anfang des Spaliers, den die Herren und Herrinnen bildeten. Mit Freude verkündete Lady Satina: »Lasst uns mit dem Spießrutenlauf beginnen!«

Sam nickte und schickte die erste nackte Sklavin durch den Gang. Jeder Top zielte mit dem jeweiligen Schlaginstrumente auf ihren Arsch, Bauch oder die Beine. Sie schrie bei jedem Schlag kurz auf, versuchte, seitlich auszuweichen, doch da kam auch schon der nächste Schlag von der anderen Seite. So begann sie zu laufen, um nur recht rasch zum Ende des Ganges zu gelangen. Kaum war sie in der Mitte angelangt, schickte Sam die nächste durch. Allgemeines Johlen und Gelächter sowie Anfeuerungen waren zu hören. Das Publikum amüsierte sich hervorragend.

Die Niedrigen hatten sich, wenn sie am Ende des Ganges waren, wieder bei Sam zu melden. Dort wurden ihnen die

Beine mit einer Lauffreiheit von rund zwanzig Zentimetern zusammengebunden. Nun humpelten sie in Minischritten durch den Schlagstockgang und erhielten somit noch mehr Schläge als zuvor. Der Großteil wollte besonders schnell laufen und fiel dabei prompt der Länge nach hin. Unter schallendem Gelächter wurde auf die Liegenden eingeschlagen, die zum Teil versuchten, auf den Knien weiterzurutschen. Wer zu lange auf einem Platz verharrte, bekam recht rasch einen roten Po und wirkte wie ein kleines Schweinchen beim Spießrutenlauf.

Um dem Ganzen noch die Krone aufzusetzen, fesselte Sam die Delinquenten an den Händen und band diese an den bereits gefesselten Fußknöcheln fest. Den Kopf tief nach unten gebeugt, den Arsch hoch erhoben und die Pussy geil präsentierend, watschelten die weiblichen Subbies durch den Gang. Der eine oder auch die andere konnte es sich nicht verkneifen, schnell mal einen Finger in die nasse, vorüberziehende, rosarote Pussy zu stecken.

Nach dem dritten Durchlauf waren alle Ärsche und Oberschenkel rot gefärbt und heiß. Keuchend standen die Sklaven auf einem Haufen und hofften, dass sich Lady Satina nicht noch mehr von solch fiesen Spielen einfallen ließ.

Doch die Gastgeberin hatte noch so einiges auf dem Programm. Allerdings ließ sie für die Sklaven erst einmal Essen auftragen. Jeder erhielt einen Teller mit den gleichen Speisen, wie sie am Buffet zu finden waren. Sie zogen sich in ihre Ecke zurück und machten sich dankbar über die Köstlichkeiten her. Sie bekamen sogar die Erlaubnis, sich leise miteinander zu unterhalten.

Sarah saß neben der »Null« und sprach ihn an. Sie erfuhr, dass er Sir Collin bereits seit acht Jahren ein treuer Diener war und sein Leben vollständig auf ihn abgestellt hatte. Er hatte sogar seine Arbeit aufgegeben, um bei seinem Meister im Betrieb zu arbeiten. Er bewohnte ein kleines Verließ, in das er immer dann gesperrt wurde, wenn er nicht gebraucht wurde. In diesem Verschlag hinter dem Haus gab es weder Strom noch eine Heizung, dafür ein Bett mit einer dicken Decke. Fernseher und Radio waren ohnehin tabu, damit er sich nicht von weltlichen Dingen ablenken ließ. Sein Meister forderte vollste Hingabe. Allerdings wurde er über Nacht niemals gefesselt und konnte sich in seinem Verschlag und auch in seinem Bett frei bewegen. Dafür dankte er seinem Besitzer inständig.

Er war schwul wie sein Meister, aber wenn er sehr unartig war, musste er Frauen verwöhnen und ficken. Er musste auch öffentliche Demütigungen über sich ergehen lassen, aber das war für ihn völlig in Ordnung. Die Hauptsache war, dass sein Gebieter mit ihm zufrieden war.

Sarah wollte ihn noch so vieles fragen, aber das Sprechverbot setzte wieder ein und so saß sie völlig gespannt und neugierig neben der »Null«, der ein recht einfacher, aber interessanter Mensch war.

Lady Satina erschien wieder auf der Bühne, lächelte gebieterisch in die Menge und nahm theatralisch auf ihrem Herrscherthron Platz.

Sam küsste ihre Füße und wandte sich an das Publikum: »Ich bitte die Herrschaften untertänigst, sich an den Rand des Saales zu begeben. In Kürze wird hier eine Gerichtsverhandlung stattfinden, der Sie auch aktiv beiwohnen können und sollen. Lady Satina wünscht Ihnen dazu viel Vergnügen!«

Der Saal wurde dunkel und ein paar Arbeitssklaven rollten zwei Podeste in die Mitte, auf denen jeweils zwei recht heruntergekommene, modrig aussehende Pfosten vertikal montiert waren. Auf einem dritten Podest stand ein hoher, runder Holzpflock, an dem einige schwere Eisenringe befestigt waren. Auf der Bühne wurde ein großes Pult aufgebaut und hell erleuchtet. Aus den Lautsprechern drang mittelalterlich Musik.

Lady Satina erhob sich von ihrem Thron und begab sich hinter den Vorhang. Kurz darauf erschien sie in mittelalterlicher Kleidung. Sie trug ein bodenlanges, rotes Kleid, das aufwändig mit Gold bestickt war. Die Taille kam durch eine enge Korsage gut zur Geltung und sie trug die Arme etwas erhoben, damit die weiten Ärmel gut sichtbar wurden. Sie schritt hoheitsvoll über die Bühne und sicherte sich so die volle Aufmerksamkeit des Publikums. Sie genoss ganz offensichtlich die Bewunderung, die ihr zuteilwurde.

Hämisch grinsend trat sie hinter ein massives Holzpult und schlug mit einem Holzhammer energisch darauf. »Ruhe! Ruhe im Saal! Man möge die Gefangenen vorführen!«, rief sie mit fester, lauter Stimme aus.

Sam trat hinter dem Vorhang hervor und hatte zwei schwere, dicke Eisenketten über die Schulter gelegt, an denen er zwei Gefangene hinter sich her zog. Die beiden jungen Männer waren kräftig gebaut, wirkten aber ein wenig kraftlos. Sie hatten zerrissene Leinenhosen an, einen breiten Stahlring um den Hals, an dem die schweren Ketten, die Sam auf der Schulter trug, befestigt waren. Die Hände waren auf dem Rücken gefesselt, die Haut verdreckt. Ihre Haltung war gebückt und verriet große Scham und Reue. Sam zerrte die beiden vor dem hohen Gericht auf die Knie. Die senkten die Köpfe und verharrten mit hängenden Schultern demütig in dieser Position.

»Die hier anwesenden Antoine und Olivier sind angeklagt, ihre Herrin am letzten Samstag vor anderen Tops blamiert zu haben. Sie haben ihre Befehle nur mangelhaft ausgeführt, servierten mehr als schlampig und nachlässig, sodass die Gäste nicht zufriedenstellend bedient und versorgt wurden. Olivier leckte eine Sklavin miserabel und Antoine hat ein Glas auf den Boden geworfen, als er ein regungsloser Tisch sein sollte.«

Sie sah von ihrer Anklageschrift auf und vernahm die ersten lautstarken Unmutsäußerungen aus dem Publikum. Wohlwollend nickte sie den Rufern zu und motivierte so die übrigen, sich zu beteiligen. Schon bald waren wüste Beschimpfungen sowie die verschiedensten Vorschläge für die Bestrafung der beiden zu hören. Jeder der Gäste wollte die Sklaven für ihren Ungehorsam leiden sehen und sie übertrafen sich in der Lautstärke der Zurufe immer mehr. Bevor jedoch der Lärmpegel überschwappte, ließ die Richterin ihren Hammer sprechen. Schlagartig war wieder Ruhe im Saal. Die beiden Delinquenten knieten unverändert mit gesenkten Köpfen vor dem Richterpult.

Richterin Satina wandte sich an die Knienden: »Bekennt ihr euch in allen Anklagepunkten schuldig?«

Die beiden ließen die Köpfe noch mehr hängen, sagten jedoch nichts.

Die Richterin stellte ihre Frage erneut. »Bekennt ihr euch in allen Anklagepunkten schuldig?« Und wieder bekam sie keine Antwort. Sie schnippte mit den Fingern und Sam brachte zwei alte Stühle. Mit einer schnellen Handbewegung riss er ihnen die dünnen Leinenhosen vom Leib und setzte sie auf die Stühle, die Gesichter dem Publikum zugewandt. Er nahm ihnen die Fesseln ab, fixierte die Unterarme jeweils an den schäbigen Armlehnen, die Beine an den Außenseiten der Stuhlbeine und trat zur Seite. Die Richterin stellte ein drittes Mal ihre Frage und erhielt erneut keine Antwort. Sie nickte und vor dem Vorhang erschien Rob, der Vollstrecker.

Er war ein wahrer Riese mit einer schwarzen Kapuze auf dem Kopf und einer Art Lendenschurz um die breite Leibesmitte.

Er hatte zwei schmale, kurze Ketten in der Hand, die er den beiden mit einigen Krallenklemmen an ihre Eier klemmte. An diese Ketten hängte er jeweils ein großes, rundes Gewicht, das die beiden Gefangenen aufstöhnen ließ. Er vergewisserte sich bei der Richterin, ob er weitere Gewichte anhängen sollte. Die beiden Gewichte zogen die Säcke der Delinquenten schmerzhaft in die Länge und sie wimmerten beide vor sich hin, sagten jedoch kein Wort.

Mit dem Einverständnis der Richterin kam noch eine dritte Eisenkugel hinzu, die Olivier plötzlich gesprächig machte. Er bat und flehte, man möge ihm die Gewichte entfernen, sonst würden ihm die Hoden abreißen. Er flennte wie ein Kleinkind und hatte Tränen in den Augen. Immer wieder versuchte er, auf dem Sessel so weit nach vorn zu rücken, dass die Eisenkugeln den Boden erreichten und dort liegen blieben, nur, damit er diese unsäglichen Schmerzen nicht mehr aushalten müsste. Die Richterin lächelte amüsiert und machte eine seitliche Kopfbewegung in Richtung Rob. Sogleich stieß er die Gewichte grob mit dem Schuh an und brachte sie in weitläufige Schwingungen. Olivier heulte auf und versprach sofort, alles zu beichten, all seine Fehler zuzugeben, jeden Fehltritt zu gestehen, jeden abwegigen Gedanken zu offenbaren und sich reumütig der Bestrafung zu stellen. Er zerrte an seinen Fesseln und fiel beinahe mit seinem Stuhl um. Schallendes Gelächter ging durch das Publikum und so mancher verschüttete den Drink.

Die Richterin blickte wohlwollend in die Runde und wandte sich dann an Antoine, der seinen Leidensgenossen aus den Augenwinkeln heraus beobachtete. Noch bevor er das Gleiche Schicksal wie Olivier erleiden musste, wollte er der strengen Richterin gleich ein Geständnis ablegen, besann sich jedoch eines Besseren. Sie könnte ihm das Reden ohne Aufforderung übel nehmen und ihn dafür hart bestrafen. So wartete er ungeduldig mit gesenktem Blick auf die alles entscheidende Frage. Antoine gestand alles, was man ihm vorwarf und bat von sich aus um die gerechte Bestrafung, damit er lernen konnte, seiner Besitzerin ein verlässlicherer Sklave zu sein. Sein ganzes Bestreben wäre, seiner Herrin in ihrem Sinne zu dienen. Und wenn die Bestrafung beitrage, besser zu werden, dann würde er sie mit Freuden auf sich nehmen.

Die Richterin warf den Kopf in den Nacken und lachte laut auf. Glaubte doch dieser kleine Wurm, dass er die große Lady überlisten konnte. Sie kam hinter ihrem Pult hervor, zog seinen Kopf an den Haaren weit nach hinten, sodass sich sein Brustkorb nach vorn wölbte.

Sie beugte sich zu ihm hinunter, brachte ihre blutroten Lippen dicht an sein rechtes Ohr und zischte: »Diesen jämmerlichen Versuch wirst du noch bereuen, du nichtsnutziger Schleimer!« Kraftvoll stieß sie seinen Kopf nach vorn und begab sich wieder hinter das Richterpult. Sie blickte erhaben in die schweigende Menge und verkündete dann feierlich den Urteilsspruch: »Im Namen des hohen Gerichtes verurteile ich euch beide zu einer Stunde am Pranger. Das Volk ist aufgefordert, sich an euch zu vergreifen, wie immer es ihm beliebt. Ihr werdet euch den Launen, Gelüsten und perversen Handlungen der hier Anwesenden aussetzen und diese als gerechte Bestrafung über euch ergehen lassen.«

Der beschämte Sklave wurde nun losgebunden und gemeinsam mit dem zweiten Delinquenten an Ketten auf allen vieren von der Bühne gezerrt.

Vom Scheinwerferlicht verfolgt, schleifte Rob die beiden langsamen Schrittes in Richtung Saalmitte. Die Gäste bildeten eine Straße, bespuckten die beiden am Boden kriechenden, schlugen mit Gerten auf sie ein, schütteten ihnen Wein ins Gesicht sowie auf den Arsch, verspotteten und beschimpften sie höchst amüsiert.

Auf dem »Marktplatz« angekommen, wurden Olivier die Hände in schwere Eisen gelegt und an dem hohen Pfosten hochgezogen. Er konnte nur noch auf Zehenspitzen stehen und sein dreckiger, besudelter Körper war völlig gestreckt. Ängstlich blickte er in die Menge des aufgebrachten Pöbels, der johlend und spottend um den »Marktplatz« lief und ihn nervös machte.

Antoine hingegen wurde mit dem Kopf und mit den Händen durch den Pranger gesteckt. Er kniete vor der Menge und sah sich ängstlich um. Sie war aufgebracht, gut drauf und in Partylaune, was für Subbies meist nichts Gutes verhieß. Er schloss die Augen und versuchte, sich zu beruhigen. Obwohl er eine Mischung aus Angst und geiler Neugierde verspürte, wollte er die dominanten Herrschaften nicht direkt ansehen; es könnte ihnen noch viel Schlimmeres einfallen, wenn er sie durch direkten Augenkontakt provozierte. Er wollte sich auch gar nicht ausmalen, was sie mit ihm und seinem Leidensgenossen anstellen würden, aber irgendwie genoss er dieses Szenario. Das Adrenalin schoss pur durch seine Adern und seine Sinne waren geschärft. Nun war er bereit, für die massiven Fehltritte seiner Herrin gegenüber zu büßen.

Noch während er seinen Gedanken nachhing, wurde sein Mund weit aufgespreizt und jemand untersuchte seine Mundhöhle. Ein älterer Dom steckte ihm seine nach Tabak schmeckenden Finger in die Backen, zog seine Lippen in alle Richtungen und begutachtete kritisch sein Sklavenmaul. Gleich darauf steckte er ihm kommentarlos seinen harten Schwanz ins Maul und fickte ihn in schnellem Rhythmus. Antoine formte artig seine Lippen und versuchte, den Schwanz zusätzlich mit der Zunge zu stimulieren. Er konzentrierte sich, um seine Sache gut zu machen, vergaß jedoch dabei, dass es noch viele Gäste gab, die hinter seinem nackten Arsch standen. Er spürte, dass sich von zwei Seiten schlanke Finger in sein Sklavenloch bohrten. Er konzentrierte sich nun auf seinen Hintereingang und vergaß, seinen Mund eng und weich zu machen sowie mit der Zunge zusätzlich zu stimulieren. Der Dom zog seinen Schwanz aus dem Maul und ohrfeigte ihn ein paar Mal hart. Rote Flecken bildeten sich auf beiden Wangen des Sklaven. Befriedigt begutachtete der Mann sein Werk, dann spreizte er das Sklavenmaul mit den Fingern und rammte ihm seinen Schwanz wieder tief in die Kehle. Er fickte den Delinquenten stöhnend und ächzend, während die beiden Damen versuchten, jeweils eine Faust in den knackigen Arsch zu stecken.

Zwei andere lederbekleidete Dominas spreizten seine Unterschenkel weit auseinander und steckten seine Knöchel in Eisenschellen, die sie mit Ketten fixierten. Mit ihren Rohrstöcken traktierten sie unter schallendem Gelächter seine Fußsohlen mit schnellen, kraftvollen Schlägen. Noch während die schlanken Frauenfinger aus seinem Arsch verschwanden, wurde ein riesiger Strap-on kraftvoll reingestoßen und Sperma spritze in einer heißen Woge in sein Gesicht. Der Dom stöhnte befriedigt auf und trat mit noch tropfendem Schwanz zur Seite – und schon hatte Antoine den nächsten Schwanz im Maul.

Der junge Dom pumpte mit seinem Riesenschwanz tief und rhythmisch in Antoines Mund, während die Damen sich an seinem Arsch und weiterhin an seinen Fußsohlen zu schaffen machten. Der Angeklagte spürte, dass sich auch noch jemand mit seinen Brustwarzen vergnügte. Ihm wurden Klammern angesetzt und Gewichte angehängt, die in Schwingung versetzt wurden. Ob das Lachen von jenen Damen kam, die diese empfindlichen Stellen gerade bearbeiteten oder von anderswo, konnte er nicht sagen. All seine Sinne waren jetzt überfordert, in Watte gepackt und er driftete langsam davon – hinein in einen Glücksrausch, der ihn schweben ließ.

Olivier neben ihm stand nun mit dem Gesicht zum dicken Holzpfosten, die Arme weit oben in Eisenschellen an Ketten gelegt und auf den Zehenspitzen balancierend. Sein trainierter Körper war beinahe schmerzhaft gespannt. Eine kleine Domina zauberte aus ihrer Handtasche eine Ingwerwurzel, die in die Form eines riesigen Plugs gebracht worden war. Sie spreizte seine runden Arschbacken und setzte die Wurzel an seine Rosette. Langsam und unter motivierenden Zurufen führten sie den Ingwer zentimeterweise ein. Sie spielte mit dem Teil, schob die Spitze ein wenig rein, dann wieder raus, umrandete die Rosette damit und stieß ihn immer wieder heftig bis zum Anschlag hinein. Das Brennen im Analbereich breitete sich explosionsartig in Olivier aus. Es brannte von der Rosette bis hinauf in den Magen; der ganze Bauchraum stand in Flammen und dem Sklaven stand blitzartig der Schweiß auf der Stirn. Er wimmerte leise vor sich hin und sein Arsch vollführte einen Tanz. Mit scharfem Ton gebot die kleine Frau dem Jammernden Einhalt. Der Angeklagte versuchte zwar, still zu halten, aber sein Arsch brannte wie Feuer. Sie steckte die Wurzel ganz tief in sein Loch und ließ sich einen Rohrstock geben. Ohne jede Vorwarnung zog sie den Stock quer über seinen Arsch. Schmerzerfüllt schrie Olivier auf und versuchte, dem nächsten Hieb seitlich auszuweichen. Doch ein weiterer Schlag donnerte bereits auf ihn herab. Überrascht schrie er auf.

»Du brauchst gar nicht zu jaulen! Hör einfach auf, mit deinem Arsch zu wackeln, damit ich dich weiterhin mit dem Ingwer traktieren kann. Schön still halten und der Rohrstock wandert wieder in die Ecke.« Mit hämischem Lachen ließ sie den Stock auf seiner Haut tanzen. Begeisterte Zurufe motivierten sie dazu, ein kunstvolles Muster auf die straffe, nackte Haut zu schlagen. Olivier wimmerte leise vor sich hin, ballte die Hände zu Fäusten, presste die Augen fest zusammen und versuchte, die Schläge sowie das Brennen auf seinem Arsch zu ignorieren. Sich wehren hieß in jedem Fall, mehr von allem zu kassieren. Also ließ er sich in das Gefühl des Schmerzes, der Demütigung sowie des Dienens fallen und driftete langsam ab. Er hörte das Gelächter und die Anfeuerungsrufe nicht mehr, ließ alles hinter sich, tauchte in andere Sphären. Er schwebte durch Raum und Zeit, auf Wattewolken, war sorglos und völlig losgelöst. Die köstliche Trance hielt an, so lange der Dom seinen Arsch mit dem Rohrstock und der Ingwerwurzel behandelte. Die verbalen Demütigungen des Publikums platzierten sich als Sahnehäubchen obenauf. Olivier war glücklich und hätte noch ewig an diesem rauen Pfosten stehen können.

Doch irgendwann band man ihn los und entließ ihn gemeinsam mit Antoine in die Dusche. Olivier konnte seinem Leidensgenossen ansehen, dass auch er in Trance war und seine Erfüllung gefunden hatte. Sie hatten malträtierte, brennende Ärsche, aber beide wussten, weshalb sie dienten und nicht damit aufhören konnten.

Die Menge zerstreute sich und richtete ihren Blick erwartungsvoll auf die mittlerweile hell erleuchtete Bühne. Lady Satina trat in die Mitte und bedankte sich bei allen Akteuren für die wunderbaren Darbietungen. Sie stellte ein nächstes Fest in Aussicht und gab den Abend frei. Tosender Applaus begleitete ihre Verbeugungen sowie ihren Abgang.

Die Party ging jedoch weiter. Es wurden Sklaven verwendet, neue Bondagetechniken ausprobiert, Equipment vorgezeigt, vom lebenden Buffet genascht, Sekt getrunken und Natursekt gespendet, Sklaven genauestens begutachtet sowie auch getestet und bis in die Morgenstunden geredet. Kurz vor Sonnenaufgang verließen die letzten Gäste müde, aber durchaus gut gelaunt den Saal.

Auch Tom ließ Sarah von einigen Männern benutzen und stellte sie einer Sklavin als Fickobjekt zur Verfügung. Die Sklavin hatte noch nie eine Frau mit einem Strap-on gefickt und stellte sich – zur Belustigung der Zuschauer – ziemlich ungeschickt an. Sarah musste sich auf einem Tisch auf den Rücken legen. Tom fesselte ihre Beine weit nach hinten gespreizt an die hinteren Tischbeine. Ihre bereits durchgefickte Pussy bot sich nun jedem weit geöffnet zur Einsicht dar. Sarah fühlte sich erneut gedemütigt. Einer der Doms steckte eine brennende Zigarette in ihr Fickloch und rief johlend »Smokin' Muschi« aus und kam sich dabei offensichtlich witzig vor. Irgendjemand steckte noch etwas in sie, zog es aber sofort wieder heraus. Dann stellte sich die Sklavin mit ihrem riesigen Kunstschwanz zwischen ihre Beine und versuchte verzweifelt, ihn in die Pussy einzuführen. Da sie etwas zu klein war, tauchte der schwarze Ersatzschwanz nicht ein, sondern glitt immer wieder über ihre Lustperle auf den Venushügel. Selbst die Androhung von strengen Konsequenzen konnten die verzweifelte Jungsklavin nicht dazu bringen, Sarah zu ficken. Diese versuchte zwar, sich dem Strap-on so gut wie möglich anzupassen, aber die Fesseln schränkten sie in ihrer Bewegungsfreiheit völlig ein. So blieb Sarah nichts anderes übrig, als diese schmerzhaften Fickversuche über sich ergehen zu lassen. Sie betete nur, dass nicht jemandem einfiel, der Strap-on solle in ihrem Arsch verschwinden. Doch den Anwesenden wurde recht schnell langweilig und die erfolglose Sklavin wurde weggezogen und in einen kleinen Käfig gesperrt.

Obwohl die Sklavin sehr schlank und klein war, hatte sie Mühe, in dem Metallkäfig Platz zu finden. Ihr Kopf steckte zwischen den Knien und die Arme musste sie um die Unterschenkel schlingen. Der Rücken war stark nach vorn gebeugt und die Füße musste sie an den Gitterstäben abstützen. Dem armen Ding musste innerhalb von wenigen Minuten der ganze Körper schmerzen. Sarah wollte nicht wissen, was mit ihr in Folge noch geschehen würde. Eine solche Blamage für den Dom blieb niemals ohne harte Bestrafung.

Tom band seine Sklavin los und nahm sie in den Arm. Sie verabschiedeten sich von ein paar Gästen und suchten die Garderobe auf, um Sarahs Kleid zu holen. Gemeinsam verließen sie das Fest. Er führte sie an der Hand zum Auto und öffnete die Beifahrertür.

Tom küsste ihre Hand und flüsterte: »Du bist meine Göttin, meine Schönheit und mein Leben! Keine Einzige im Saal konnte es mit dir aufnehmen.« Sein Lächeln begleitete sie ins Auto. Zu Hause angekommen, schwebte sie in ihr Zimmer und schlief glücklich ein.

***

Wenige Tage später rief Tom an. Er lud sie zum Essen ein, weil er mit ihr etwas besprechen wollte. Sarah wollte schon fragen, worum es ging, behielt jedoch im allerletzten Moment die Frage für sich. Tom sagte genau so viel, wie er wollte und ein Nachfragen hielt er für eine Grenzüberschreitung, die ihr nicht zustand. Er hätte sie mit Sicherheit beim nächsten Treffen dafür diszipliniert. Froh, dass sie ihre Worte noch zurückhalten konnte, bestätigte sie dankend den vorgegebenen Termin und verabschiedete sich. Sarah starrte noch einige Minuten das Handy an, als ob es ihr verraten würde, worüber er mit ihr reden wollte. Ihre Phantasien gingen so weit, dass sie befürchtete, er würde sie aus seinen Diensten entlassen. Sie fand zwar keinen Grund dafür, aber es lag im Bereich des Möglichen. Vielleicht hat er eine andere, eine Bessere als sie es war. Oder eine, die noch hübscher war. Möglicherweise eine, die er mehr liebte. Sie fühlte sich mies und wollte diese Gedanken abschütteln, doch sie wurde sie nicht los. Selbst die Aufzeichnungen für die nächste Prüfung konnten sie von ihrer Gedankenspirale nicht abbringen. Abends fiel sie erschöpft in einen traumlosen Schlaf.

***

Am Freitagabend erschien Sarah beim vorgegebenen Treffpunkt. Sie hatte sich während all der Tage einen Auftrag als Zeichen der Zuwendung ihres Herrn herbeigesehnt, aber er war nicht gekommen. So stand sie nun, eine Haarlocke um die Finger wickelnd und mit einem Kribbeln im Bauch vor dem Restaurant. Sie presste die Beine zusammen, weil sie dringend musste, allerdings war ihr auch klar, dass dieser Harndrang lediglich ihre Nervosität unterstrich, da sie zehn Minuten zuvor auf der Toilette gewesen war.

Mit einiger Verspätung traf Tom ein und geleitete sie an einen reservierten, etwas abgelegenen Tisch. Nachdem er für beide gewählt und bestellt hatte, nahm er ihre Hand in die seine und sah ihr tief in die Augen. Steif und hoch aufgerichtet saß sie vor ihm. Ihr Herz setzte aus und es schlug so lange nicht, bis er etwas sagte. Angestrengt lauschte sie seinen Worten und entspannte sich zusehends. Sie suchte sich eine bequeme Stellung auf dem Stuhl, ließ dabei seine Hand jedoch nicht los. Er erklärte ihr, dass er sie um einen großen Gefallen bitten möchte. Die Bitte war eindeutig, sie war sehr ungewöhnlich, verlangte ihr einiges ab und war ein Beweis von höchstem Vertrauen von beiden Seiten. Sarah erbat sich Bedenkzeit, die ihr Tom ohne Bedingung gewährte.

Dem köstlichen Mahl im Restaurant ließen sie noch Petit fours in Toms Wohnung folgen. Entspannt plauderten sie, scherzten und waren einander unendlich nahe.

Als Sarah von der Toilette wiederkam, hielt er sie beim Türrahmen auf. Sanft strich er ihr die blonde Locke aus dem Gesicht und küsste sie sanft. Mit einer Handbewegung streifte er ihr T-Shirt ab und öffnete den leichten Rock, der sofort zu Boden fiel. In schwarzen High Heels stand sie nackt vor ihm und senkte den Blick zu Boden. Er führte sie in das Nebenzimmer, in dem sie sich wie in einer Folterkammer des dunklen Mittelalters fühlte. Wände und Decke strahlten eine kalte, steinerne Atmosphäre aus, das stählern-lederne Equipment glänzte im Schein der Kerzen und es hing ein leicht modriger Geruch in der Luft. Unzählige Male hatte er ihr in dieser Kammer Lust, Schmerzen, Freud und Leid zugefügt. Sie liebte diesen Raum und sie liebte ihn.

Er stellte sie in die Mitte des Raumes und begann, mit geübten Händen eine kunstvolle »Karada« zu knüpfen. Die schwarzen Bondageseile standen im eleganten Kontrast zu ihrer weißen Haut und dem vollen, blonden Haar. Sarah schloss die Augen und fühlte sich von den Seilen geschützt, gestützt und bekleidet. Sie gaben ihr das Gefühl der Nähe und Wärme.

Nachdem die »Karada« ihren Oberkörper stramm gefesselt hatte, legte Tom noch eine Ellenbogenfessel am Rücken an. Er zog sie überraschend fest und Sarah stöhnte schmerzerfüllt auf.

Mit einem süffisanten Lächeln hob er ihren Kopf am Kinn hoch und fragte, während er sie küsste: »Hast du mir irgendetwas zu sagen, Liebste?«

Sarah schüttelte kaum merkbar den Kopf und blickte beschämt zu Boden. Sie hätte sich beherrschen müssen und nahm sich noch in der gleichen Sekunde vor, in Zukunft besser aufzupassen. Tom zog die Seile noch ein wenig enger um ihre Ellenbogen, doch dieses Mal unterdrückte sie die Schmerzenslaute. Tom war zufrieden und streichelte liebevoll ihre nach hinten gezogenen Schultern. Ein weiteres Seil schlang er durch den an der Decke hängenden Eisenring und verband es gekonnt mit der Ellenbogenfessel. Aber anstatt ihre Arme hinter dem Rücken hochzuziehen, ließ er das Seil locker hängen, holte einen Stuhl und stellte ihr rechtes Bein darauf. Mit einem weiteren Seil legte er ihr ein kleines Bondage am Oberschenkel, knapp über dem Knie an. Dieses Seil führte er ebenfalls durch den an der Decke hängenden Eisenring. Er trat hinter sie, küsste sie auf den Nacken und zog gleichzeitig an beiden Seilen, sodass sein Kuss sich im Nichts verlor.

Die beiden Seile dirigierten Sarahs rechtes Bein nach oben und gleichzeitig musste sie sich nach vorn beugen, um dem Zug, der auf ihren Armen lastete, nachzugeben. Nun stand sie auf dem linken Bein, nach vorn gebeugt, ihr Geschlecht weit offen und schutzlos. Das Haar bedeckte ihr Gesicht und gab nur ihre Brüste frei. Tom trat zwei Schritte zurück und sah sie lange an. Wortlos stellte er sich hinter sie, zog seinen längst harten Schwanz aus der Hose und stieß ihn ohne Vorwarnung in die Rosette. Er presste ihren Arsch fest an sich, um ihren an den Seilen schwingenden Körper spüren zu können. Er fickte sie hart in verschiedenen Winkeln, drehte sie, zog immer wieder an den Seilen, um ihre Position ein wenig zu verändern und schoss nach einem langen Fick eine heiße Ladung in sie hinein. Er verharrte noch ein wenig hinter ihr und genoss den Schwanz in ihrem durchgefickten Sklavenarsch. Es klingelte. Wortlos zog er ihn aus ihr heraus und verließ den Raum.

Ein klammes Gefühl breitete sich in ihrer Leibesmitte aus. Sie war vom Ficken geil geworden, hatte jedoch keinen Höhepunkt erreicht. Und jetzt verspürte sie ein Brennen und Ziehen im Unterbauch. Sie hörte vom Wohnzimmer her eine tiefe Männerstimme, die ihr unbekannt war. Dann ein Lachen, ein relativ hohes Lachen, aber eindeutig eine Männerstimme. Also waren zwei männliche Besucher gekommen. Instinktiv versuchte sie, ihr weit offen stehendes Geschlecht zu bedecken, indem sie die Beine schließen wollte, doch das Seil gab keinen Millimeter nach. Auch aus der gebückten Position, in der sie ihren Arsch präsentierte, konnte sie sich nicht befreien. Sie zerrte und zog an den Seilen, doch sie blieb, wie sie war: wehrlos, schutzlos, völlig geöffnet und für jeden frei zugänglich. Ihr Herz trommelte gegen ihre Brust, die Kehle wurde eng und der Mund trocken.

Bitte nicht, dachte sie flehentlich, *bitte nicht!.*

Noch während sie innerlich flehte, betraten die drei Männer den Raum. Ein leiser Schauer jagte über ihren Körper und ihr war plötzlich kalt. Verstohlen riskierte sie einen Blick durch ihr Haar, doch die Männer standen bereits hinter ihr. Sie hörte eine Gürtelschnalle sich öffnen und spürte fast gleichzeitig einen riesigen Schwanz in ihrer Pussy. Der Mann hielt sich an ihren Hüften fest und stieß so kräftig in sie hinein, dass sie beinahe den Halt verlor. Sie konzentrierte sich auf das Stehenbleiben und bemerkte nicht, dass der zweite Mann ihr den Schwanz zum Blasen vor den Mund hielt. Mit einem groben Griff in die Haare zerrte er ihren Kopf in die richtige Position und drängte seinen ungewaschenen Schwanz zwischen ihre Lippen. Sie ekelte sich, wagte jedoch nicht, das übel riechende Etwas abzulehnen. Welche Alternative hätte sie auch? Sie hatte im Laufe der Zeit gelernt, dass ihr Meister entschied, was mit ihr geschah und nicht sie. So ließ sie es über sich ergehen, dass der dicke Schwanz sie von hinten wie ein Zuchtbulle stieß und sie den mickrigen Stinker lutschen musste. Sie fühlte sich wie die letzte Straßennutte und schämte sich zutiefst vor sich selbst. Sie fragte sich ernsthaft, wieso sie das über sich ergehen ließ. Sie war eine intelligente junge Frau, die es sicher nicht nötig hatte, sich wie ein Fickstück behandeln zu lassen. Zorn begann in ihr zu schwelen und sie wollte den Minischwanz in ihrem Mund ausspucken, den Riesenpimmel aus ihrer Pussy drücken, die Fesseln auseinanderreißen und alle drei kräftig ohrfeigen. Doch sie hielt still. So lange, bis beide Typen aufstöhnten und ihre schlaffen Fickteile aus ihr herauszogen. Fast im gleichen Moment waren sie auch schon zum Zimmer raus und sie hörte die Eingangstür ins Schloss fallen.

Tom küsste sie liebevoll und löste nebenbei die beiden Seile, die Sarahs Arme und das Bein hochhielten. Er befreite sie auch von den Ellenbogenfesseln, wofür sie sich artig bedankte. Nur die »Karada« beließ er, wo sie war. Er führte sie ins Wohnzimmer, setzte sich und zog sie auf seinen Schoß. Schützend legte er die Arme um sie und wiegte sie leicht. Flüchtige Küsse bedeckten ihr nun tränennasses Gesicht, das sie zärtlich an ihn schmiegte. In diesem Augenblick verschmolzen sie zu einer Person und sie wusste, dass sie alles für ihn tun würde. Sie lehnte sich etwas zurück, sah ihm in die Augen und sagte tonlos: »Ja, Meister, ich werde es für dich machen!« Zufrieden lächelte er und drückte ihren Kopf sanft an seine männliche Brust. Sie hatte ihm soeben die Antwort auf seine Bitte im Restaurant gegeben.

***

Während der kommenden Tage versuchte Sarah, sich mit viel Aufwand von ihrem Versprechen Tom gegenüber abzulenken. Sie verbrachte sehr viel Zeit an der Uni, nahm an einigen Workshops teil und vergrub sich abends in ihre Bücher. Da sie keine Ahnung hatte, wann der große Tag, an dem sie ihr

Versprechen einlösen würde, kommen sollte, waren die Stunden noch banger. Immer wieder schweiften ihre Gedanken ab und es war das Erste, das ihr frühmorgens in den Sinn kam – und auch das Letzte spätabends. Immer wieder war sie versucht, Tom per Telefon oder Mail zu kontaktieren, um den Termin für dieses ganz besondere Versprechen zu erfahren. Sie hatte ihn ein einziges Mal ohne Aufforderung angerufen und bitter dafür bezahlt. ER entschied, wann sie Kontakt hatten – mit Sicherheit nicht sie.

***

Am Freitag teilte Tom ihr per Mail mit, dass er sie am Samstag um neunzehn Uhr von zu Hause abholen würde. Abendgarderobe sei angesagt. Ob es sich nun um jenen Abend handeln würde, an dem sie ihr Versprechen würde einlösen müssen oder nicht, war aus dieser Mail nicht ersichtlich.

***

Der Samstagabend schien mit Blei an den Beinen zu kommen und Sarah konnte ihre Nervosität nicht mehr ertragen. Unzählige Male kontrollierte sie ihre Pussy, Beine und Achseln auf absolute Glätte. Kein Haar durfte mehr vorhanden sein. Tom war da sehr streng! Und wenn es auch noch jener Abend werden sollte, dann musste alles perfekt sein. Kein Dom blamierte sich gern, nur weil er seine Sub nicht ausreichend trainiert hatte.

Als der Wagen vor dem Haus hielt, zappelte Sarah schon unruhig herum. Auch im Wagen fanden ihre Beine und Hände keine Ruhe. Sie spielte mit dem Riemen der Handtasche, zupfte imaginäre Haare vom Kleid und rutschte auf dem Sitz herum.

Sie fuhren eine geraume Zeit schweigend dahin, was ihre Nervosität ins Unermessliche steigerte. Kurz außerhalb der Stadt bog er auf einen Feldweg ein und hielt vor einer hell erleuchteten Scheune. Davor standen etwa fünfundzwanzig

Fahrzeuge. Sarah bekam weiche Knie und musste sich von Tom aus dem Auto helfen lassen. Nun war es wirklich so weit! Tom nahm sie am Ellenbogen und führte sie mit Nachdruck durch das Scheunentor. Er begrüßte einige Männer, die ebenfalls in Begleitung ihrer Sklavinnen waren. Etwas weiter hinten standen etliche Frauen, die ihre männlichen Sklaven mit dabei hatten.

Sarah wunderte sich, dass alle Submissiven bekleidet waren. Normalerweise hatte ein Sub in der privaten Gegenwart seines Doms als Zeichen der Rangordnung und Demut unbekleidet zu sein. Sie stellte sich einen halben Schritt hinter Toms linken Arm und senkte den Blick, wie all die anderen es machten.

Es dauerte nicht lange und es erklang eine Glocke – einer Kuhglocke nicht unähnlich.

Wie passend!, dachte Sarah und setzte sich im angemessenen Abstand hinter Tom in Bewegung. Alle steuerten auf ein kleines Podest zu. Die Sklaven wurden dort abgestellt und die Tops begaben sich auf die gegenüberliegende Tribüne und nahmen Platz. In der Mitte der Scheune stand auf blankem Stroh ein Mann, der die Gäste recht herzlich zum heutigen Sklavenmarkt begrüßte.

Er erklärte mit kurzen, verständlichen Worten die Spielregeln: »Ich führe die anwesenden Sklavenschweine vor. Jeder Besitzer gibt ein paar Statements dazu ab und lässt sie nackt begutachten. Sind alle vorgestellt, können die Interessenten sich eine oder einen auswählen, den sie dann mit nach Hause nehmen. Erlaubt ist alles, außer einer Beschädigung der Objekte. In genau vierundzwanzig Stunden finden sich hier alle wieder ein, um die Sklaven den rechtmäßigen Besitzern zurückzugeben. Die Sklaven werden auf Beschädigungen untersucht und Zuwiderhandelnde zur Verantwortung gezogen. Sie alle haben den diesbezüglichen Vertrag unterzeichnet und sind somit rechtlich verpflichtet, auf die Ware achtzugeben und Sorge für sie zu tragen. Ich erinnere noch eindringlich, dass Kondompflicht unumgänglich ist. Sklaven haben das Recht, den Verkehr ohne Kondom zu verweigern. Werden sie zum Verkehr gezwungen, sind sie verpflichtet, dies zu melden. Gibt es noch Fragen?« Der kleine dicke Mann sah in die Runde und nickte zufrieden.

Gleich darauf ertönte die Kuhglocke ein weiteres Mal. Der Mann wandte sich zu den Sklaven und bat sie, Aufstellung zu nehmen. Die Weibchen rechts, die Männchen links. Sarah zählte neunzehn weibliche Sklaven und sieben männliche.

Der Moderator holte sich das erste Weibchen und stellte sie in die Mitte des strohbedeckten Platzes. Der zu ihr gehörende Dom erhob sich und gesellte sich hinzu. Er deutete auf sie und sagte: »Sechsundzwanzigjährig, Erstbesitz. Ausbildung seit drei Jahren. Bi-tauglich und an Gangbangs gewöhnt. Ihre Spezialität ist Extrembondage.« Er gab ihr den Befehl, sich zu entkleiden.

Nackt musste sie sich dem Publikum von allen Seiten präsentieren. Nach wenigen Minuten wurde sie mit einer Nummer versehen und auf die andere Seite des Raumes geschickt. Dann wurde die nächste Sklavin in der Mitte präsentiert.

Sarah sah, dass sich einige Herren und Damen Notizen machten und erschauderte. Sie fragte sich, wer sie wohl kaufen würde. Die Präsentation der anderen Sklaven ging an ihr vorbei. Sie sah sich verstohlen im Publikum um, wen sie absolut nicht haben wollte – und das waren eine ganze Menge ... Das Schlimmste daran war, dass sie nicht wusste, was derjenige mit ihr anstellen würde. Tom hatte ihr erzählt, dass es einen Vertag mit strikten Regeln gab. Diese Regeln waren zum Schutz der Sklaven da. Dennoch konnte ihr Käufer sie unzähligen widerwärtigen Typen zum Abficken zur Verfügung stellen – und auch noch dafür Geld verlangen, das natürlich ihm gehörte und nicht etwa der Sklavin. Er durfte sie als Hund, Zofe, Lustobjekt und vieles andere verwenden. Was war, wenn der Kerl sie absolut abstieß? Wenn sie das Ganze so satt hatte, dass sie es einfach hinschmeißen und nach Hause gehen wollte? Würde sie Tom dann aus seinen Diensten entlassen? War ihre Liebe und Hingabe zu Tom so groß, dass sie diese Tortur für ihn durchstehen würde? Und ein noch viel schrecklicherer Gedanke bohrte sich in ihr Gehirn: Was war, wenn er an seiner gekauften Sklavin mehr Gefallen fand und sie behielt? Ein Faustschlag in den Magen wäre weniger schmerzhaft gewesen, als dieser Gedanke.

Flehentlich blickte sie zu Tom, wollte wissen, ob er ihr Beachtung schenkte, ob er auch in der Ferne für sie da war. Doch dieser lauschte den Worten eines Mannes, der gerade seine Sub präsentierte. Sarah betrachtete die Sub in der Mitte und verglich sie mit sich. Äußerlich war sie weit weniger attraktiv, aber sie kannte ihre Vorzüge beim Dienen nicht. Das machte Sarah unsicher und sie wünschte sich weit, weit weg von hier.

Inmitten ihrer Gedanken wurde sie am Oberarm gepackt und vom Podest gezerrt. Beinahe hätte sie den Halt verloren und musste sich an der Schulter des Moderators festhalten, der unter ihrem Gewicht ein wenig schwankte.

Schlagfertig meinte er: »Und hier präsentieren wir Ihnen ein etwas tollpatschiges Exemplar, das sich wohl eher für die schmale Geldbörse eignet!«

Sarah versank in tosendem Gelächter und ihrer Scham. Jetzt war sie sich sicher, nur den allermiesesten der hier Anwesenden zu bekommen – wer kaufte sich schon eine tollpatschige Sub?

Doch Tom präsentierte sie stolz und selbstbewusst, rückte sie in besseres Licht, als sie eigentlich war, und das gab ihr neuen Mut. Nach ihrer Darbietung stellte sie sich – als Nummer 18

– zu den anderen und wartete mit Bangen auf die Auktion.

Als alle vorgestellt waren, erhoben sich die Herrschaften und schlenderten miteinander redend auf die Sklaven zu. Sie kontrollierten ihre Zettel, verglichen die Nummern und befassten sich eingehend mit den vorläufig ausgewählten Objekten.

Ein dicklicher Herr mit Glatze und dickem Schnurrbart stellte sich vor Sarah und musterte sie von unten her eingehend. Sie schätzte, dass er nicht größer als eins fünfzig sein konnte. Er kniff ihr in den Busen, testete die Straffheit ihres Arsches und der Oberschenkel. Sie musste sich weit nach vorn beugen und der kleine Kerl steckte ihr kommentarlos drei Finger in die Pussy. Er zog sie heraus und steckte sie in ihren Arsch, während er ihre Pussy mit der anderen Hand weit spreizte. Sarah kam sich so ausgeliefert vor und wollte nichts als weglaufen. Nachdem er seine Finger aus ihrem Arsch gezogen hatte, drehte er sie um und öffnete ihren Mund. Er begutachtete – wie bei einer Kuh – ihre Zähne und die Mundhöhle! Dann blickte er auf seinen Zettel, machte sich Notizen und ging wortlos weg.

Während der Begutachtung durch den kleinen Schnurrbartträger hatte sich auch eine Frau an sie herangedrängt, die sich eingehend mit ihrem Busen beschäftigte. Sie zog beide Brüste in alle Richtungen, prüfte die Elastizität der rosa Nippel und kostete davon. Sie forderte Sarah auf, ihr Bein so hoch wie möglich zu heben. Sarah schaffte es beinahe, ihr Knie neben ihr Gesicht zu ziehen. Erfreut jubelte die Dame auf. Durch den Jubelschrei aufmerksam geworden, drehten sich alle zu ihr und starrten in ihre komplett offene Pussy. Die Frau schrieb ebenfalls etwas auf ihren Block und ging weiter.

Sarah versuchte zu erkennen, für welche Sub sich ihr Meister interessierte, sah ihn jedoch in dem Getümmel nicht. Noch dazu kam schon wieder ein Herr auf sie zu und fuhr ihr mit der Hand zwischen die Beine. Er ließ sie sich bücken und versetze ihr mit der flachen Hand einen knallenden Schlag auf den Arsch. Sarah schrie vor Schreck kurz auf. Er bohrte noch einen Finger in ihre Pussy und befahl: »Anspannen!« So gut sie konnte, presste sie ihre Beckenbodenmuskeln zusammen. Der Mann grunzte zufrieden, notierte sich etwas und ging weiter.

Es kamen noch einige Damen und Herren, um sie zu begutachten und zu testen. Irgendwann läutete die Kuhglocke und die Herrschaften begaben sich wieder auf ihre Plätze.

Sarah sah die anderen Sklaven an und meinte zu erkennen, dass sie ebensolche Angst vor der Versteigerung hatten, wie sie selbst.

Der Moderator platzierte sich wieder in der Mitte der Scheune und rief: »Nun gut, Ladies und Gentlemen. Sie hatten jetzt ausreichend Gelegenheit, die Waren zu inspizieren. Somit können wir zum eigentlichen Teil der heutigen Auktion übergehen. Als erstes kommt die Nummer Eins unter den Hammer. Hat jemand Interesse an Nummer Eins, der Extrembondagerin?«

Zwei Hände erhoben sich.

Der Moderator nickte und fragte: »Wie hoch ist Ihr Gebot?« Die beiden Herren schrieben eine Zahl auf ihren Zettel und der Moderator nahm sie entgegen.

Nachdem er beide gelesen hatte, verkündete er: »Sklavin Nummer Eins geht an Master Ivan. Ich gratuliere!«

Master Ivan grinste und freute sich über seinen Erwerb. Danach wurde die Nummer Zwei zum Verkauf angeboten, auf die es sage und schreibe neun Gebote gab. Ihr Gebieter war wegen der vielen Gebote sichtlich stolz auf seinen Besitz.

Als Sarahs Nummer immer näher rückte, wurde sie wieder zusehends nervös und hatte das Gefühl, sich auf dem Podest vollpinkeln zu müssen.

Als endlich ihre Nummer aufgerufen wurde, stand ihr Herz still. Die Hände suchten hilflos an ihren Oberschenkeln Halt und hinterließen einen glänzenden Schweißfilm. Auf ihre Person wurden sieben Gebote abgegeben. Tom lächelte zufrieden. Mit Spannung erwartete sie ihren Besitzer für die kommenden vierundzwanzig Stunden. Es gab noch ein Stechen zwischen zwei Bietern, weil offensichtlich der gleiche Betrag geboten wurde. Sarahs Finger rutschten wie Ölsardinen auf ihren Oberschenkeln herum und sie musste sich ständig die trockenen Lippen mit der Zunge befeuchten. Den Zuschlag erhielt der kleine Dicke mit dem Schnurrbart. Sarah hielt ihn für eher harmlos, obwohl sie sich vor ihm ekelte. Sie versuchte, sich nicht auszumalen, wofür er sie die kommenden vierundzwanzig Stunden benutzen würde. Sie glaubte, dass sie noch Glück im Unglück hatte und war eigentlich froh, den eher harmlos wirkenden Typen bekommen zu haben.

Sie sah immer wieder zu Tom hinüber, der sich jedoch keinen Moment für sie interessierte. In ihrer Panik vor der Versteigerung hatte sie nicht darauf geachtet, ob Tom schon eine Sub gekauft hatte oder noch auf eine der Letzten wartete. Kurz schoss Eifersucht in ihr hoch, die aber von ihrer Angst vor den kommenden vierundzwanzig Stunden übertrumpft wurde. Auch in den Gesichtern der meisten anderen Sklaven meinte sie, Angst erkennen zu können. Oder war es Unsicherheit? Zweifel an den eigenen Fähigkeiten, einem Fremden ohne Rückhalt des eigenen Meisters angemessen dienen zu können? Sie war wieder völlig in ihren Gedanken versunken, als sie jemand unsanft herausriss und sie vom Podest zerrte. Der kleine Dicke hatte sie am Oberarm gepackt und bahnte sich, ihr Kleid in der Hand haltend, Richtung Ausgang einen Weg.

Sarah blickte sich verzweifelt nach Tom um, von dem sie

noch einmal in den Arm genommen werden wollte, sich wenigstens richtig von ihm verabschieden wollte. Doch selbst wenn sie ihn gefunden hätte, so wäre es ihr nicht gestattet gewesen. Frustriert folgte sie ihrem zwischenzeitlichen Besitzer und nahm sich vor, ihm eine perfekte Dienerin zu sein – für Tom und nur für Tom allein!

Der Schnurrbärtige brachte sie nackt zu seinem Wagen und bugsierte sie auf den Beifahrersitz, ohne ihr das Kleid zu geben. Hatte er es vergessen? Oder war es Absicht, dass sie jetzt durch die Stadt fahren musste und jeder, vor allem die Lastwagenfahrer, ihre Blöße sehen konnten? Der Kontrast zwischen dem schwarzen Gurt und ihrer sehr weißen Haut war gerade nachts sehr auffällig. Sie sank ein wenig im Sitz ein und hoffte, dass er nicht allzu weit weg wohnte. Ob sie ihr Kleid wiederhaben könnte, wagte sie nicht zu fragen. Ängstlich beobachtete sie abwechselnd ihn und die vorbeifahrenden Autos. Sie verschränkte die Arme vor dem Busen, als sie einen LKW von hinten auf der Nebenspur heranrollen sah.

Ihr Meister schlug ihr kräftig auf den Unterarm und warnte: »Keine Ausritte in die Freiheit! Du wirst dich nur dann bewegen, wenn ich es dir sage. Du wirst nur dann sprechen, wenn ich es dir erlaube. Du wirst genau das machen, was dir von mir aufgetragen wird. Sonst hast du dich still zu verhalten und nur zu atmen!«

Stocksteif saß sie neben ihm und wagte kaum mehr zu atmen. Die Arme ruhten nun wieder auf den Außenseiten ihrer Oberschenkel. Die Beine hielt sie leicht gespreizt, denn ihre Scham musste jederzeit frei zugänglich sein.

Nach einer Fahrt von rund zwanzig peinlichen Minuten bog er in ein ruhiges Vorstadtviertel ein und hielt vor einem stattlichen Bungalow. Er parkte auf der Straße und sie mussten ungefähr fünfzehn Meter quer über den Rasen gehen, um ins Haus zu gelangen. Er holte sie aus dem Wagen und ließ sie nackt bis zum Haus gehen, als ob sie bekleidet wäre. Sarah blickte sich verstohlen um, ob sie jemand sehen und vor allem, erkennen könnte. Dem Mann durfte es absolut egal sein, ob ihn jemand mit einem nackten Mädchen mitten in der Nacht auf seinem Grundstück sah.

Im Haus angekommen, führte er sie direkt in einen großen Raum, der als dunkle Lasterhöhle gut erkennbar war. Die dunkelgrauen, unebenen Steinwände wurden von unrhythmisch flackernden elektrischen Fackeln erleuchtet und boten so das Gefühl, als befinde man sich in einem Verließ des Mittelalters. Neben den üblichen Gerätschaften einer strengen Kammer erblickte Sarah eine Streckbank, aus grobem Holz gezimmert und scheinbar schon viele Jahre alt. In einer Ecke türmten sich schwere Bleikugeln, jede mit einem Ring versehen. Die Türen eines schmiedeeisernen Waffenschranks waren geschlossen, ließen aber auf viele gemeine Dinge schließen. An allen sechs Wänden des großzügig gestalteten Zimmers hingen Videokameras.

Ein kleiner Spanner ist er auch noch!, dachte Sarah und musste insgeheim ein wenig grinsen. Obwohl das Zimmer mit seiner Ausstattung ihr eigentlich Angst hätte einflößen müssen, nahm sie das Ganze recht locker. Sie wusste, dass er ihr keinen Schaden und auch körperlich nicht wirklich Schmerzen zufügen durfte. Somit konnte sie zumindest den Raum mit Gelassenheit betrachten.

Nach kurzer Zeit kam der Mann zurück und leckte gierig an ihren Brüsten. Das Gefühl des Ekels stieg wieder in ihr auf und sie vermisste Tom. Tom, der große, attraktive Mann vergnügte sich gerade mit einer anderen, während sie hier dem kleinen fetten Männchen dienen musste. Sie verspannte sich und das Männchen bemerkte dies sofort. Er lächelte sie mit schlechten Zähnen an und leckte sich die Lippen. Wahrscheinlich wusste er, dass sein Äußeres Unbehagen bei den Sklavinnen hervorrief. Langsam näherte er sich ihrem Mund und steckte ihr die Zunge tief hinein. Der schlechte Atem des Mannes war nicht nur riech- sondern auch schmeckbar. Sarah musste den Brechreiz unterdrücken, den sie verspürte. Seine Finger krallten sich in ihren muskulösen Hintern und drückten sie fest an seinen Körper. Während er in ihrem Mund Speichel ablagerte, fingerte er an den Knöpfen seines Hemdes. Er öffnete den Reißverschluss seiner Hose und holte seine Männlichkeit heraus. Er packte Sarah an den Haaren und zwang sie an seinem verschwitzten nackten Oberkörper entlang in die Knie und presste ihr seinen sehr kurzen, dicken, noch schrumpeligen Schwanz gegen die Lippen. Sarah öffnete rasch den Mund und umschloss das puddingweiche Ding mit ihren Lippen bis zu seinem Bauch. So schmeckte sie noch kurz die getrocknete Pisse und den Dreck, den er sich seit einigen Tagen nicht runtergewaschen hatte, aber sie musste ihn nicht mehr riechen. Je mehr Spucke sie ansammelte und schnell schluckte, desto eher wurde er sauber und geschmacksneutral. Es war nicht ihr erster stinkender Schwanz, den sie zu lutschen gezwungen wurde. Sie mühte sich redlich ab, gab ihr Bestes, doch das Schwänzchen wollte nicht so richtig steif werden. Das Männchen stieß ihn ihr rhythmisch in den Mund, aber auch dies zeigte nicht viel Wirkung. Mit einem lauten Stöhnen zog der Master ihn heraus und gab Sarah eine schallende Ohrfeige.

»Du miese, kleine Schlampe!«, brüllte er sie an. »Wenn ich dir mein Prachtstück in deine Maulfotze stecke, dann hast du ihn so zu blasen, dass er auch steif wird! Du dreckiges Miststück bist zu faul zum Blasen, aber ich werde dich lehren, mir zu dienen, du elende Nutte!«

Sarah blickte hilflos zu Boden und sah aus den Augenwinkeln, dass sich sein Schwanz erhob. Innerlich grinste sie, denn jetzt wusste sie, dass er Kraftausdrücke verteilen musste, um richtig geil zu werden. Das beruhigte sie und sie ließ die Beschimpfungen unbeeindruckt über sich ergehen.

Nach kurzer Zeit zog er sie an den Haaren hoch und bugsierte sie in eine Ecke, in der ein Strafbock stand. Dort legte er sie drüber, fixierte die Handgelenke an den Eisenschellen weit unten an den Holzbeinen und ihre Fußgelenke weit auseinander gespreizt auch in Eisenschellen. Sie war richtiggehend über dem Strafbock gespannt und reckte ihren Arsch, den er mit einem dicken Polster unterlegt hatte, weit hinaus.

»Du elendes Sklavenschwein!«, rief er aus. »Was denkst du eigentlich, wen du vor dir hast?« Er klatschte mit der Hand auf ihren Arsch und Sarah zuckte kurz zusammen. Es entfuhr ihr auch ein leiser Aufschrei.

»Jaaaaa!«, stöhnte er. »Schrei nur, du kleine Hure!« Und wieder klatschte die Hand auf den Po.

Sarah spielte mit und wimmerte.

»Ja, schrei nur, es wird dich keiner hören! Schrei, du Fotze, du hast nichts anderes als Strafe verdient! Ich werde dir geilem Luder deine gerechte Strafe zukommen lassen. Du dreckiges Sklavenmaul lutschst dreckige Schwänze und wirst auch noch nass in deiner engen Fotze! Hättest wohl gern meinen Schwanz drinnen, damit der dich so richtig durchfickt, wie?«

Das Männchen steigerte sich immer mehr in das Spiel hinein und kam langsam außer Atem. Sarah stöhnte und quiekte und heizte ihn damit immer mehr an. Er beschimpfte und schlug sie und ohne jegliche Vorwarnung rammte er ihr seinen nun stahlhart gewordenen, dicken Minischwanz in den Arsch. Nun schrie sie wirklich vor Schmerz auf. Einen so dicken hatte sie noch nie im Arsch gehabt und es tat richtig weh. Der Master stand auf einem Schemel und pumpte kräftig in sie, wechselte häufig den Winkel und dehnte Sarahs Arsch weit auf. Schweiß tropfte auf ihren Rücken und rann in Richtung ihres Nackens. Es fühlte sich ekelig an. Sie weinte, wimmerte und schluchzte laut, und hoffte so, den Ficker derart geil zu machen, dass er recht bald abspritzte und sie in Ruhe ließ. Es dauerte auch nicht lange, bis er mit einigen festen Abschlussstößen sein Sperma ins Kondom schleuderte. Befriedigt stieß er nach dem Abspritzen noch ein paar Mal kraftlos in sie und ließ dann von ihr ab. Sarah spürte, wie sein Schweiß in ihre Pussy lief und von dort aus entweder auf den Boden tropfte oder an einem Bein entlanglief.

Ihre Rosette stand weit offen und der Master begutachtete sie wohlwollend. Er holte seine Kamera, richtete einen der vielen Scheinwerfer auf das offene Loch und drückte drei Mal den Auslöser. Dann spuckte er ein paar Mal kräftig hinein und daneben, steckte kurz vier Finger in ihre Pussy und fotografierte den angespuckten Arsch der Sklavin. Er steckte auch noch eine brennende Kerze hinein und schoss unzählige Bilder davon.

Als sich Sarahs Schließmuskel wieder zusammenzog, prasselte eine Flut von Schlägen und Beschimpfungen auf sie ein: »Du verruchtes Hurenstück! Ziehst deinen Arsch wie eine Jungfrau zusammen, dabei hat dich schon jeder hier in der Stadt gefickt! Aber ich werde dir das austreiben! Warte nur, du arschgeile Fotze!«

Er verließ den Raum und kam mit einem Spekulum zurück. Ohne es einzufetten, steckte er es Sarah in den Arsch und dehnte diesen wieder auf. Entzückt klatschte er in die Hände und leuchtete mit dem Scheinwerfer so weit wie möglich hinein. Sarah kam sich wie ausgehöhlt vor und fühlte sich sehr unwohl. Als sie spürte, dass er auch noch Flüssigkeit in sie laufen ließ, begann sie zu wimmern. Es brannte und sie hatte Panik, dass es schlimmer werden könnte oder sie gar innerlich verbrennen könnte. Panisch riss sie an den Eisenschellen, in denen ihre Hand- und Fußgelenke steckten. Sie versuchte, ihren Arsch wegzudrehen und schlug wild mit dem Kopf herum. Die Position ihres Körpers allerdings blieb unverändert. Der Master lachte und schüttete noch mehr von dem Zeug in ihre weit offen stehende Rosette. »Jaaaaaa, so ist es fein! Schrei nur, du verkommenes Luder. Es gefällt dir doch, wenn dein Arsch juckt, oder? Nur ein Schwanz drinnen ist dir ja sowieso zu wenig. Ich kenne so liederliche Weibstücke wie du eins bist!«

Sarah wimmerte und schrie, dachte aber dabei gar nicht mehr daran, dass der Mann ja nur darauf aus war, sie leiden zu hören.

Während sie noch versuchte, sich aus dieser Position zu befreien, leckte er genüsslich ihre Pussy und rieb sich den wieder hart gewordenen Schwanz. Er steckte drei Finger in sie und fickte sie kurz damit. Dann entfernte er das Spekulum und drängte seine Hand in ihren brennenden Arsch und dehnte ihn noch weiter auf. Als ihr ein lauter Schmerzensschrei entwich, spritze er seinen Saft direkt auf ihre noch geweitete Pussy. Sofort zog er seine Hand heraus und legte sich erschöpft über sein Opfer. Sarah war froh, dass diese Tortur vorbei war und konzentrierte sich darauf, wortlos die Zahlen von hundert rückwärts auf Spanisch aufzusagen. Das vertrieb zumindest für den Moment den Schmerz.

Nach geraumer Zeit löste er sich mit einem lauten Schmatzgeräusch, das sein Schweiß zwischen den beiden Körpern verursacht hatte, von ihr und öffnete wortlos die Eisenfesseln.

Sarah richtete sich vorsichtig auf, streckte sich und betastete ihre Rosette. Sie stand noch ein klein wenig offen, war heiß und schmerzte. Das Männchen sah auf die Uhr, machte einen überraschten Gesichtsausdruck, nahm seine Sklavin bei der Hand und verließ mit ihr den Raum.

Er brachte sie in sein Schlafzimmer, das mit einem runden Bett ausgestattet war. Der Raum war, abgesehen vom Bett, einem Hundekörbchen und mehreren Stehlampen, leer. Die Lampen waren gedimmt und leise Musik erklang im Hintergrund. Er zeigte auf das Hundekörbchen in der Ecke und sagte, ohne sie anzusehen: »Geh auf deinen Platz.« Dann drehte er sich um und zog sich aus.

Sarah ging zu dem Korb und versuchte, sich hineinzulegen. Natürlich war er viel zu klein und sie wusste nicht, wie sie den Rest der Nacht darin verbringen sollte. Aber sie hatte auch Angst vor einer Bestrafung, weshalb sie sich zusammenrollte und in einer sehr unbequemen Lage verharrte.

Wenn das Männchen eingeschlafen ist, werde ich mich einfach auf den Boden legen und am Morgen wieder zurück ins Körbchen gehen, dachte sie und sah ihm verstohlen zu, wie er zu Bett ging. Dass sie nicht in einem Bett würde schlafen dürfen, war ihr klar, aber dass ein stinkender, kleiner Hundekorb ihre Liegestätte für diese Nacht sein würde, hatte sie auch nicht gedacht. Trotzdem musste sie die vierundzwanzig Stunden durchhalten – für Tom und nur für Tom. Tom ... was er jetzt wohl gerade machte? Verliebte er sich in die Vierundzwanzigstundensklavin? Fickte er sie gerade? Oder hatte er vielleicht gar keinen Spaß mit ihr, weil er doch Sarah liebte? Erneut tauchten Zweifel an seiner Liebe auf.

Sie stellte sich vor, was Tom gerade mit der anderen machte. Die Lippen begannen zu zittern und plötzlich hielten ihre

Nerven dem Druck nicht mehr Stand. Die Augen füllten sich mit Tränen und sie unterdrückte schmerzhaft ein Schluchzen. Ganz leise weinte sie vor sich hin und ließ ihrem Frust freien Lauf. Die ganze Anspannung fiel langsam von ihr ab und sie beruhigte sich wieder. Während die Tränen versiegten, schlief sie langsam ein.

***

Als sie morgens wach wurde, war es bereits hell. Sie lag nackt und zusammengerollt in dem Hundekörbchen und versuchte, sich zu orientieren. Im Bett daneben schnarchte das Männchen und schlagartig fiel ihr alles wieder ein. Sofort setzte auch das Brennen in ihrem Arsch wieder ein und sie bekam ein wenig Angst, was der heutige Tag für sie an Qualen, Demütigungen und Schmerzen bereithalten würde. Sarah rollte sich zusammen und wollte noch etwas schlafen, als sie die Stimme ihres vorübergehenden Masters vernahm.

»Du stinkendes Hundevieh, beweg deinen Arsch sofort hierher!«

Sarah kroch auf allen vieren zum Bett und setzte sich wie ein Hund davor. Das Männchen schlug die Decke zurück und klopfte mit der flachen Hand neben sich auf die Matratze. Sarah sprang mit einem Satz aufs Bett und leckte ihm die Hand, während sie mit dem Arsch wackelte.

Er zog seine Hand weg und gab ihr eine schallende Ohrfeige. »Wage es ja nicht, mich mit deiner stinkenden, grauslichen Spucke zu beschmutzen, du dreckiges Mistvieh! Ich werde dir zeigen, wer hier der Herr ist!« Er holte aus einer Tasche neben dem Bett einen riesigen Dildo, an dem sich ein Hundeschweif befand. Er steckte ihr den Dildo mit einem Ruck in den Arsch. Sie bellte kurz. Dann legte er ihr ein schwarzes Nietenhalsband um den Hals, zog es so straff, dass Sarah husten musste. »Stell dich nicht so zickig an, du räudiges Vieh!«, schrie er sie an. Sein Schwanz wurde sichtbar dicker und richtete sich auf. Er ließ den Karabiner einer schweren Kette an ihrem Halsband einschnappen und zog so heftig daran, dass sie den Halt verlor und mit dem Kopf auf den Oberschenkel ihres Herrchens knallte. Dieser gab ihr mit dem Knie einen Stoß und sie fiel seitlich vom Bett. Sofort zog er an der Kette und schnürte ihr die Luft ab. Sarah beeilte sich, wieder auf das Bett zu kommen, um dem Würgegriff des Halsbandes zu entkommen. Der Master amüsierte sich köstlich und riss erneut an der Kette, sodass ihr Mund direkt über seinem Schwanz war.

»Leck mir meinen geilen Schwanz, du räudige Hündin! Lutsch ihn, du elendes Drecksvieh!«, befahl er in rauem Ton und drückte ihren Kopf auf sein Becken. Er fasste sie am Halsband und zog rhythmisch daran, sodass er ihr die Tiefe vorgab, mit der er seinen Schwanz in ihrem Mund haben wollte. »Na, wie gefällt dir das, du läufiger Hundedreck? Zeig deinem Herrchen gefälligst, dass es dir gefällt, seinen Schwanz zu lutschen!«, rief er freudig aus.

Sarah wedelte artig mit dem Schwanz und musste höllisch aufpassen, dass sie beim Blasen nicht aus dem Rhythmus kam. Das Männchen grunzte und johlte, beschimpfte und erniedrigte sie. Schließlich ergoss er sich mit einem spitzen Schrei in ihr Gesicht.

»Du dreckige Hundefotze!«, schimpfte er. »Schau dich an, wie du aussiehst! Du hast einen Haufen Dreck auf deiner stinkenden Schnauze. Mir ekelt vor dir, wenn ich dich ansehe. Geh mir aus den Augen, du elender Mistköter!«

Sarah sprang vom Bett und lief eilends auf allen vieren schwanzwedelnd aus dem Zimmer. Die Kette, die als Leine diente, zog sie geräuschvoll hinter sich her.

Als sie hinter der Ecke des Schlafzimmers war, setzte sie sich und wischte sich sein Sperma aus dem Gesicht.

Wie recht er doch mit dem Dreck in meinem Gesicht hat!, dachte sie und wischte das Sperma in den Teppich. Was sie jetzt tun sollte, wusste sie nicht, aber sie wusste, dass jede Minute, die verging, sie der Freiheit ein Stück näher brachte. Sie äugte um die Ecke in die Küche: acht Uhr zwölf. Also hatte sie keine zwölf Stunden mehr zu dienen – und die würde sie auch noch schaffen.

Der Meister bog um die Ecke und gab ihr ganz beiläufig einen Tritt ins Becken. Sie fiel seitlich um und er lachte. In der Küche stellte er ihr einen Blechnapf mit Wasser auf den Boden und rief sie zu sich. »Du elender Köter kannst dir dein Wasser holen, auch wenn du es nicht verdient hast. Komm und sauf, oder denkst du, ich habe mich umsonst bemüht?«

Artig begab Sarah sich auf Händen und Knien in die Küche und beugte sich über den Wassernapf. Sie schlabberte das schale Wasser aus dem kalkbedeckten Stahlnapf und tropfte ein wenig daneben. Sofort klatschte eine zusammengerollte Zeitung auf ihrem Arsch nieder.

Er schlug ein paar Mal auf sie ein und schrie aufgebracht: »Was bildest du dir ein, du räudiges Stück Vieh? Du versaust mir die ganze Küche! Du elender Drecksack!«

Sarah duckte sich, winselte und verzog sich in die nächste Ecke und zitterte. Das Männchen lachte zufrieden und ließ von ihr ab. Aus dem Kühlschrank holte er eine Menge Lebensmittel und stellte sie auf den Tisch. Der Cappuccino, der frisch aus der Maschine lief, duftete köstlich und Sarah wünschte sich, auch eine Tasse davon zu bekommen. Doch sie schwieg und blieb brav in ihrer Ecke sitzen. Als sie sah, dass das Männchen zu ihr äugte, wedelte sie mit dem Schwanz, dessen Dildo schon sehr unangenehm in ihrem Arsch brannte. Zufrieden mit der

Reaktion des Hundes wandte er sich wieder seinem Frühstück zu. Er setzte sich, schlug die Zeitung auf, die er als Disziplinierungshilfe für seinen Pet genommen hatte, und begann zu lesen. Nebenbei stopfte er achtlos Wurst, Käse, Baguettebrot, Speck und viele andere Köstlichkeiten in sich hinein. Sarah hatte großen Hunger und schlich langsam in Richtung Tisch. Sie setzte sich davor, sah ihr Herrchen mit großen Augen an und ließ Speichel aus den Mundwinkeln auf den Boden tropfen. Gekonnt wedelte sie mit dem Schwanz und legte den Kopf schief. Lange Zeit tat er so, als ob er seinen Hund nicht sehen würde, doch dann blickte er von der Zeitung auf, tätschelte ihr den Kopf und hielt ihr gebratenen Speck vor die Nase. Sarah reckte sich, um die Köstlichkeit zu erwischen, doch er zog die Scheibe ein Stück in die Höhe, sodass sie ins Leere schnappte. Er lachte dreckig auf und steckte sich den Speck selbst in den Mund. Sarah winselte und rückte ein Stück näher an ihn heran.

Er nahm eine Scheibe Käse, hielt sie ihr erneut vor die Nase, schwang sie nach links und rechts, bot sie ihr an und ließ sie erneut ins Leere schnappen. Dann ließ er sie wie ein Zirkuspferd um den Käse hüpfen, und nachdem er sich genügend amüsiert hatte, durfte sie den Käse essen. Nun wurde sie noch ein wenig zudringlicher und erhielt nach vielen Sprüngen und Betteleien ein paar Bissen. Nicht genug, um satt zu werden, aber der Hunger war halbwegs gestillt. Das Männchen wurde seiner lästigen Hündin bald überdrüssig und trat nach ihr. Sie machte einen Satz zur Seite, winselte und verzog sich wieder in die Küchenecke. Dort starrte sie zu Boden und zählte die Minuten, die vergingen. Jede Minute hier in der Ecke brachte sie eine Minute der Freiheit näher.

Als das Männchen mit dem Essen fertig war, wischte er sich die fettigen Finger in seinen Brusthaaren ab, auch Reste des Baguettes hatten sich in Form von großen Bröseln darin verfangen. Sarah fand das mehr als widerlich und senkte ihren Blick. Der verschmutzte Boden war appetitlicher als dieser Typ, dem sie wohl recht bald wieder als Lustobjekt zur Verfügung stehen musste.

Schwerfällig erhob er sich und kam auf sie zu. Mit einem kurzen Ruck zog er ihr den Plug aus dem Arsch, wischte ihn kurz ab und fickte sie damit grob in den Mund. Der Dildo war ekelig und die künstlichen Hundehaare rochen nach billigem Plastik. Sie hasste es, Dildos »blasen« zu müssen.

Plötzlich zog er den Dildo aus ihrem Mund und nahm die Kette vom Halsband. Beides ließ er achtlos auf den Boden fallen. Er packte sie an den Haaren und zerrte sie zurück ins Schlafzimmer, wo er sie auf dem Bett absetzte und den Raum verließ.

Kurz darauf hörte sie die Türglocke. Neugierig schielte sie vom Bett aus in den Flur, konnte aber niemanden sehen. Eine zweite Männerstimme drang gedämpft bis zu ihr vor, verstehen konnte sie allerdings kein Wort.

Dann hörte sie Schritte auf das Schlafzimmer zukommen. Ein Mann um die vierzig, groß, schlank, gepflegt mit dunklem Haar stand in der Tür und musterte sie eingehend.

Er lächelte und trat auf sie zu. Er küsste ihre Hand und bat sie, aufzustehen und sich langsam zu drehen. Während sie sich drehte, ließ er seine Hände über ihren Körper gleiten. Er hatte sie scheinbar mit Öl eingerieben, weil sie sich so glatt anfühlten. In seinen Händen fühlte sie sich wohl und dachte nicht weiter nach, was hier geschehen mochte. Er wurde leidenschaftlich, küsste sie innig, war nach ihren Brüsten gierig und ging mit ihrer Pussy sehr behutsam um. Sarah genoss diesen Mann und vergaß die Welt um sich herum.

Inmitten einer Woge des Wohlfühlens während eines wunderbaren Rittes, wurde sie plötzlich mit einem heftigen Ruck von dem unter ihr liegenden Mann gerissen.

»Du elende Fickschlampe! Was bildest du dir eigentlich ein, wer du bist? Treibst es hier in meinem Bett mit meinem Freund vor meinen Augen?« Das Gesicht des Masters glühte in Zornesröte, sein Mund schleuderte Worte und Spucke wie ein Vulkan Lava aus seiner Öffnung. Während er schrie, gab er ihr ein paar schallende Ohrfeigen, sodass ihre blonden Haare übers Gesicht geschleudert wurden. »Dreckiges Fickstück! Ich hab dir zu fressen gegeben und du fickst dir hier das Hirn raus! Du verficktes Dreckschwein hast nicht den kleinsten Funken Anstand in dir!«

Er zog sie vom Bett und schleifte sie in die strenge Kammer. Dort steckte er ihre Handgelenke in zwei von der Decke hängende Lederhandfesseln und zog sie am Flaschenzug so weit nach oben, dass sie gerade den Boden nicht mehr berühren konnte, auch wenn sie die Zehen nach unten streckte. So hing sie in der Luft und schaukelte leicht vor und zurück. Ihr aufgebrachter Master nestelte hektisch an den Seilen des Flaschenzuges herum und schielte auf den an der Wand hängenden Rohrstock. Kaum hatte er die Seile fixiert, ergriff er den flexiblen Weidenstab und zog ihn über Sarahs runden Arsch. Sie zuckte und versetzte damit die Seile in leichte Schwingung. Ein weiterer Hieb biss sich in ihre Haut und sie fuhr erneut zusammen. Der Peiniger grinste, stellte sich dicht vor sie hin, neigte leicht den Kopf zur Seite und sah ihr in die Augen: »Niemand fickt mit einem anderen als mir in meinem Bett, hast du verstanden?« Dem Grinsen folgte ein harter Schlag über ihre Oberschenkel, von ihrem Schrei gefolgt.

»Hörst du? Elendes Miststück! NIEMAND!«

Die nächsten Hiebe hinterließen schmerzhafte, rote Striemen auf ihrem Rücken, Oberschenkel und Arsch.

»Ich werde dich lehren, andere Männer zu ficken, du verdammtes Hurenweib! Deine stinkige Fut werde ich schlagen, bis sie in Fetzen von deinen verdammten Knochen hängt, du dreckiges Weibstück!«

Sarah wollte den Schlägen ausweichen und wand sich in den Seilen. Sie stöhnte, ächzte, weinte und bettelte, er möge doch von ihr ablassen. Wie ein Fisch an der Angel zappelte sie herum und suchte flehend um Hilfe. Des Peinigers Hose beulte sich aus und er zog den Reißverschluss auf. Mit einem Griff holte er seinen Schwanz heraus und steckte ihn in die zappelnde, sich wehrende Sklavin. Er packte sie fest an den Hüften und fickte sie unter lautem Fluchen und Schimpfen in den Arsch. Sie hing wie ein Stück Fickfleisch in den Seilen und ließ ihn gewähren – nicht jedoch, ohne ihn mit weiterem Betteln und Flehen noch geiler zu machen. Die Striemen schmerzten, aber das nahm sie hin.

Vorsichtig lugte sie zwischen ihren geschlossenen Lidern hervor und sah den anderen Mann hinter einer Videokamera stehen. Seinen weit aus der Hose ragenden Schwanz massierte er, ließ aber von der Kamera nicht ab. Er forderte den Ficker mit kreisenden Handbewegungen auf, sie schneller und härter zu stoßen. Das Männchen keuchte, stöhnte, schwitzte und fickte. Der Filmer wichste seinen Schwanz schneller, bis er sich mit einem lauten Aufschrei auf den Boden ergoss.

»Du Ficksau! Dir treibe ich deine verfickte Geilheit schon noch aus!«, rief er und spritzte mit einem lauten Aufschrei der Geilheit auf Sarahs rotgestriemten Arsch.

Die beiden Männer packten ihre Schwänze ein, verließen gemeinsam den Raum und ließen die hängende Sklavin allein.

Sarah sah sich um und betrachtete die Schlaginstrumente an der Wand. Alle waren eher harmlos und konnten keinen großen Schaden anrichten. Abgesehen davon, setzte sie sehr viel Vertrauen in den Sklavenvertrag, den das Männchen abgeschlossen hatte. Wenn sich ihr »Dirty Talker« nicht noch wandelte oder schlimmere Dinge zum Aufgeilen zutage förderte, dann hatte sie eigentlich nichts zu befürchten. Die Behandlung war ganz okay – zumindest hatte sie es sich schlimmer vorgestellt. Eigentlich war er harmlos, denn die Beschimpfungen, die er brauchte, um sein müdes Schwänzchen zum Stehen zu bringen, tangierten sie äußerst wenig. Sie schätzte, dass es jetzt ungefähr zehn Uhr war und somit blieben noch, abzüglich der Autofahrt zum Sklavenmarkt, rund neun Stunden.

Zufrieden lenkte sie ihre Gedanken zu Tom und fragte sich, was er gerade machte. Sie redete sich ein, dass er an seiner Sklavin ebenso desinteressiert war wie sie an ihrem »Neoherrn«. Er wird sie benutzen, behandeln und am Abend zurückbringen. Danach würde er keinen Gedanken mehr an sie verschwenden.

Obwohl Sarah recht schlank war, schmerzten die Handgelenke allmählich unter ihrem Gewicht. Sie versuchte, durch ein Hochziehen ihre Position in den Lederfesseln zu verändern, doch nichts bewegte sich. Sie sah, dass sie auch schon rote Streifen, die über das Leder lugten, hatte. Sie wurde etwas zornig, weil er sie wie eine Rinderhälfte in der Kühlkammer hängen ließ. Das war völlig unnötig und sie begann, zornig zu werden. Schließlich hatte er nichts von dieser Aktion und ihr tat sie unnötig weh. Doch all ihr Zorn half nichts, er kam nicht wieder.

Längere Zeit später, als sich ihr Zorn ziemlich gesteigert hatte, hörte sie die Tür ins Schloss fallen. Wahrscheinlich hatte der andere Mann die Wohnung verlassen und sie war mit dem

Männchen wieder allein. Gleich darauf kam er ins Zimmer, ließ sie wortlos zu Boden und machte sich an den Kameras an den Wänden zu schaffen. Verloren stand sie inmitten des Raumes und wagte nicht, sich zu bewegen, obwohl sie sich gern die schmerzenden Handgelenke gerieben hätte.

Im Vorbeigehen begrabschte er sie, ließ aber sofort wieder von ihr ab. Sie hatte das dringende Bedürfnis, sich zu duschen, denn sie kam sich stinkend und dreckig vor, doch sie wagte nicht, ihn darum zu bitten. Sie rechnete aufgrund seiner eigenen Körper- und Haushygiene damit, dass er ihren Wunsch nicht verstehen und ihn deshalb auch nicht erfüllen würde. Außerdem durfte sie nur dann sprechen, wenn er ihr es erlaubte. Somit war der Gedanke ohnehin hinfällig.

Statt in die Dusche schickte er sie in die Küche und trug ihr auf, eineinhalb Liter Wasser zu trinken, und das möglichst ohne Pause. Gehorsam ging sie in die Küche, nahm ein großes Glas, das halbwegs sauber erschien, und begann zu trinken. Bereits nach einem knappen Liter war ihr übel, aber sie führte den Befehl gehorsam aus. Sie verspürte schon jetzt den Drang, auf die Toilette gehen zu müssen, aber sie wagte nicht, das Männchen danach zu fragen. Mit eineinhalb Litern Wasser im Magen würde sie sehr bald ein großes Problem bekommen.

Nackt stand sie in der Küche und wartete mit zusammengekniffenen Beinen auf weitere Befehle, die den Tag zu Ende bringen würden. Die Zeit zog sich jetzt in schleppendem Tempo dahin und sie konnte es schon nicht mehr erwarten, in die Scheune zurückgebracht zu werden.

Sie hörte ihren Master irgendwo herumkramen, konnte aber die Geräusche nicht zuordnen. Eigentlich war es ihr auch egal, was er mit ihr anstellen würde, denn sie hatte überhaupt keine Lust, diesem Drecksack zu dienen. Sie konnte ungepflegte

Menschen nicht ausstehen und sehnte sich Tom herbei. Noch bevor sie wieder in die Denkfalle, was er gerade mit der ersteigerten Sub anstellen würde, tappen konnte, hörte sie ihren derzeitigen Master:

»Hey, kleine Drecksnutte! Beweg deinen fetten Arsch hierher, aber ein bisschen plötzlich, wenn ich bitten darf!«

Sarah verdrehte die Augen und ging ins Wohnzimmer, wo sie ihn nackt mit weit gespreizten Beinen auf der Couch vorfand. Sie fand diesen Anblick einfach nur widerlich und hatte schwer damit zu kämpfen, diesem ekeligen Typen nicht ein paar Frechheiten ins Gesicht zu schleudern und die Wohnung zu verlassen. Doch sie wollte durchhalten, um sich zu beweisen, dass sie eine vollwertige Sklavin war, die so ziemlich jeder Anforderung gewachsen war. Selbst einem so ekelerregenden Typen wie dem auf der Couch, der sie lüstern angrinste.

Er winkte sie zu sich heran und drückte auf ihren Bauch: »Ist die Wampe da fett oder sammelt sich in deinen Eingeweiden schon herrlicher Natursekt, kleines Dreckstück?« Erwartungsvoll sah er sie an, steckte zwei Finger in die Möse und fickte in ihr herum.

Sarah sagte ergeben: »Das Wasser sammelt sich bereits in meiner Blase, ehrwürdiger Meister, aber Ihr habt natürlich auch recht, dass ich zu fett bin.« Sie senkte ihren Blick zu Boden als wäre sie beschämt, doch sie nutzte diese Geste, um ihm nicht ins Gesicht sehen zu müssen.

Durch einen kräftigen Ruck an ihrer Hüfte brachte er sie aus dem Gleichgewicht und sie landete mit dem Bauch auf seinen Oberschenkeln. Er positionierte sie so, dass die volle Blase direkt darauf lag und sie Mühe hatte, den Harn nicht laufen zu lassen. Er zog ihren Arsch auseinander, spuckte auf die Rosette, verrieb den Speichel und spankte sie genüsslich.

Sarah dachte an ihre nächste Prüfung, die Uni und den Professor, den sie so verehrte, sonst hätte sie dem Kerl einen Fausthieb verpasst. Sie war schon so zornig, dass sie sich kaum noch unter Kontrolle hatte. Ohne den Kopf zu bewegen, hielt sie nach einer Uhr Ausschau, fand jedoch zu ihrem Bedauern keine. Während er ihr den Arsch rot klopfte, wurde der Druck in ihrer Blase sehr unangenehm und kaum noch aushaltbar. Sie versuchte, die Position auf seinen Oberschenkeln ein wenig zu verändern, doch er hatte sie fest im Griff. Er lachte auf, packte sie an den Haaren und riss ihren Kopf grob zurück, sodass sie sich weit nach hinten beugen musste und somit ihr beinahe gesamtes Gewicht auf der Blase ruhte.

»Na, willst dich heimlich davonschleichen, du kleine Dreckshure? Hast wohl geglaubt, ich merke das nicht, du Hurenweib!«, sagte er.

Sarah spürte, wie sein Schwanz gegen ihre linke Seite drückte. Es musste ihn unheimlich aufgeilen, sie mit dieser ordinären Sprache zu beschimpfen!

Ohne jegliche Vorwarnung stieß er sie grob von seinen Beinen und grunzte: »Jetzt zeig mal, dass du auch Ficken kannst, alte Hure! Rauf auf meinen Prachtschwanz, aber dalli!«

Sarah stellte sich mit gespreizten Beinen über sein Becken, führte sich den kurzen Schwanz mit der Hand ein und begann mit wippenden Bewegungen zu reiten. Bewusst hatte sie sich mit dem Rücken zu ihm gesetzt, dem Geruch seines Atems wollte sie sich nicht freiwillig aussetzen. Sie sah zu Boden und ihr Blick blieb an seinen y-förmigen Beinen hängen, die sich im Rhythmus ihrer Bewegungen mitbewegten. Sie schloss die Augen und wippte weiter; so lange sie sein Stöhnen hören konnte, war es gut, was sie tat.

Mittlerweile wurde der Druck auf ihre Blase beinahe unerträglich. Jede Bewegung schmerzte in ihrem Unterbauch und sie ritt nur noch zaghaft. Mittlerweile hatte sie Angst, Urin tröpfchenweise zu verlieren. Was er dann mit ihr anstellte, wollte sie sich lieber nicht ausmalen.

Inmitten ihrer Gedanken bekam sie ohne Vorwarnung einen heftigen Stoß von hinten, sodass sie zwischen seinen Beinen auf die Knie fiel. Sie blieb regungslos hocken und wartete ab, welche Befehle ihr Meister für sie hatte. Er hielt sich an ihren Schultern fest und hievte sich mit einem lauten Ächzen von der Couch hoch. Dann verließ er das Zimmer und Sarah blieb allein zurück. Sie wagte nicht zu fragen, ob sie zur Toilette gehen durfte, denn sie rechnete stark damit, ihm ihren Natursekt spenden zu müssen.

Sie hörte ihn in der Kammer hantieren, telefonieren und fluchen. Während sie zu erraten versuchte, was im gegenüberliegenden Zimmer vor sich ging, schreckte sie die Türglocke auf. Vorsichtig spähte sie um die Ecke, konnte jedoch den Besucher nicht sehen. Sie verharrte in kniender Stellung und senkte den Blick zu Boden. Es dauerte nicht lange, bis sie in die Kammer gerufen wurde. Unter großen Bauchschmerzen ging sie vorsichtig zu den beiden Männern.

Der zweite Mann war etwa Mitte siebzig, klein, hager, weißhaarig, mit einem Schildkrötenrücken. Irgendwie wirkte er inmitten der Folterinstrumente und -möbel nicht nur fehl am Platz, sondern auch irgendwie verloren.

Der Mann musterte sie mit leeren Augen. Das Männchen wies sie an, sich seinem Freund tanzend zu präsentieren. So gut es mit der vollen Blase ging, präsentierte sie sich dem alten Mann, dessen Augen nun zu glänzen begannen. Er ließ seine knochigen Finger über ihr zartes Fleisch streichen. Mitten in einer Drehung hörte er auf, um ihre festen Brüste zu drücken und an ihren Nippeln zu saugen. Er schlug ihr zwei Mal kurz auf den linken Oberschenkel. Sarah hob ihr Bein so hoch es ging. Lüstern beugte er sich hinunter, um sich die offen dargebotene Sklavenfotze näher anzusehen. Freudig befeuchtete er seinen verkrümmten Zeigefinger im Mund und teilte damit die Schamlippen der Sklavin. Vorsichtig folgte er dem Spalt bis hin zu ihrer Lustperle, beschrieb dort zwei kleine Kreise und folgte dem Pfad zurück, bis zur Lustgrotte. Dort ließ er den Knochenfinger abermals rotieren und leckte sich die Lippen. Mit einem erfreuten Ausdruck im Gesicht nickte er seinem Freund zu.

Der Master wies sie an, sich auf den Gynstuhl zu legen, während der Alte sich auszog. Die Schalen des Stuhles waren sehr hoch und sehr weit auseinander angebracht, sodass Sarah beinahe einen Spagat in der Luft machen musste. Ihre Knöchel wurden in den Schalen von ihrem Meister fixiert, ihre Handgelenke an den Seiten der Liegefläche. Ihr Becken wurde zusätzlich mit einem breiten Ledergurt sehr straff an die Unterlage geschnallt. In diesem Moment dachte sie, ihre Blase nicht mehr unter Kontrolle halten zu können und es flossen bereits ein paar Tropfen klaren Urins über ihre weit geöffnete Lustgrotte. Der alte Mann folgte mit lüsternen Augen dem goldenen Nass und rieb sich mit den Fingern zwischen den Beinen. Mit der Fingerspitze holte er sich einen glänzenden Tropfen und ließ ihn auf seinen Schwanz fallen. Vorsichtig balancierte er die Kostbarkeit in Richtung Sarahs Kopf und steckte ihr das faltige, schrumpelige Schwänzchen in den Mund. Mit beiden Händen stützte er sich an ihrem Kopf ab und versuchte kraftlos, in sie hinein zu stoßen. Sarah bot all ihre Blaskunst auf um den alten Schwanz zum Stehen zu bringen – denn je schneller er stand, desto schneller wurde sie wahrscheinlich die volle Blase los.

Erstaunlicherweise war der Mann mit einem Halbsteifen schon sehr zufrieden, denn er stieß einen Freudenschrei aus, als er ihn aus dem Sklavenmaul zog. Auf dem Weg zwischen ihre Beine leckte er über ihre Nippel und streichelte ihren Bauch. Er zog einen Hocker heran und setzte sich zwischen die Beine. Mit knotigen Fingern spreizte er die Schamlippen weit auseinander und drückte ihre Lustperle heraus. Das Männchen überprüfte die Kameras und schoss immer wieder Fotos.

Der Alte drückte sein Gesicht auf die saftige Spalte und leckte das junge Mädchen, als wäre ihre Scham eine ausgelöffelte Eisschale. Sein Schwanz zeigte noch immer eine beachtliche Steifheit und der Mann rieb ihn immer wieder stolz. Hin und wieder hielt er ihn direkt in die Kamera und lächele.

Auf ein weiteres Nicken hin herrschte der Master Sarah an: »Piss, du Fotze! Piss in hohem Strahl und mach Jimmy glücklich!« Sarah drückte mit aller Kraft gegen ihre Blase und ein wahrer Golden Shower ergoss sich über den alten Mann. Rasch rückte er ganz nahe an sie, warf den Kopf in den Nacken, öffnete den Mund und versuchte, so viel Pisse wie möglich auf seine weit herausgestreckte Zunge zu bekommen. Er lehnte sich auf dem Hocker zurück, um von der nassen Köstlichkeit auch seinen Schwanz einreiben zu können. Während er leckte, schluckte, wichste und stöhnte, krochen ein paar müde Tropfen Spermas aus seinem Halbsteifen. Als der heiße Strahl versiegte, küsste er die letzten Spuren von der nassen Muschi und sank schließlich erschöpft auf dem Hocker zusammen. Das Männchen half ihm hoch und geleitete ihn auf die Couch im Wohnzimmer, wo er sich hinlegte, um auszuruhen.

Das Männchen kehrte mit steifem Schwanz in die Kammer zurück. »Du pissgeile Fotze hast einen alten Mann richtig glücklich gemacht!«, lobte er sie. Doch kaum waren die

Worte ausgesprochen, klatschte das Lederdreieck einer Gerte mit Schlag auf die offene Pussy.

Sarah erschrak und zuckte zusammen.

Er sah ihr zwischen den Beinen in die Augen und fragte süffisant: »Na, Mylady? Tut das weh?« Noch ehe Sarah antworten konnte, schlug er wieder zu. Dann wieder und wieder. Er ließ die Gerte einen wahren Tanz auf ihrer Scham aufführen und Sarahs Stöhnen wandelte sich in Schmerzensschreie. Sie versuchte, ihre Beine zu schließen, doch die Beinschalen waren festgeschraubt. Auch ein Entkommen durch das Bewegen des Beckens war unmöglich. Sie war der Folter hilflos ausgeliefert und litt nach außen hin Höllenqualen. Immer wieder hielt er inne, leckte über die rot leuchtende Scham, ergötzte sich an ihrem Wehklagen und bohrte ihr drei Finger in die heiße Grotte. Sarah flehte und bettelte, er möge der Folter ein Ende setzen, doch er lachte nur und nahm sich mit dem Rohrstock ihre Fußsohlen vor. Sie zuckte, drehte sie und bewegte sie so schnell es die Fesseln zuließen. Sie quiekte wie ein junges Ferkel und das Männchen begann zu grunzen und zu ächzen. Noch ein paar Schläge mit dem Rohrstock quer über die Pussy ließen Sarah aus Leibeskräften aufschreien. In diesem Moment steckte er seinen Schwanz in sie und pumpte mit ein paar kräftigen Stößen in ihre heiße, rot leuchtende Pussy. Kurz darauf ließ er einen Lustschrei los und brach auf ihrem Bauch zusammen. Schwer atmend lag er auf ihr und sammelte Kräfte.

Er rappelte sich ächzend hoch und stellte sich vor Sarahs Kopf. »Maul auf und schlucken!«, herrschte er sie an und zwängte seinen Schwanz zwischen ihre Lippen. Er schloss die Augen, verschränkte die Hände hinter dem Kopf und begann zu pissen. Sarah konnte den Schwall heißer Pisse beinahe nicht bewältigen und ein kleines Rinnsal bahnte sich seinen Weg über die Wange auf den Kopfteil des Gynstuhls. Angewidert schluckte sie und betete, dass der Master die paar Tropfen auf der Liegefläche nicht entdecken würde. Als er fertig war, stieß er seinen Schwanz noch ein paarmal in ihren Mund, verpasste ihr eine Ohrfeige und verließ das Zimmer.

Sie hörte, wie er sich mit dem Alten im Wohnzimmer unterhielt. Der Greis war mit ihren Leistungen überaus zufrieden und lobte sie in höchsten Tönen. Das Männchen gab an, dass er sie auch gut erzogen hätte. Sarah wollte am liebsten aufschreien und diese Aussage klarstellen. Zornig riss sie an ihren Gurten, um ins Wohnzimmer zu gelangen. Doch das Leder war stark und so blieb sie mit ihrem Zorn und Frust in der Abgeschiedenheit der Kammer liegen. Sie hörte auch nicht mehr auf die Worte der beiden Männer, denn sie würde ohnehin nichts tun können. Ihre Beine schmerzten, weil sie schon zu lange extrem gespreizt und erhöht waren. Das Kribbeln war einem dumpfen, anhaltenden Schmerz gewichen, die Hautoberfläche war weiß und sie spürte nur noch Kälte. Auch die Arme waren kaum mehr zu spüren und sie fühlte sich elend. Der Master hatte genau so wenig Verantwortungsgefühl wie Manieren.

Nach einer gefühlten Ewigkeit hörte sie die Eingangstür ins Schloss fallen und nahm an, nun wieder aktiv werden zu müssen. Doch das Männchen ging ins Wohnzimmer und schaltete den Fernseher ein. Sie blieb nach wie vor allein. Langsam stieg Angst in ihr hoch, dass er sie auf diesem Stuhl noch viele Tage festhalten könnte. Dass er ein perverser Mörder war, der seine Opfer unter Vorspiegelung falscher Tatsachen auf solchen Auktionen erwarb, um sie dann monatelang zu quälen und zu missbrauchen. Mit dem Auftauchen von Gewaltszenen, in denen sie die Hauptrolle spielte, durchfluteten sie heiße Wellen der Angst. Ihre Kehle schnürte sich zu und ihr Herz begann zu rasen. Der Raum wurde immer dunkler, die Wände schienen auf sie zuzukommen und das Metall des Stuhles verwandelte sich in flüssige Lava, die sie in sich aufzusaugen drohte.

Sarah begann, panisch zu schreien, rief um Hilfe und zerrte wie ein gefangenes Tier an ihren Fesseln. Ihre Augen füllten sich mit Tränen und ihr Oberkörper vollführte einen hysterischen Tanz. Dass der Master sich näherte, registrierte sie in ihrer Panik nicht. Sie spürte nur, dass sie hart und schnell gefickt wurde. Irritiert starrte sie ihn an, doch er schien ein Objekt zu ficken. Es dauerte nicht lange und er spritzte mit einem lauten Grunzen auf ihrem Bauch ab. Diesmal war er nicht erschöpft, sondern steckte ihr gleich den Schwanz in den Mund, um ihn sauberlecken zu lassen.

Sarah war am Ende ihrer Kräfte und wollte ihn schon bitten, sie aus dieser Lage zu befreien. Doch er löste von sich aus ihre Gurte und bot während des Verlassens des Raumes an, dass sie duschen gehen dürfe. Glücklich versuchte sie, ihre Beine aus den Schalen zu nehmen, doch die Schmerzen waren für eine durchgehende Bewegung einfach zu groß. Nur langsam schaffte sie es Stück für Stück, ihre Beine auf die Liegefläche zu stellen und mit dem Oberkörper nach oben zu gleiten. Dann setzte sie sich langsam auf. Der Kreislauf versagte und ihr wurde schwarz vor den Augen. Rasch legte sie sich wieder nieder und schloss die Augen. Nach wenigen Minuten hatte sie neuen Mut gefasst, um es noch einmal zu versuchen. Dieses Mal konnte sie sich aufsetzen. Langsam glitt sie vom Stuhl und hielt sich noch ein wenig fest. Als sie festen Stand hatte, ging sie ins Badezimmer und duschte gründlich. Sie wollte den ganzen Schmutz, den das Männchen in und an ihr hinterlassen hatte, wegschrubben. Als sie fertig war, blieb sie im Badezimmer auf dem Wannenrand sitzen und wartete auf neue Befehle.

Es dauerte nicht lange, bis der Master das Badezimmer betrat und sie anherrschte: »Auf die Knie! Hände auf den Rücken! Wird's bald, blöde Schlampe?« Zur Unterstützung seiner Aufforderung versetzte er ihr einen Tritt in die rechte Kniekehle. Während sie zu Boden fiel, lachte er und holte Handschellen hinter seinem Rücken hervor. Mit einer gekonnten Bewegung legte er der Knieenden das kalte Metall an beiden Handgelenken an und dirigierte sie mit leichten Tritten und wüsten Beschimpfungen ganz dicht an die Klomuschel. Ohne jede Vorwarnung packte er ihr Haar und steckte ihren Kopf tief in die Schüssel, sodass ihre Nase in der kleinen Wasserpfütze steckte. Instinktiv begann sie, sich zu wehren und drückte ihren Kopf mit aller Kraft nach oben. In dem Moment betätigte ihr Peiniger die Spülung und Sarahs Gesicht verschwand vollständig im Wasser. Sie zuckte und trat mit den Beinen aus, doch er hatte sie fest im Griff. Als das Wasser abgelaufen war, rang sie hechelnd und keuchend um Luft. Der Master lachte prustend und genoss mit steif werdendem Schwanz die Panik der Sklavin.

Kaum war Sarah wieder zu Atem gekommen, drückte er ihren Kopf wieder tief in die Muschel und betätigte erneut die Spülung. Sarah zappelte wie ein Fisch auf dem Trocknen. Sie prustete das Wasser aus ihrer Nase, rang keuchend um Atem und versuchte, die Handschellen mit heftigen Bewegungen loszuwerden. Doch kaum bekam sie halbwegs Luft, traf der nächste Schwall Wasser ihr Gesicht. Völlig panisch strampelte sie mit den Beinen, atmete ein wenig Wasser ein und hustete aus Leibeskräften. Der Master drückte sie ein weiteres Mal nach unten und stellte sich mit weit gespreizten Beinen hinter sie. Ruckartig steckte er seinen Schwanz in ihre Rosette und stieß ein paar Mal hart zu. Während sie mit dem vierten Wasserschwall kämpfte, spritzte er mit einem langen Schrei der Erlösung ab.

Keuchend stützte er sich auf der Klomuschel über seiner um Luft ringenden Sklavin ab und grunzte genüsslich vor sich hin.

Kurz darauf stützte er sich an ihrem Rücken ab, stand auf und verließ das Badezimmer. Sarah fiel vom Rand der Muschel seitlich auf den Boden und versuchte, langsam und tief zu atmen.

Perverses Schwein!, dachte sie und beschloss, dieses Spiel nicht mehr mitzumachen. Sie würde bei der nächsten Gelegenheit fliehen. Raus aus der Tür, raus auf die Straße. Dort würde sie ein Auto anhalten und um Hilfe bitten. Sarah war am Ende ihrer Kräfte.

Die Zeit, die sie liegend im Badezimmer verbrachte, schien zu verfliegen. Möglicherweise hatte sie auch kurz geschlafen. Sie war einfach erschöpft, doch jetzt fühlte sie sich besser.

Inmitten ihrer Gedanken kam das Männchen zur Tür herein, schloss ihre Handschellen auf und flüsterte: »Du kannst dich anziehen. Haare waschen wird wohl nicht mehr nötig sein!« Schallendes Gelächter erfüllte den kleinen Raum und Sarah fühlte nur noch Hass für diesen Typen. Er warf ihr Kleid sowie die Schuhe auf sie und verließ das Badezimmer. Rasch schlüpfte sie in das Kleidungsstück, streifte die Schuhe über, ordnete ihr Haar und wartete wieder auf dem Wannenrand. Sie war bereit, an ihm vorbeizustürmen, wenn er im Bad war und auf die Straße hinauszulaufen.

Als das Männchen nach kurzer Zeit in der Badezimmertür auftauchte, deutete er ihr mit einer Kopfbewegung an, ihm zu folgen. Wortlos folgte sie ihm durch das Haus, durch den Garten ins Auto. Nach zwanzigminütiger Fahrt bogen die beiden auf den Parkplatz vor der Scheune ein, in der die Sklavenauktion vor vermutlich vierundzwanzig Stunden stattgefunden hatte.

Erleichtert und glücklich betrachtete sie das Gebäude. Sie

hatte niemals ein Schöneres gesehen! Bald würde sie ihren richtigen Meister, ihren Geliebten, ihren einzigen Herrn, ihren Gebieter wiedersehen. Mit neuem Elan folgte sie dem Männchen in die Scheune und ließ sich dort bereitwillig ihr Halsband anlegen und an einem Pfosten neben einigen anderen Sklaven festbinden.

Hektisch sah sich Sarah nach Tom um und entdeckte ihn in der gegenüberliegenden Ecke, heftig mit einer Frau flirtend. Beide lachten gerade und er legte ihr seine Hand auf die Wange und küsste die andere. Die junge Frau, leicht mollig, dunkelhaarig und wahrscheinlich so alt wie sie selbst, zeigte sich recht kokett und hingebungsvoll. Sarah blickte mit hasserfüllten Augen zu den beiden und der Rest der Welt verblasste. Eifersucht stieg innerhalb von Sekunden in ihr auf und raubte ihr die Sinne. Als die junge Frau offensichtlich ganz selbstverständlich Tom küsste, hakte sie den Karabiner der Leine von ihrem Halsband und stürmte wutschnaubend vom Podest direkt auf die beiden Turteltauben zu. Die Gespräche der Anwesenden verstummten abrupt und alle Augen folgten dem Wirbelwind, der mit hoher Geschwindigkeit durch die Scheune fegte. Sie pflügte sich eine Schneise durch die Anwesenden, die auch dann noch offen blieb, als sie die beiden bereits erreicht hatte. Hysterisch schrie sie die beiden an, Speicheltröpfchen sprühten unkontrolliert zwischen ihren Lippen hervor und ihr Gesicht färbte sich rot. Tom stand mit versteinerter Miene auf, packte sie wortlos am Halsband und drückte sie mit dem Gesicht zu Boden. Auf der Stelle verlor sie die Balance und knallte mit den Knien auf die groben Bretter. Das Halsband war nun so eng, dass sie kaum noch Luft bekam. Tom stand auf und stellte seinen Schuh auf ihre Wange, bis ihre Lippen sich teilten. Ein kurzes Wimmern war zu hören, doch sie unterdrückte es rasch.

»Sieh zu, dass du verschwindest!«, knurrte er sie an. »Raus hier!« Er nahm den Fuß von ihrem Gesicht, drehte sich um und hakte sich bei seiner Gesprächspartnerin unter. Lächelnd flüsterte er ihr etwas ins Ohr und führte sie an die Bar – ganz so, als wäre nichts geschehen.

Sarah schämte sich und stand langsam, von vielen Augenpaaren und offenen Mündern verfolgt, auf. Sie wollte sich entschuldigen gehen, ihren Meister auf Knien bitten, ihr Fehlverhalten zu vergessen, doch sie wagte nicht, sich seinem Befehl, die Scheune zu verlassen, zu widersetzen. Ohne sich umzudrehen, aber mit tränengefüllten Augen, verließ sie diesen Ort und suchte nach einer Möglichkeit, nach Hause zu kommen.

***

Tom meldete sich zwei Wochen nicht und Sarah befürchtete, er habe sie ausgetauscht. Verlassen für diese fette Hure, die ihr mit Sicherheit in keiner Weise das Wasser reichen konnte. Tagtäglich tippte sie seine Nummer ins Handy ein, brachte aber den Mut zum Ungehorsams nicht auf, die Nummer auch wählen zu lassen. Sie formulierte jeden Tag unzählige SMS, schrieb sie, korrigierte und löschte sie letztendlich, ohne sie abzuschicken. Sie stand nach wie vor unter seiner Macht. Sie fühlte sich ständig mies, kraftlos, lustlos, steinalt und tonnenschwer. Sie hatte alles, was sie geliebt hatte, innerhalb von wenigen Sekunden aufgrund ihrer Eifersucht verloren. Wieder und wieder heulte sie, bereute ihren unangemessenen Ausbruch und wünschte, sie könnte die Zeit zurückdrehen, um alles wieder so werden zu lassen, wie es vor dem Vorfall war.

***

Knapp drei Wochen später ließ er ihr eine SMS zukommen, die sie am nächsten Tag in sein Haus bestellte. Kurze, unpersönliche Worte, aber es war nach einer immens langen Durststrecke immerhin eine Zuwendung. Sarah fasste neuen Mut und träumte den restlichen Tag davon, dass alles wieder in Ordnung sei.

***

Am nächsten Abend war sie zwanzig Minuten zu früh vor dem Haus und wartete artig, bis es ganz genau neunzehn Uhr war. Sie läutete und Tom ließ sie rein. Er wirkte sehr distanziert und sprach kein Wort. Er deutete auf das Schlafzimmer und begab sich selbst ins Wohnzimmer, aus dem Männerstimmen drangen.

Auf dem Bett lag eine Lederkorsage sowie bis zum Oberarm reichende schwarze Lederhandschuhe, schwarze halterlose Strümpfe und schwarze High Heels. Sie beeilte sich, in die bereitgelegte Kleidung zu schlüpfen und überprüfte im Spiegel ihre Frisur. Dann stand sie artig mit gesenktem Kopf vor der Tür und wartete auf ihre Verwendung.

Schon nach wenigen Minuten wurde ihr ein Halsband umgelegt. Tom küsste sie kühl und führte sie ins Wohnzimmer, wo drei Männer um die Dreißig auf der schwarzen Ledercouch saßen und sich unterhielten. Es duftete wunderbar nach Essen und Sarah spürte plötzlich, dass sie hungrig war. Tom stellte Sarah den Männern vor, die sich höflich erhoben und ihre Hand schüttelten. Aber auch sie wurde mit ihnen, Paul, Alex und Pedro, bekannt gemacht. Tom deutete auf den Esstisch und bat alle, Platz zu nehmen. Paul begab sich in die Küche und trug selbst gekochtes Essen auf. Auch für Sarah wurde serviert. Das Essen verlief in angenehmer, lockerer Atmosphäre und Sarah begann, sich ebenbürtig zu fühlen. Sie lachte und scherzte mit ihnen, zeigte sich als ausgezeichnete Unterhalterin und kokettierte mit den Herren.

Nach dem Essen begaben sich alle wieder auf die Couch und Sarah wollte ebenfalls darauf Platz nehmen.

Paul sah Tom an und flüsterte ihm so laut zu, dass alle es

hören konnten: »Ich könnte jetzt ein Dessert vertragen!«

Tom nickte und warf seiner Sklavin, dich sich gerade köstlich amüsierte, einen eindeutigen Blick zu. Sie verstummte inmitten ihres Wortes, senkte demütig den Blick und stellte sich artig wartend neben den Tisch. Alex kam mit einer Schüssel Mousse au Chocolate in den Raum und wies Sarah an, sich auszuziehen.

»Tanz!«, warf er noch lachend ein und freute sich sichtlich auf die Darbietung.

Sarah positionierte sich in der Mitte des Raumes und bewegte ihren trainierten Körper zum Takt der Musik. Gekonnt reizte sie die Männer, indem sie sie immer wieder kurz berührte, ihren Körper um sie wand, heiße Küsse andeutete und dann doch nicht verteilte. Sie entledigte sich ihrer Kleidung langsam und sehr lasziv. Bei zwei Gästen machte sich deren Geilheit rasch durch dicke Beulen in der Hose bemerkbar.

Langsam tänzelnd öffnete sie die Korsage – sehr bedacht darauf, ihren Busen so lange wie möglich bedeckt zu halten. Immer wieder gewährte sie den lechzenden Männern kurze vage Einblicke auf die beiden Hügel, bot sie zum Anfassen an, zog sich aber im entscheidenden Augenblick rasch zurück.

Nachdem der letzte halterlose Strumpf gefallen war, wurde sie von einem der Männer, der Alex hieß, geschnappt und auf den Tisch gelegt. Die anderen knieten rund um sie und streichelten lüstern ihre Brüste, die straffen Beine und die glatte Pflaume. Tom verteilte mit einem großen Löffel das Mousse auf dem Körper seiner Sklavin und sofort begannen alle, es mit gierigen Zungen abzulecken. Pedro und Alex bedienten sich selbst und verteilten die Köstlichkeit vorsichtig auf den kleinen Zehen. Lüstern steckten sie sich ihre Zehen in den Mund und begannen, mit geschlossenen Augen lustvoll daran zu nuckeln, zu knabbern und zu lutschen.

Nachdem die braune Köstlichkeit von der Sklavin abgeleckt war, fragte Paul, ob Tom ihm nicht zeigen könnte, wie man mit einer Gerte umgeht. Tom lächelte und wies Sarah an, sich auf den Tisch zu knien, den Arsch weit herausgestreckt. Sofort befand sie sich in kniender Position und wartete geduldig auf die Schmerzen, die sie schon so lange vermisst hatte.

Tom erklärte den drei Männern, wo man schlagen durfte, wo es besonders fies wäre und welche Körperteile unbedingt auszusparen waren. Neben ein paar Schlagtechniken gab es auch noch Unterricht in Materialkunde und Sarah fühlte sich wie ein anatomisches Schauobjekt. Nicht, dass es ihr nicht gefallen hätte, aber sie sehnte die Schläge herbei und hoffte, dass ihr Meister bald zum praktischen Teil der Übung übergehen würde.

Nach einer halben Ewigkeit war es endlich so weit. Die Gerte sauste mit lautem Zischen auf ihren Arsch nieder und biss sich in ihr zartes Fleisch. Sarah zuckte und stöhnte kurz auf, obwohl sie den Schlag überaus genoss. Auf den ersten folgte der zweite und noch viele beißende Schläge mehr. Tom platzierte sie fächerförmig auf ihrer linken Arschbacke, wodurch sich diese am unteren Ende bereits dunkelrot färbte. Sie brannte und Sarah begann zu jammern und versuchte immer wieder, den Arsch ein wenig zur Seite zu verlagern, damit der nächste Schlag sie nicht mit voller Härte traf. Sie winselte und stöhnte, doch Tom nahm davon keine Notiz. Nur Paul hatte Mitleid und fragte, ob es nicht langsam genug sei.

Tom lachte und küsste ihren roten Arsch. »Habt ihr so etwas Köstliches schon mal gesehen? So schön straff und rot und voller Striemen«, fragte er die Anwesenden. »Wie könnte ich davon jemals genug bekommen?«

Allgemeines Gelächter ließ bei Sarah die Hoffnung schwinden, dass sie die Gerte nicht mehr zu spüren bekommen würde.

»Wer von euch möchte es probieren?«, fragte Tom in die Runde und Alex meldete sich sofort. »Ich hätte aber vorab noch ein Anliegen«, sagte er und flüsterte etwas, das Sarah nicht verstehen konnte.

Kurz darauf ging jemand aus dem Raum und kam sofort wieder. Tom ging vor Sarahs Gesicht in die Hocke, lächelte sie an und schob ihr vorsichtig eine Erdbeere zwischen die Zähne.

»Schön festhalten, mein Kleines! Verlierst du sie, werde ich dich bestrafen. Beißt du sie durch, werde ich dich bestrafen. Hat sie auch nur einen winzigen Abdruck deiner Zähne, werde ich dich bestrafen. Alles klar?«

Sarah nickte und sah ihn angsterfüllt an. Lächelnd berührte er mit den Fingerspitzen ihre Wange und begab sich wieder an das andere Ende des Tisches.

Nun hatte der Alex die Gerte in der Hand und schlug ziemlich heftig auf die weiße, zarte Haut der rechten Arschbacke ein. In schnellem Stakkato zischte die Gerte und kaum war der tiefe, brennende Schmerz ein wenig leichter geworden, folgte bereits der nächste. Sarah konnte nun nicht mehr die Zähne zusammenbeißen und der Schmerz wurde unerträglich. Sie begann, sich auf dem Tisch zu winden, versuchte bei jedem Schlag, ihren Arsch aus der Schlagzone zu drehen und nicht vorzurücken. Sie spannte die Muskeln so gut wie möglich an, ohne einen Zahnabdruck auf der weichen Erdbeere zu hinterlassen. Sie konzentrierte sich auf diese dumme Erdbeere, die in ihrem Mund steckte und sie weder schreien noch schlucken ließ. Somit rann der Sabber direkt auf die Holztischplatte. Sarah schämte sich, wie ein Kleinkind zu sabbern und zu jammern, doch der Schmerz ging bereits an ihre Grenzen. Tränen füllten immer wieder ihre Augen, liefen über und vermischten sich auf dem Tisch mit dem Speichel, der weiterhin ungehindert aus ihrem Mund floss.

Verzweifelt überlegte sie, ihren Meister zu bitten, die Schläge zu stoppen, doch sie brachte den Mut dafür nicht auf. Doch als hätte sie diese Worte ausgesprochen, hörte die Schlagsession abrupt auf. Sie wurde über den Rand des Tisches gezerrt, sodass ihr Becken an der Tischkannte lag und beinahe im gleichen Moment rammte sich ein harter Schwengel in ihre tropfnasse Pussy.

»Ja!«, rief Paul erfreut aus, »so mag ich das. Glitschig und nass. Das kleine Weibstück ist durch die Schläge so richtig geil geworden! Seht mal alle her! Steckt mal eure Finger in die nasse Lustgrotte! Das müsst ihr selbst spüren!«

Einer nach dem anderen steckte der Sklavin zwei Finger in die Pussy und kommentierte die Nässe in ihr. Als alle drei damit fertig waren, steckte Paul seinen Schwanz wieder in sie und fickte sie rhythmisch. Es dauerte nicht lange und er ließ hören, dass er sich in einem kolossalen Orgasmus ergoss.

Kaum war er fertig, steckte schon der nächste Schwanz in Sarahs Möse und fickte sie in schnellem Rhythmus.

Die Typen dürfte ich ziemlich geil gemacht haben, dachte sie und freute sich. So konnte ihr Meister stolz auf sie sein und würde hoffentlich schnell diese fette Schlampe vergessen und sich nur noch ihr widmen – hoffte sie zumindest ...

Nachdem Alex sich in Sarah entladen hatte, rammte Pedro seinen Kolben in ihren Arsch, ohne dass sie darauf vorbereitet gewesen war. Der plötzliche Schmerz in ihrer recht engen Rosette ließ sie scharf die Luft einsaugen und in diesem Moment biss sie die Erdbeere durch. Der eine Teil fiel auf die Tischplatte und blieb in hellem rot mahnend vor ihren Augen liegen. Der andere Teil der Erdberre lag wie ein riesiger Stein in ihrem Mund. Noch hatte es keiner gesehen, aber spätestens nach dem Orgasmus des Arschfickers würde es bemerkt werden.

Sarah spürte den Fick nicht mehr, sondern dachte nur noch an ihre Bestrafung. Tom liebte solche Spiele und war mit der Bestrafung ganz und gar nicht zimperlich. Obwohl es für ihn ein erheiterndes Spiel war, so sah er dennoch solche Vorkommnisse als grobe Ungehorsamkeit an und bestrafte sie deshalb stets mit aller Härte – und mit noch mehr Genuss seinerseits.

Als sich Pedro in ihr entladen hatte, wollte Tom die Erdbeere inspizieren und brach in schallendes Gelächter aus. »Nun ja, meine Kleine, das war's dann wohl mit dem Sitzen während der nächsten Tage!«

Die drei Männer fielen in sein Gelächter ein. Sarah wurde flau in der Magengegend und sie wollte sich nicht vorstellen, was sie zu viert mit ihr anstellen würden.

Doch zu ihrer großen Überraschung schickte Tom die drei Besucher weg, um sich ganz allein ihrer anzunehmen. Ob sie das nun als positiv werten sollte, war ihr nicht wirklich klar, aber sie konnte es ohnehin nicht ändern. Sarah kniete nach wie vor auf dem Tisch und war unsicher, was sie nun tun sollte. Am besten war wohl, dass sie in dieser Position blieb, bis Tom ihr weitere Befehle erteilte. So konnte sie nichts falsch machen und Gefahr laufen, dass die Bestrafung ein noch größeres Ausmaß annahm.

Tom kam nach der Verabschiedung seiner Bekannten wieder ins Wohnzimmer zurück, setzte sich dem Tisch, mit Sarah drauf, gegenüber auf die Couch und nippte an seinem Drink.

»Was fällt dir kleines Luder eigentlich ein?«, fragte er süffisant lächelnd in sein Glas und Sarah wusste, dass es sich dabei um eine rein rhetorische Frage handelte.

Sie blickte stumm zu Boden und bereute wirklich, was sie getan hatte – und dabei ging es nicht nur um die Erdbeere, die sie soeben zerbissen hatte. Tom sprach gerade über ihren mehr als peinlichen Auftritt im Sklavenauktionshaus und sie schämte sich für diesen Fehltritt.

Er erhob sich und geleitete Sarah in die Kammer, wo sie auf dem Gynstuhl Platz nehmen musste. Ihren kleinen Arsch, der nun wieder abgekühlt war und keinerlei Spuren aufwies, zog er ganz nach vorn, sodass er ein wenig über die Sitzkante hinausragte. Ihre Beine spreizte er außergewöhnlich weit auseinander und ziemlich hoch in die Luft – der Position bei dem Männchen nicht unähnlich. Mit dicken Ledergurten fixierte er die Unter- sowie Oberschenkel und ihr Becken wurde ganz straff an die Sitzfläche gebunden. Ihren Unterleib konnte sie nun keinen Millimeter bewegen und sie fühlte sich unwohl. Doch Tom beachtete sie nicht, sondern fixierte auch noch die Handgelenke an den Armstützen. Dann verließ er das Zimmer.

Nach wenigen Minuten kam er mit einem Tablett wieder, auf dem sich zwei Teekannen und ein brennendes Stövchen befanden. Diese stellte er auf den kleinen Tisch neben ihrem linken Bein und nahm auf dem Hocker zwischen ihren weit gespreizten Beinen Platz. Dann nahm er eine der beiden Kannen und prüfte die Temperatur des Wassers. Langsam rollte er mit seinem Hocker ein wenig zurück, spreizte wortlos ihre Schamlippen und goss das Wasser über ihre zarte Haut. Das Wasser war angenehm warm und es stimulierte ihre Klitoris. Tom setzte die Kanne wieder auf das Stövchen, leckte mit all seiner Zärtlichkeit das Wasser von Sarahs Pussy und nahm dann die andere Kanne zur Hand.

Erneut spreizte er ihre weichen Lippen und ließ Wasser darüber laufen. Die Sklavin rekelte sich und fühlte sich absolut wohl. Tom leckte nun wieder an ihrer Pussy und sie war schon auf dem besten Weg zum Orgasmus, als sie anstelle der weichen Zunge eine sehr unangenehme Hitze auf ihrer empfindlichen

Haut verspürte. Sie schrie kurz auf und machte Tom vorsichtig darauf aufmerksam, dass das Wasser nun schon zu warm geworden sei und er es etwas abkühlen sollte.

Doch Tom schien ihre Worte nicht zu hören, denn er goss unbeirrt das Wasser über ihre Pussy und stellte anschließend die Kanne wieder auf das Stövchen, damit es sich noch weiter erhitzen konnte.

Als Sarah sah, dass er die andere Kanne nahm, kroch Panik in ihr hoch, denn nun musste das Wasser noch heißer als zuvor ein. Sie ruderte wild mit Armen und Beinen, zerrte heftig an ihren Ledergurten, versuchte, sich zu befreien, schlug mit dem Kopf auf die Unterlage und winselte Tom verzweifelt an, mit diesem grausamen Spiel aufzuhören.

»Ich habe dir schon mehrmals gesagt, dass *ich* derjenige bin, der die Richtung angibt und du zu schweigen hast. Du hast hier überhaupt nichts zu sagen, du kleine Schlampe, nicht den geringsten Ton! Du bist nichts weiter als eine kleine, verhurte Schlampe! Und jetzt halt den Mund, damit ich mit deiner Bestrafung, dir die Fotze zu verbrennen, fortfahren kann. Du wirst mich nie mehr wieder bloßstellen, verstanden?«

Noch während er die letzten Worte genüsslich und langgezogen aussprach, goss er noch viel heißeres Wasser über Sarahs zarte Scham. Sie hatte das Gefühl, als würde das Wasser kochen und ihr den Unterleib verbrennen. Sie schrie auf, wollte ihn beschimpfen und nichts als weg von dem Stuhl, dem Zimmer, dem Haus und auch von ihm, doch die Vernunft siegte, und sie sagte kein einziges Wort. Sie war davon überzeugt, dass ihre Bestrafung wesentlich schmerzhafter ausgefallen wäre, hätte sie etwas gesagt. Sie erlaubte sich lediglich, ihrem Schmerz Ausdruck zu verleihen, indem sie angstvoll schrie und sich durch klägliche Versuche, sich in den Fesseln zu winden, dem

Wasser zu entziehen . Doch die Gurte saßen straff und ließen ihr nicht die geringste Chance. Sie wurde fest in ihrer ausgelieferten Position gehalten.

Tom genoss ganz offensichtlich Sarahs Angst und Schmerz, goss ein weiteres Mal heißes Wasser über ihre Pussy und weidete sich an ihrem Anblick. Das Schrecklichste daran war, dass sie nicht wusste, wie lange diese Folter noch gehen würde, und ob er ihr nicht doch ihren zarten Schoß verbrühen würde. Und genau diese Angst heizte Tom ebenso an wie Sarah. Sie fühlte sich diesem Mann und ihrer Lust am Schmerz ausgeliefert. Wogen eisigen Schauers durchfluteten ihren Körper.

Als er erneut die Kanne vom Stövchen nahm und Wasser über ihren mittlerweile roten Venushügel schüttete, war sie bereits halb von Sinnen. Sie drohte zu verbrennen, dachte, den Schmerz nicht mehr ertragen zu können und verspürte auch gleichzeitig wieder jene ungeheure Lust in sich aufkeimen, die sich in Gegenwart Toms schon mehrmals eingestellt hatte.

Tom prüfte die Temperatur des Wassers in der anderen Kanne. Mit Daumen und Mittelfinger spreizte er ihre zarten Lippen weit auseinander und ließ das heiße Wasser über sie laufen. Sarah begann zu flehen, zu winseln, zu bitten und zu versprechen.

Tom sah seine völlig aufgelöste Sklavin mit Wohlwollen an und ließ weiterhin das heiße Wasser laufen. Jede einzelne Muskelfaser Sarahs war gespannt, ihr Gesicht schmerzverzerrt, wütend und verzweifelt. Genauso mochte er sie! Er stellte die Kanne weg, holte seinen seit langem steifen Schwanz aus der Hose und schob ihn Sarah in die wunde Muschi. Sie schrie erneut auf und spannte die Bauchmuskulatur an. Tom wurde bei ihrem Anblick immer geiler und ergoss sich schon nach wenigen Fickstößen in sie. Dann verließ er den Raum und schaltete das Licht aus.

Sarah lag schluchzend in der Finsternis. Die Tränen hatten ihr Gesicht völlig nass gemacht und sie schmeckte Salz auf ihren Lippen. Ihre Muschi brannte noch immer und sie dachte, sie habe riesige Brandwunden, die nur mit hässlichen Narben heilen würden.

Irgendwann schlief Sarah ein. Als sie erwachte, stand Tom neben ihr und sah sie an. Wortlos und mit eisigem Blick löste er die Ledergurte von ihrem Körper und half ihr, sich aufzusetzen. Ihre Muschi schmerzte zwar noch, aber schon sehr viel weniger als noch vor kurzem. Er gab ihr einen Handspiegel und ließ sie wieder allein. Sofort spreizte sie ihre Beine und hielt den Spiegel an ihre Weiblichkeit, um das gesamte Ausmaß des Gewebeschadens begutachten zu können. Allerdings wagte sie es nicht, hineinzusehen. Die Angst, riesige Brandblasen und tiefe Wunden an ihrer Scham zu entdecken, ließ sie die Augen geschlossen halten. Sie malte sich aus, dass sie mit Verbrennungsnarben niemand mehr haben wollte und sie keinen Partner und schon gar keinen anderen Gebieter finden würde. Sie war gebrandmarkt, weil sie sich von ihrer Eifersucht leiten ließ und hatte nun den Preis dafür bezahlt.

Nach wenigen Minuten fasste sie dann ihren ganzen Mut zusammen und richtete ihren Blick in den Spiegel. All ihren Befürchtungen zum Trotz war die Schleimhaut ihrer Pussy zwar rot und geschwollen, doch von offenen Wunden oder Brandblasen war nicht das Geringste zu sehen. Ein Lächeln huschte über ihr Gesicht und sie liebte Tom umso mehr. Sie war nun davon überzeugt, dass er sie niemals ernsthaft verletzen würde und ausschließlich um ihr Wohlergehen sowie ihre Erziehung besorgt war. Er allein wusste, was gut für sie war und sie wollte sich ihm völlig schenken.

Es dauerte nicht lange und Tom rief sie zu sich ins Wohnzimmer. Sofort verwarf sie ihre Gedanken, sprang vom Gynstuhl und wollte den Raum verlassen, als sich ihre wunde Pussy meldete. Sie konnte kaum laufen, denn jeder Schritt schmerzte und brannte höllisch. Und mit jedem weiteren Schritt schien sich der Schmerz tiefer in sie zu bohren. Ziemlich breitbeinig stakste sie vorsichtig in Richtung Wohnzimmer und schämte sich, ihrem Meister so entgegentreten zu müssen.

Tom saß auf der Couch und betrachtete sie amüsiert. »Welche Modelschule hat dich denn ausgebildet?«, fragte er prustend vor Lachen.

Sarah konnte nicht anders und musste ebenfalls lachen, auch wenn ihr gar nicht danach zumute war. Tom sah sie im nächsten Augenblick sehr ernst an und sagte: »Und weil du gerade einen so netten Gang hast, wirst du heute früh um acht Uhr dreimal durch den Stadtpark laufen. Das sind etwa viereinhalb Kilometer, die dir sicherlich gut tun werden. Alles klar?«

Sarah erstarrte noch in derselben Sekunde, als sie ihren Auftrag für den Morgen vernommen hatte. Es war bereits weit nach Mitternacht und bis zum Morgen würde ihre Pussy nicht abgeheilt sein. Tränen rannen über ihr Gesicht und sie setzte den Versuch einer Verhandlung an. »Bitte, mein Gebieter, bitte nicht schon heute am Morgen. Gebt mir noch einen Tag ...« Weiter kam sie nicht, denn eine schallende Ohrfeige ließ sie verstummen.

Groß und mächtig stand Tom vor ihr, hatte jetzt ihr blondes, seidiges Haar gepackt und den Kopf streng nach hinten gerissen. Sie konnte kaum die Balance halten, so weit zog er sie nach hinten und sah sie von oben drohend an. Sie spürte, wie sich eisige Dolche durch ihre Augen bohrten und bis in die Zehenspitzen getrieben wurden. Plötzlich fiel ihr das Atmen schwer, und sie wagte kaum zu schlucken. Wortlos zog er sie an den Haaren in Hüfthöhe wie einen Koffer hinter sich her. Sie musste tief gebückt hinter ihm herlaufen und stolperte immer wieder über ihre eigenen Füße. Jammernd und weinend bat sie um Verzeihung, winselte um Gnade, doch Tom schleifte sie ohne Erbarmen weiter.

In der Kammer angekommen, zog er sie an den Haaren auf den spanischen Reiter. Das Mittelstück des Reiters war mit einem dreieckigen Holzpfosten bestückt, der ein Schenkelmaß von zehn Zentimetern aufwies. Der spitze Teil des Pfostens schnitt sich tief in Sarahs wunde Pussy sowie Rosette und sie heulte laut auf. Mit den Händen versuchte sie, ihr Gewicht am Reiter abzustützen, doch Tom hatte sie blitzschnell in die von der Decke hängenden Ledermanschetten gesteckt und hochgezogen. Ihr ganzer Körper schüttelte sich nun unter ihrem krampfhaften Weinen und sie begann, mit den Beinen zu zappeln, was natürlich keine Entlastung brachte.

Tom stand dem Spanischen Reiter gegenüber und beobachtete seine flehende Sklavin. Die Tränen benetzten mittlerweile schon ihre Brüste und tropften auch auf die Oberschenkel. Rotz klebte unter ihrer Nase, die Haare waren wirr durcheinander und sie heulte, flehte, schrie hysterisch, wimmerte, keuchte und rang nach Atem.

»So, und jetzt hast du genug geheult. Beruhige dich und ich werde dich vom Reiter nehmen, sobald ich zwei Minuten durchgehend keinen Mucks von dir gehört habe. Die Zeit beginnt immer wieder von neuem, sobald du dich auch nur räusperst.«

Er nahm eine Sanduhr vom Tisch und stellt sie direkt auf den Spanischen Reiter. Sarah schluchzte noch ein paar Mal und Tom drehte jedes Mal die Uhr um. Mit der Zeit wurde sie ruhiger und nach etlichen Minuten gelang es ihr, die erste Minute ohne Laut zu überstehen. Doch gerade als Tom die

Sanduhr umdrehen wollte, kippte sie ein wenig nach links weg und ein Schmerzensschrei entkam ihrer Kehle.

»Das ist aber jetzt sehr schade!«, sagte er ironisch. »Wir beginnen noch mal von vorn. Und los geht's!«

Sarah sah ihn verzweifelt, aber auch entschlossen an. Egal, was nun passieren würde, sie würde ganz sicher keinen Laut mehr von sich geben. Eher würde sie sterben, als noch länger auf diesem Folterinstrument zu verharren.

Mit fest aufeinander gepressten Zähnen, geschlossenen Augen und schmerzverzerrtem Gesicht saß sie kerzengerade auf dem Reiter und konzentrierte sich auf ein Gedicht von Rilke, das ihr schon immer viel bedeutet hatte. »Sein Blick ist vom Vorübergehen der Stäbe ...« Und kaum war sie am Anfang der dritten Strophe, machte Tom einen Schritt auf sie zu und löste die Ledermanschetten von ihren Handgelenken. Kraftlos sank sie zur Seite und wurde von Tom aufgefangen. Schlaff lag sie in seinen Armen, unfähig, sich auch nur einen Millimeter zu bewegen. Er hob sie nahe an sein Gesicht, küsste ihre Brust und trug sie ins Schlafzimmer, wo er sie sanft auf das Bett legte und sofort verschwand.

Kurz darauf kehrte er mit einem Eisbeutel wieder und legte ihn sanft in Sarahs völlig wunden Schritt. Sie hatte die Augen noch immer geschlossen und erholte sich von den Strapazen der Folter. Vorsichtig zog er die Decke über sie und flüsterte ihr ins Ohr: »Du kannst heute hier übernachten.«

Sie nickte schwach, doch Tom war sich keinesfalls sicher, ob sie diese Worte auch tatsächlich wahrgenommen hatte. Leise zog er sich aus und schlüpfte zu ihr unter die Decke. Er stellte ihren Handywecker auf halb acht, schließlich hatte sie um acht ein erneutes Rendezvous mit dem Schmerz im Stadtpark. Dann schlief er ein.

***

Gefühlte zwei Minuten später riss der schrille Ton des Handyweckers Sarah aus dem Schlaf. Mit geschlossenen Augen tastete sie nach dem Telefon und stoppte den Alarm. Völlig matt versuchte sie, ihre Augen zu öffnen, doch sie schienen Tonnen zu wiegen. Leise stöhnte und raunzte sie unwillig vor sich hin, wünschte sich, sie hätte den Weckruf nur geträumt.

Als sie es endlich schaffte, sich unter größter Kraftanstrengung zur Seite zu drehen und die Augen zu öffnen, musste sie enttäuscht feststellen, dass Tom bereits aufgestanden war. Wie gern hätte sie sich jetzt an ihn gekuschelt, ihm zärtliche Worte zugeflüstert, mit ihm im Bett gefrühstückt oder gleich den ganzen Tag mit ihm im Bett verbracht. Aber das Ganze ohne Sex, bitte! Ihre Muschi fühlte sich wund zwischen den Beinen an und sie wagte es nicht, sie anzufassen.

Als sie kurz davor war, wieder ins Land der Träume abzudriften, gab sie sich einen Ruck und versuchte, aufzustehen. Doch jede auch noch so kleine Bewegung schmerzte zwischen ihren Beinen. Langsam und vorsichtig zog sie die Decke von sich und spreizte die Beine weit auseinander. Dann rutschte sie mit steifem Becken über die Bettkante und rappelte sich hoch. Wie Lucky Luke stakste sie zum Schlafzimmerspiegel und blickte fassungslos auf einen dunkelroten Ballon zwischen ihren Beinen. Die ganze Scham war auf das Dreifache angeschwollen und ziemlich entzündet. So konnte sie auf keinen Fall die von Tom vorgeschriebenen viereinhalb Kilometer im Park bewältigen.

Erschrocken und gleichzeitig ratlos starrte sie auf ihren Schritt. Sie konnte nicht glauben, dass er so dick angeschwollen war und gleichzeitig noch viel mehr schmerzte, als man es beim bloßen Anblick annahm. In einer Fassungslosigkeit gefangen, stand sie vor dem Spiegel und spürte ihre Verzweiflungstränen erst, als sie auf ihre nackten Brüste tropften. Doch weder ihre Verzweiflung noch ihre Schmerzen entbanden sie von ihrem Auftrag, den Tom ihr als Bestrafung erteilt hatte. Sie würde in diesem Park die vorgegebenen viereinhalb Kilometer gehen müssen – dass daran kein Weg vorbeiführte, war ihr vollkommen klar.

Mühsam schleppte sie sich zu ihren Kleidern und sah darauf eine Fotokamera liegen. Darunter befand sich ein Blatt Papier auf dem »Lass mich dein rotes Äpfelchen sehen« stand.

In Sarah flammte plötzlich Wut auf, weil Tom ganz genau wusste, wie ihre Möse nach einer solchen Behandlung aussehen würde. Und dennoch hatte er ihr das angetan.

Wütend und schnaubend nahm sie die Kamera, stellte ein Bein aufs Bett und schoss ein paar Bilder. Danach donnerte sie den Apparat aufs Bett und zog sich umständlich an. Mit den Fotos und dem Anziehen hatte sie viel Zeit verloren und fürchtete, dass sie nicht pünktlich um acht Uhr am Anfang der Allee sein würde. In aller Eile stürzte sie lediglich ein Glas Wasser runter und suchte in der Tiefkühltruhe nach einem schmalen Eisbeutel. Nachdem sie fündig geworden war, steckte sie ihn in ihren Slip und machte sich auf den Weg.

Schon allein die Strecke bis zum Bus war reinste Folter und das Sitzen darin war schier unmöglich. Sie presste ihre Schultern gegen die Lehne, drückte ihre gespreizten Knie gegen die Rückenlehne des Vordermanns und streckte ihr Becken durch. So verteilte sich ihr Gewicht auf die Knie und Schultern, wobei der Schambereich geschont wurde. Doch bequem war etwas anderes!

Dennoch hielt sie die Fahrt bis zum Park durch und verließ an der Haltestelle der Allee den Bus. Als sie die Weite der

Allee, deren Bäume sich am Ende des Horizonts trafen, sah, ließ sie jede Hoffnung fahren, diesen Auftrag jemals ausführen zu können. Ein Blick auf die Uhr verriet ihr zusätzlich, dass sie sich um exakt sieben Minuten verspätet hatte. Würde Tom nach ihrer Pünktlichkeit fragen, oder sie beobachten, so wäre ohnehin die nächste Bestrafung fällig.

Mit einem tiefen Seufzer und einem innerlichen Ruck strebte sie dem Ende der Alle zu. Doch sie kam nur sehr langsam voran, weil ihr jeder Schritt höllische Schmerzen verursachte. Und auch der Eisbeutel zwischen ihren Beinen erwies sich nicht gerade als Gehhilfe. Um sich etwas leichter zu machen, zog sie die Schultern bis zu den Ohren hinauf und streckte die Ellenbogen seitlich weg. Die Beine setzte sie im Abstand von rund fünfzig Zentimetern vorsichtig auf dem Boden auf. Das Gesicht zeigte sich schmerzverzerrt und die ersten Tränen liefen bereits nach wenigen Metern über ihr Gesicht. Doch sie wollte das Ganze bis zum bitteren Ende durchstehen. Für Tom. Für ihre Beziehung. Für ihre Liebe.

Die wenigen Jogger, die an ihr vorbeiliefen, beäugten sie argwöhnisch und Frauen mit Kinderwagen sahen sie fragend an. *Ach, leckt mich doch alle!,* dachte sie wütend und stakste weiter auf ihr Ziel zu.

Nach der halben Strecke musste sie eine Pause einlegen, denn sie war völlig ausgelaugt und müde. Doch das Sitzen schmerzte noch mehr, als ihr gesamter Körper von der Anspannung. Sie blickte auf die Uhr und stellte mit Schrecken fest, dass sie für etwas mehr als zwei Kilometer knapp zwei Stunden gebraucht hatte. Nein, dachte sie, das schaffe ich nicht. Verzweifelt sah sie sich um, ob Tom irgendwo zu sehen war. Sie hoffte, dass er die Ausführung seiner Bestrafung persönlich überwachte, doch er war nirgends zu sehen. Und auch sonst kein Fremder, der sie im

Auftrag Toms beobachtete. Somit war niemand hier, den sie um Straferlass bitten konnte. Aber selbst wenn jemand hier gewesen wäre, so hätte ihr Flehen und Bitten höchstwahrscheinlich nichts an der Bestrafung geändert. Tom war unnachgiebig und sie wusste, dass sie sich das Ganze selbst zuzuschreiben hatte. Sie hatte sich diese Behandlung eindeutig verdient.

Nachdem sie sich zur zweiten Hälfte aufgemacht hatte, läutete ihr Handy. Eine Freundin war am Apparat und wollte mit ihr etwas bezüglich eines gemeinsamen Projektes für das Studium besprechen. Sarah konzentrierte sich sofort auf das Gespräch und ging immer mehr ins Detail. Denn je mehr sie sich gedanklich in dieses Gespräch vertiefte, umso weniger achtete sie auf die beinahe unerträglichen Schmerzen zwischen ihren Beinen.

Obwohl die Freundin nach einer halben Stunde auflegen wollte, hielt Sarah sie noch weitere zehn Minuten in der Leitung. Nachdem sie dann aber doch auflegen musste, war sie für die knappe dreiviertel Stunde der Ablenkung überaus dankbar. Sarah merkte auch, dass sie offenbar schneller als vor dem Telefonat gegangen war und holte rasch das Handy wieder aus ihrer Handtasche. Ihr Schritt fühlte sich jetzt aber an, als würde grober, trockener Sand zwischen ihren wunden Schamlippen reiben. Mühsam schleppte sie sich dahin und konnte kaum noch ihre Beine heben. Sie wollte sich nur noch hinlegen, ihre brennende Muschi kühlen und schlafen.

Dennoch durchsuchte sie das Telefonbuch und überlegte, wen sie anrufen könnte. Susan war eine richtige Plaudertasche. Sie konnte stundenlang über nichts reden und man war dennoch gut unterhalten. Mit einem schmerzlichen Lächeln auf den Lippen wählte sie Susans Nummer. Doch zu ihrer Enttäuschung ging sie nicht ans Telefon. Nach zwei weiteren Versuchen gab sie es auf und suchte nach jemand anderem.

Eine weitere Freundin war auch immer für ein ausführliches Gespräch zu haben und Sarah wählte ihre Nummer. Sie hob auch sofort ab, aber teilte Sarah mit, dass sie im Moment leider keine Zeit hatte, da sie in einer wichtigen Besprechung war.

Sarah war enttäuscht.

Hektisch scrollte sie weiter im Telefonbuch, als sie der schrille Ton des Handys zusammenfahren ließ. Susan rief zurück! Freudig nahm sie das Gespräch an und ließ sich das Neueste vom Tag und der Woche erzählen. Obwohl sie das meiste davon nicht wirklich interessierte, ging sie auf Details ein, fragte nach und erteilte Ratschläge, nur um sie bei Laune zu halten. Die Schmerzen sowie die Müdigkeit wurden erträglicher, wenn sie sich ablenkte. Doch im Laufe des Gespräches wurde sie unkonzentriert und ihre Schmerzen meldeten sich wieder.

Von einem Moment auf den anderen empfand sie das Gespräch als unerträglich und legte kurzangebunden auf.

Sarah merkte, dass sie am Ende ihrer Kräfte war. Lange würde sie ihre Schmerzen nicht mehr ertragen können. Sie schleppte sich mit Mühe dahin und konnte kaum einen Fuß vor den anderen setzen. Dicke Tränen der Wut, des Schmerzes sowie des beginnenden Hasses auf Tom rannen ihr über die glühenden Wangen und brannten zusätzlich.

Sehnsüchtig maß sie die Distanz bis zum Ende der Allee, doch dieses schien Lichtjahre entfernt zu sein. Wenn sie beim letzten Baum angekommen war, konnte sie nach Hause fahren. Dann hätte sie ihre Bestrafung durchgestanden und sie könnte ihre Wunden behandeln. Im Moment schienen ihre seelischen Wunden ebenso groß wie ihre körperlichen zu sein.

Die letzten paar Meter schleifte sie ihre Füße durch den Staub und zog ihre Handtasche nur noch hinter sich her. Sie keuchte und ihr Mund war so ausgetrocknet, als hätte sie einen dreitägigen Marsch durch die Wüste unternommen.

Bei der Busstation lehnte sie sich an einen Laternenmast und hoffte inständig, der Bus möge sofort kommen und sie nach Hause bringen. Doch sie musste weitere elf Minuten ausharren, bis er endlich um die Kurve bog. Dankbar schleppte sie sich in die Mitte, damit sie bei sich zu Hause gleich aussteigen konnte, und wollte sich setzen. Doch kaum hatte sie die Knie auch nur ein wenig angewinkelt, durchzuckte ein heftiger Schmerz ihre Muschi und sie schrie auf. Alle Mitfahrenden starrten sie an.

»Alles okay«, murmelte sie und hielt sich an der Mittelstange des Busses fest. An eine sitzende Heimfahrt war also nicht zu denken.

***

Endlich zu Hause angekommen, ließ sie sich sofort ein sehr kühles Bad mit Kamillenessenz ein, diese würde die Entzündung lindern. Die Beine links und rechts auf den Wannenrändern, lag sie eine knappe Stunde in dem beruhigenden Wasser und erholte sich ein wenig von der unglaublichen Strapaze. Sie hatte beinahe fünf Stunden für die viereinhalb Kilometer gebraucht und war total ausgelaugt. Psychisch wie physisch. Jetzt wollte sie nur noch eine Heilsalbe, einen Eisbeutel und ihr Bett.

Als sie sich versorgt hatte und die Bettdecke über ihren geschundenen Körper zog, dachte sie, sie befände sich im Himmel. Selten hatte sie sich so sehr nach ihrem weichen, kuscheligen Bett gesehnt wie jetzt. Sie schloss die Augen, seufzte tief und wohlig und fiel sofort in einen tiefen Schlaf.

***

Nachdem sie ausgeschlafen war, fühlte sie sich bedeutend besser. Ihre Möse war zwar noch immer geschwollen, aber der quälende Schmerz hatte nachgelassen. Dennoch blieb sie im Bett und legte weiterhin Eis sowie Wundsalbe auf.

Auch der Hass auf Tom war verflogen, denn sie sah ein, dass sie sich diese Bestrafung aufgrund ihrer unüberlegten und vor allem grenzüberschreitenden Handlung selbst zuzuschreiben hatte. Je länger sie darüber nachdachte, desto mehr kam sie zu dem Schluss, dass Tom sie noch recht milde zur Rechenschaft gezogen hatte. Für ein solches Vergehen hätte es ganz andere Bestrafungen hageln können. Obwohl ihre Möse derzeit unansehnlich war, liebte sie Tom jetzt umso mehr und war davon überzeugt, dass er nur zu ihrem Besten gehandelt hatte.

Mehrmals täglich nahm sie ihren Handspiegel und betrachtete ihre rote Trophäe. Mit Stolz, diese Bestrafung für ihren Meister ertragen zu haben, fotografierte sie ihre täglich heller werdende Scham und rief sich dazu den strengen Blick ihres Meisters in Erinnerung. Nur zu gern wäre sie seine Partnerin, die Nummer eins an seiner Seite. Doch noch war es nicht so weit. Aber sie war zuversichtlich, es in absehbarer Zeit zu sein. Dann würde sie nicht nur ihm gehören, sondern auch ihr Leben mit ihm teilen.

Zwar fühlte sie sich als seine Sklavin wohl, liebte ihn abgöttisch und verehrte ihn, aber sie hatte auch das Bedürfnis, ihm noch näher zu sein. Immer wieder verlor sie sich in Tagträumen, in denen sie ein Paar waren. Ein Paar, das BDSM dann lebte, wenn es Lust dazu verspürte. Ein Paar, das sich in gehobener Gesellschaft bewegte und mit einflussreichen Menschen verkehrte. Ein Paar, das eine Einheit bildete, die sich nie mehr voneinander trennen ließ. Ein Paar, das ... der Klingelton ihres Handys zerrte sie jäh in die Realität zurück.

Sie ließ ihren Spiegel fallen, angelte das Telefon von ihrem Nachttisch und meldete sich. Etwas enttäuscht ließ sie die Schultern fallen, denn es war nicht Tom, sondern ihre Tante, die von ihrem alten Hund mit den Prostataproblemen erzählte. Die

Geschichte hörte sie nur am Rande, denn ihre Gedanken waren noch immer bei ihrem Gebieter. Obwohl sie rein körperlich gesehen noch lange nicht so weit war, eine Session durchzuhalten, träumte sie dennoch beinahe unentwegt von Benutzung und der schmerzenden Nähe, die sie so heiß begehrte.

Um ihm dennoch nahe zu sein, setzte sie sich nach dem Telefonat mit der Tante an den Computer und öffnete den Ordner mit den Fotos, die Tom von ihr bei diversen Gelegenheiten geschossen hatte.

Da war jene Nacht, in der er sie zum ersten Mal in den Swingerclub mitgenommen hatte. Als sie das Bild sah, auf dem er sie an einer Leine von der Garderobe in das hintere Spielzimmer zerrte, verspürte sie erneut das flaue Gefühl, das sie damals fest im Griff hatte ...

... Tom führte sie nackt durch den Club. Langsam schritt er dahin und versprach den Männern, dass sie alle zum Zug kommen würden. Ja, seine hübsche Sklavin würde für alle benutzbar sein. Das ohrenbetäubende Johlen sowie der dröhnende Applaus der Anwesenden jagte ihr ein wenig Angst ein. Dennoch vertraute sie ihrem Meister und nahm sich vor, ihn nicht zu enttäuschen. Mutig folgte sie ihm und sah den Männern fest in die Augen. Sie würde ihren Gebieter stolz machen.

Tom ließ es zu, dass die geilen Männer, die zum Großteil schon an ihren steifen Schwänzen rieben, ihnen wie ein Schwarm Bienen dem Honigtopf folgten. Im Spielzimmer teilte er die Menge in zwei Gruppen und richtete das Wort an sie. »Der vorderen Gruppe steht meine Sklavin mit dem Mund zur Verfügung. Sie wird eure Schwänze blasen. Gefickt wird nicht. Die hintere Gruppe darf sie in die Möse ficken. Ein Arschfick ist nicht erlaubt. Auch kein Anfassen oder Lecken. Es wird auch nicht masturbiert. Ihr steckt den steifen Schwanz in sie, fickt sie und geht sofort weg. Das Tragen eines Kondoms ist Pflicht. Wer sich nicht an die Regeln hält, ist sofort aus dem Spiel und verlässt auf der Stelle den Raum. Gibt es noch Fragen?«

Ein kurzes Murmeln ging durch den Raum und wurde von heftigem Nicken begleitet. Sie hatten verstanden.

Mittlerweile zitterten Sarahs Knie und Hände, die sie unentwegt knetete. Ihr Mut war merklich gesunken und sie sah nun nur noch zu Boden. Die Männer mit den gierigen Blicken konnte sie nicht ansehen.

Tom spürte ihre Nervosität und küsste sie wortlos auf den Mund. Dann strich er ihr das Haar hinter das Ohr, lächelte sie an und legte ihr hinter dem Rücken Ledermanschetten an die Handgelenke, ohne den Blickkontakt zu verlieren. Dann zog er an einem Seil und die Manschetten bewegten sich in Richtung Plafond. Sarah musste sich nach vorn beugen, um dem Zug in ihren Schultern nachzugeben. Als sie im Neunziggradwinkel stand, gab Tom sie zur Benutzung frei. Noch ehe er das letzte Wort ausgesprochen hatte, wurde schon ein Schwanz in ihre Möse eingeführt. Und kaum war dieser bis zum Anschlag in ihr, drängte ein weiterer Schwanz ihre Lippen auseinander. Willig öffnete sie ihren Mund und begann, an ihm zu lutschen und zu saugen.

Anfangs fiel es ihr schwer, sich darauf zu konzentrieren, weil der Rhythmus des Fickers hinter ihr den eigenen störte. Aber auch das sollte sie rasch lernen.

Nachdem der Mann vor ihr ziemlich schnell abgespritzt und der nächste sie in Beschlag genommen hatte, entlud sich auch der Typ hinter ihr mit einem verhaltenen Stöhnen. Er zog seinen Schwanz sofort aus ihr und machte dem nächsten Platz. Der Wechsel dauerte keine zwei Sekunden. Und noch ehe der hintere seinen Stoßrhythmus gefunden hatte, drückte der vordere seinen kleinen Schwanz tief in ihren Mund und hechelte wie ein Hund. Er war fertig.

Es war ein Kommen und Gehen, ein Wechsel von großen, kleinen, dicken, dünnen, steifen und eher weichen Schwänzen. Jeder hatte seine eigene Art des Fickens und des Kommens. Und es dauerte nicht lange, bis Sarah daran Gefallen fand, obwohl die Position, in der sie sich befand, sehr anstrengend war.

Tom lächelte ihr immer wieder zu und gab ihr zu verstehen, dass sie ihre Sache gut machte. Auch das spornte sie dazu an, das Event nicht abzubrechen, ehe jeder der Anwesenden bedient und zufrieden war. Doch sie sollte lernen, dass »bedient sein« nicht gleichzeitig »zufrieden sein« hieß.

Als jeder seinen Schuss abgegeben hatte, befreite Tom sie aus ihrer Fesselung und küsste sie. Er massierte ihre schmerzenden Schultern und gab ihr ein Getränk, das sie dankbar annahm. Doch anstatt in die Dusche führte er sie zum Gynstuhl und drückte sie sanft nach hinten. Ihre Beine legte sie ohne Aufforderung in die Schalen und machte sich bereit, erneut von unzähligen Schwänzen durchgefickt zu werden.

Tom wies die noch verbliebenen Männer an, die Gruppen zu tauschen. Jetzt waren die Geblasenen aufgefordert, Sarah zu ficken. Aber noch ehe sie los legen durften, erläuterte Tom ein weiteres Mal die Regeln. Erneut nickten die Männer und rieben dabei lüstern ihre Schwänze. Sie konnten es offensichtlich nicht länger aushalten, auf den Fick warten zu müssen und drängten sich ungeduldig um den Gynstuhl. Da Sarah nun die Hände frei hatte, legten zwei der Männer ihre Schwänze in ihre Handflächen und hofften darauf, gewichst zu werden. Sarah holte sich die Erlaubnis Toms, der milde lächelte. Nun hatte sie einen Schwanz im Mund, einen in der Möse und zwei in den Händen. Sie lutschte, wichste und fickte, lachte dabei und genoss jeden einzelnen Stoß. Es war herrlich, mit so viel Geilheit überschüttet zu werden. Doch just in diesem Augenblick drang jemand hart in ihre Rosette ein. Laut quiekend zog sie die Beine an und rollte sich zusammen. Tom ergriff den Mann an der Schulter und schrie ihn unvermittelt an. Dann zerrte er ihn aus dem Raum, schlug die Tür hinter ihm zu und nahm Sarah in den Arm.

»Hat er dir weh getan, Liebes?«, fragte er besorgt und küsste sie auf die Stirn. Sie schüttelte den Kopf und schmiegte sich noch dichter an ihn. »Der Schmerz ist schon wieder weg. Es war mehr der Schrecken, weil ich nicht damit gerechnet hatte. Alles ist wieder gut.«

Als er sie wieder los ließ, sah sie die Männer an der Wand stehen und betreten zu Boden blicken. Den meisten von ihnen war der Schreck in die Glieder gefahren, was sich nicht gerade günstig auf die Erektion auswirkte. Doch nachdem sich Sarah wieder entspannt zurückgelegt und die Beine in den Schalen positioniert hatte, kamen sie näher. Der Anblick ihrer offenen Spalte hauchte wieder Leben in ihre Männlichkeit und innerhalb einer Minute wurde sie von vier Schwänzen bedient – oder bediente sie die vier Schwänze? Es war nicht wichtig. Wichtig war nur, dass Tom ihr ein Mal mehr gezeigt hatte, dass sie sein Juwel war, auf das er acht gab und sehr stolz war.

An dieser Stelle riss sich Sarah aus der Erinnerung und merkte, dass sie zwischen den Beinen feucht geworden war. Mit einem Lächeln schloss sie das Fotoalbum, denn sie hatte noch eine Menge für die nächste Prüfung zu lernen. Mit einem Gefühl der Liebe nahm sie ihr Buch zur Hand und lenkte ihre Konzentration auf den Lehrstoff.

***

Tom war so rücksichtsvoll, seine kleine Sklavin zwei Wochen nicht benutzt zu haben. Obwohl er sich weder telefonisch noch per SMS gemeldet hatte, wusste Sarah, dass er ihr noch wohlgesonnen war.

Dass sie recht behalten sollte, stellte sich am sechzehnten Tag heraus. Schon frühmorgens traf eine SMS ihres Meisters ein. Sarah freute sich ungemein, Tom wiedersehen zu dürfen.

Seine Nachricht war wie immer kurz und direkt: »Samstagabend, zwanzig Uhr bei mir im kleinen Schwarzen mit High Heels«.

Kurz flammte in ihr die Hoffnung auf, er würde mit ihr auf eine Party gehen, als wäre sie seine feste Partnerin. Er würde sie seinen Freunden vorstellen und sie würden einen ganz tollen Abend miteinander verbringen. Doch diese Träume würden wohl immer Träume bleiben, das wusste sie mittlerweile. Sie war seine Sklavin, seine Geliebte, aber nicht seine Partnerin. Dennoch hegte sie die Hoffnung, dass er eines Tages einsehen würde, dass keine Frau besser zu ihm passt als sie. Und genau auf diesen Tag wartete sie.

Die wenigen Tage bis zum Samstag hegte und pflegte sie ihre Pussy, die mittlerweile wieder so zart und zerbrechlich wie früher aussah. Nur mit dem Unterschied, dass jetzt ein blonder Flaum den Venushügel zierte. Um die zarte Haut nicht zusätzlich zu reizen, hatte sie sich jetzt seit mehr als zwei Wochen nicht rasiert. Als sie sich im Spiegel betrachtete, fand sie daran Gefallen. Eigentlich hätte sie den zarten Flaum gern länger werden lassen, doch sie wusste, dass Tom ein solch ungepflegtes Äußeres niemals akzeptieren würde.

***

Am Samstagabend rasierte sie ihren Hügel wieder völlig ab und stand pünktlich um zwanzig Uhr im gewünschten Outfit vor seiner Tür. Doch anstatt sie hereinzubitten, führte er sie zu seinem Wagen, der am Straßenrand stand. Ehe er ihn aufschloss, trug er ihr auf, den Slip auszuziehen.

»Hier?«, fragte sie ungläubig.

Ein Auto nach dem anderen fuhr im Schritttempo durch die Spielstraße, in der Toms Wagen geparkt war.

Tom grinste sie nur an. »Habe ich jemals einen Befehl erteilt, den ich nicht ernst meinte? Und jetzt los! Mach keine Zicken!«

Sarah zuckte seiner strengen Worte wegen zusammen und lüftete ihr enges Cocktailkleid.

»Sieh die Autofahrer an und lass das Kleid in Nabelhöhe. Die Armen haben eine solche Schönheit wie dich sicher noch nicht nackt gesehen!« Erheitert stützte er seine Arme auf das blank polierte Wagendach und legte sein Kinn darauf. Genussvoll sah er zu, wie Sarah sich zur Straße drehte, ihr Kleid bis zum Nabel hochschob und die Fahrer, die ungläubig glotzten, ansah. Langsam steckte sie ihre Daumen in den Slip und zog ihn nach unten. Als sie heraussteigen wollte, gab Tom die Anweisung, die Beine zu spreizen, damit das kleine Stück Stoff zwischen den Knöcheln gespannt war.

Sarahs Pussy begann zu kribbeln. Die Geilheit, die sie in diesem Augenblick verspürte, war unbeschreiblich. Völlig beschämt starrte sie in die Autos und versuchte, mit den Fahrern so lange Augenkontakt zu halten, wie es nur irgendwie möglich war. Das steigerte ihre Scham und somit die Geilheit. Tom rief ihr zu, dass sie sich noch weiteren neun Fahrern präsentieren und sich dann ins Auto setzen sollte. Er selbst ließ sich sofort auf seinen Autositz sinken und wartete auf sie.

Nach dem neunten Auto stieg Sarah umständlich ein und versuchte, auch noch im Wagen die Beine so weit zu spreizen, dass der Slip um die Knöchel gespannt war. Tom griff auf ihre Pflaume und stellte fest, dass sie nass war.

»Du bist eine kleine Schlampe!«, sagte er lachend und stimulierte ihre Lustperle mit den Fingern.

Sarah genoss diese zärtlichen Berührungen und ließ sich innerhalb von nur wenigen Augenblicken in den Orgasmus führen.

Als sich ihr Atem wieder normalisierte, holte Tom mit zwei Fingern ihren Muschisaft aus ihrer Grotte und steckte die Finger in ihren Mund. Dankbar leckte sie diese sauber, während Tom bereits aus der Parklücke fuhr.

Nach einer rund zehnminütigen Fahrt bog er in eine Einfahrt ein und parkte vor einem hell erleuchteten Haus. Im Inneren schien eine Party im Gange zu sein. Sarahs Herz machte einen Sprung. Würde er heute wirklich mit ihr einen partnerschaftlichen Abend verbringen? Rasch kletterte sie aus dem Wagen und ließ auf sein Geheiß hin den Slip liegen. Das Kleid durfte sie wieder in eine gesellschaftsfähige Länge bringen. Erfreut nahm sie seinen angebotenen Arm und stakste neben ihm die betonierte Auffahrt bis zur Haustür. Sie fühlte sich wie seine Ehefrau und strahlte.

Beim Eingang wurden sie von einem jungen, nackten Mann empfangen, der ein Halsband sowie einen Keuschheitsgürtel trug. Seine beringten Brustwarzen waren mit einer Kette verbunden, an dem einige Gewichte hingen. Sie zogen die Nippel ziemlich weit nach unten, was recht schmerzhaft aussah.

Ergebenst bat er Sarah um das Kleid. Verwirrt sah sie Tom an, der jedoch nur stumm nickte. Wie in einem Taumel stieg sie aus dem Kleid und bekam dafür eine silberne Kette gereicht, an deren einem Ende ein violetter Stein in der Größe einer Walnuss befestigt war. Tom schlang die Kette um ihre schlanke Taille. Der Stein lag nun direkt in ihrer Pofalte. So, wie der Sklave, bekam auch sie ein schwarzes Lederhalsband umgelegt, doch ihres war anstelle von Nieten mit glitzernden Strasssteinchen besetzt. Tom trat einen Schritt zurück und sah sich seine Begleiterin an. Er war fasziniert. Ihre High Heels unterstrichen die Eleganz ihres Körpers, wenn sie ging.

»Perfekt«, sagte er und küsste sie auf die Stirn. Dann betrat er mit ihr einen großen, hell beleuchteten Raum. Viele der Anwesenden lächelten ihm zu, aber niemand kam, um ihn zu begrüßen. Stattdessen strebte er auf eine Stelle inmitten des Saales zu, die mit einem kleinen X gekennzeichnet war. Mit einem leichten Druck auf die linke Schulter gab er Sarah zu verstehen, dass sie sich hinknien sollte.

Während Sarah sich auf die Markierung kniete, kam der Empfangssklave mit einer dicken Glasplatte herbeigeeilt und platzierte sie aufs Sarahs Rücken. Noch ehe sie sich versah, hatte sie auch schon ein paar Serviertabletts mit Petit Fours und einige Flaschen auf ihrem Rücken stehen. Der Sklave nahm den violetten Stein zur Hand und führte ihn langsam in Sarahs Rosette ein. Die Bauchkette spannte sich nun vom Kreuz über die Pofalte und verschwand in ihrem kleinen Sklavenarsch. Tom war mittlerweile aus ihrem Sichtfeld verschwunden.

Der Sklave drapierte noch ein Seidentuch zwischen den Flaschen und flüsterte dem Tisch leise zu: »Bewege dich keinen Millimeter, sonst gibt es ein Unglück. Pass auf, meine Liebe. Hier werden die Tische streng bestraft, wenn etwas auf dem Boden landet.«

Sarah sah ihn verstohlen aus den Augenwinkeln an, denn den Kopf konnte sie nicht mehr heben. Die Glasplatte beschränkte ihren Aktionsradius.

Geräuschvoll atmete sie aus. Der Traum von der Partnerin hatte sich in einem Tisch verloren. In einem Nichts, das nur ein Gebrauchsgegenstand war. Kein Mensch, keine Frau, ja nicht einmal mehr Lustobjekt, sondern nur noch ein beliebig austauschbarer Gebrauchsgegenstand, dem niemand Beachtung schenkte. Traurig ließ sie den Kopf hängen und zwei Tränen fielen vor ihr auf den Boden.

Beine wanderten an ihr vorbei, blieben stehen und gingen wieder weiter. Sehnsüchtig suchte sie nach Tom, doch ihr Blickwinkel war ziemlich auf den Boden beschränkt. Der Nacken schmerzte und langsam wurde auch das Verharren in absoluter Bewegungslosigkeit zur Qual. Sie hatte eine Lageveränderung dringend nötig, doch sie wagte es nicht, sich auch nur einen Millimeter zu bewegen. Immer wieder äugte sie zu den anderen Tischen und sah ihren Gesichtern an, dass sie ebenfalls Schmerzen hatten. Sie nahm an, dass alle anwesenden Subbies einem Herrn oder einer Herrin gehörten und sie wussten, für wen sie es machten. Anders wäre es nicht möglich, einen solchen Abend durchzustehen.

Während Sarah darauf hoffte, möglichst bald aus dieser Zwangslage befreit zu werden, sah sie einen männlichen Sklaven, der ein Schild um den Hals trug, das ihn als »Human Toilet« auswies. Er wanderte auf allen vieren durch den Saal und bot jedem, der sich erleichtern musste, sein Sklavenmaul an.

Sarah lief es kalt über den Rücken und war froh, nur ein Tisch sein zu müssen. In diesem Augenblick wurde der Sklave von einem Herrn zu sich beordert. Er kniete sich vor den Mann, sah ihn an und bekam mit einem Nicken das Einverständnis, den Reißverschluss der Hose öffnen zu dürfen. Dann holte er den herrschaftlichen Schwanz heraus und steckte ihn sich in den Mund.

Der Mann redete mit einem anderen weiter, während der Sklave die Augen geschlossen hatte und heftig schluckte. Schon vom Zusehen wurde Sarah übel, doch sie konnte ihre Augen nicht von der bizarren Szene lassen. Offensichtlich hatte der Sklave Mühe, den Natursekt des Herrn aufzunehmen. Sein gequälter Gesichtsausdruck sprach ebenso dafür wie seine geballten Hände. Er schluckte immer schneller und hatte scheinbar mit dem Atmen Probleme. Sein Körper verspannte sich und Sarah fürchtete, dass er aufgeben würde.

Doch der Toilettensklave hielt tapfer durch. Als der Mann fertig war, reinigte er noch gehorsam seinen Schwanz unter der Vorhaut, packte ihn wieder in die Hose, küsste seine Schuhe und machte sich wieder auf den Weg.

Sarah blickte ihm mitleidig hinterher. Und als sie ihm so nachsah, stand Tom plötzlich vor ihrem Gesicht.

»Der Kerl tut dir wohl leid, wie?«, fragte er.

Sarah nickte stumm und blickte demütig zu Boden. Tom konnte in ihr wie in einem offenen Buch lesen.

»Wie sieht es eigentlich mit dir aus? Musst du auch pinkeln?«

Sarah sah darin eine Möglichkeit, zumindest für ein paar Minuten aus ihrer Zwangslage befreit zu werden und nickte heftig.

»Ist es schon dringend?«, fragte Tom.

Eigentlich musste sie nicht, aber ihr war im Moment jedes Mittel recht, um aufstehen zu können. Deshalb nickte sie erneut heftig.

»Ganz dringend?«

Sie unterstrich die Dringlichkeit mit einem noch heftigeren Nicken.

»Na, dann wollen wir dir mal Erleichterung verschaffen!«, sagte Tom und bat die anwesenden Gäste, um deren geschätzte Aufmerksamkeit.

»Mein kleines Juwel hier«, er präsentierte den Gästen den »Sarahtisch«, »ließ mich wissen, dass es dringend pinkeln müsse. Ich aber glaube, dass es sich nur bewegen will und eigentlich gar nicht pissen muss. Wollen wir die Wahrheit überprüfen?«

Die Anwesenden verstummten und richteten ihren Blick gemeinsam auf das unter der Glasplatte kniende Mädchen. »Ja!«, riefen sie, »überprüfen wir die kleine Schlampe!«

Tom lächelte zufrieden und genoss die Solidarität.

Sarahs Magen krampfte sich zusammen und sie erstarrte. Damit hatte sie nicht gerechnet. Wollte Tom die Mannschaft mit aufs WC nehmen? Sarah war verwirrt und in ihrem Kopf war plötzlich nur Schwärze. Sie war sich dessen bewusst, dass sie jetzt vor all den Menschen als Lügnerin entlarvt wurde. Schamesröte zeichnete ihr Gesicht und verriet sie als elende Lügnerin.

Der Empfangssklave kam herbeigeeilt, um die Flaschen und Tabletts von der Glasplatte und diese wiederum von der Sklavin zu nehmen.

Doch Tom packte ihn am Handgelenk, noch ehe er die erste Flasche anfassen konnte. »Wer hat denn etwas vom Abräumen gesagt?« Tom schnalzte mit der Zunge und schüttelte langsam den Kopf.

Der Sklave sah ihn mit großen Augen an, verbeugte sich entschuldigend und schlich rückwärts aus dem Kreis der Aufmerksamkeit.

»Wo ist der Pisssklave?«, rief Tom durch den Raum und es dauerte keine zehn Sekunden, bis er vor seinen Füßen kniete. Sarah sah den Sklaven an und wusste, was nun auf sie zukommen würde. Sie sackte noch mehr in sich zusammen. Jetzt war alles aus. Sie würde Tom bis auf die Knochen blamieren, weil er eine verlogene, nichtsnutzige Sklavin hatte und daraufhin würde er sie mit Schimpf und Schande davonjagen. Was hatte sie sich nur dabei gedacht?, fragte sie sich völlig verärgert und kämpfte mit den Tränen.

Tom nahm den Toilettensklaven am Halsband und führte ihn wie einen Hund um Sarah herum zu ihren Füßen. Die

Gäste, die sich um diese Szene versammelt hatten, bildeten beeindruckt einen Korridor. Alles war still, jeder blickte gebannt auf die beiden Sklaven sowie den Meister.

Sarah spürte die Nähe ihres Meisters und fühlte sich unwohl. Dennoch waren alle Sinne geschärft und in Alarmbereitschaft. Ihr blieb nichts weiter übrig, als seinen Anweisungen zu folgen, um ihn nicht noch mehr zu blamieren.

»Spreiz deine Beine!«, donnerte es durch den Raum und traf Sarah direkt in ihrer Lustperle. Dieser Ton machte sie scharf und sie wurde dadurch stets gehorsam. Dieser Ton duldete weder Widerstand noch Verzögerung, nur Gehorsamkeit.

Vorsichtig schob sie ihre Knie auseinander, immer in der Angst, sie würde eine Flasche oder was auch immer derzeit auf ihrem Rücken stand, umwerfen. Millimeter für Millimeter schob sie ihre Beine rund fünfzig Zentimeter auseinander – es war ein wahrer Kraftakt, den Rücken dabei nicht zu drehen. Doch sie schaffte es und atmete erleichtert aus.

Nun befahl Tom dem Toilettensklaven, sich genau unter die nun völlig frei liegende Pussy Sarahs zu legen. Der Sklave kam der Aufforderung sofort nach und lag mit dem Gesicht unter der kleinen Feige. Wie gern hätte er jetzt seine Zunge in das warme, weiche, seidige, feuchte Fleisch vergraben, hätte es geleckt und geküsst, bis der Saft aus ihr geströmt wäre. Doch alles, was er bekommen würde, war ihre Pisse.

Tom stellte sich direkt neben Sarahs Arsch und rieb ein wenig an ihrer Lustperle. Dann nahm er sein Sektglas und leerte einen dünnen Strahl in ihre Pofalte. Der Sekt bahnte sich seinen Weg über ihre Möse in den bereits weit geöffneten Mund des Pisssklaven.

»Passt perfekt!«, stellte Tom fest. »Du kannst jetzt pissen. Wir alle möchten sehen, wie dringend du musst. Und denk daran: Wir erwarten eine lange Vorstellung. Immerhin hast du vorgegeben, schon sehr viel von deinem Sekt angesammelt zu haben. Also lass es laufen. Der Sklave unter dir ist sehr durstig!«

Die Gäste lachten amüsiert über Toms feierliche Worte und starrten gebannt auf Sarah. Jene Anwesenden, die an ihrem Kopfende standen, begaben sich nach hinten, zum Ort des Geschehens, um besser sehen zu können. Es war zweifellos eine überaus willkommene, geile Einlage.

Sarah spürte all die Blicke auf sich und wusste sofort, dass es ihr schwer fallen würde, ihren Sekt laufen zu lassen. Wenn die Blase voll war, konnte sie es im kleinen Kreis, aber jetzt war sie beinahe leer und die zahlreichen, starrenden Besucher taten ihr Übriges. Sie presste und drückte, konzentrierte sich und als sie dann locker ließ, fielen ein paar müde, winzige Tropfen in den Mund des Sklaven. Ihre Haut begann zu prickeln, die Kopfhaut zog sich spontan zusammen und ihr Gesicht leuchtete erneut rot. Sie schämte sich und wäre am liebsten Hals über Kopf aus dem Haus gerannt. Doch sie schloss die Augen, atmete tief durch und harrte der Dinge, die da kommen würden.

Plötzlich verspürte sie einen leichten Schlag auf ihrer offenen Pussy. Dann spürte sie Fingerknöchel auf ihrer linken Pobacke klopfen.

»Hallo!«, rief Tom. »Was ist jetzt mit der vielen Pisse, die uns versprochen wurde? Hallo! Ist jemand zu Hause?«

Er beugte sich ein wenig hinunter und legte den Kopf schief, damit sein Ohr näher an Sarahs Arsch kam. Als er keine Antwort hörte, richtete er sich wieder auf, zog eine erstaunte Grimasse und sah schulterzuckend in die Menge. »Scheinbar gibt es hier nicht mehr als die paar Tropfen«, sagte er enttäuscht und drehte die Handflächen nach oben.

Die Gäste lauschten gespannt seinen Worten und beteiligten

sich dann an der gespielten Enttäuschung. Tom genoss die Aufmerksamkeit, die ihm zuteilwurde und wuchs über sich hinaus. Seine Selbstsicherheit stieg und er sonnte sich regelrecht in der Bewunderung.

Mit gespreizten Beinen stellte er sich nun über den noch am Boden liegenden Sklaven und tauchte zwei Finger in Sarahs Pussy. »Wir wollen mal sehen, ob sich hier nicht doch etwas versteckt, das herauszudrücken ist!«, gab er leger von sich und stocherte in Sarahs Lustgrotte herum. Aber kein Tropfen löste sich und Tom war gespielt enttäuscht.

»Na so was!«, rief er aus und hielt seine Finger hoch, »Der Inhalt der vollen Blase scheint sich in die Lusthöhle verflüchtigt zu haben. Hier ist es tropfnass, also hat sie nicht gelogen!«

Die Menge lachte laut auf und Tom hielt die Finger weiterhin in die Höhe.

Sarah hingegen schämte sich ihrer Geilheit und der nassen Pussy wegen. Sie war derart gedemütigt worden, dass sie völlig scharf war. Ihre feuchte Lustperle war dick geschwollen und sie sehnte sich nach massierenden Fingern, nach einer flinken Zunge oder einem harten Schwanz.

Tom scheuchte den Pisssklaven weg und stellte sich zwischen die Beine der Lügnerin. Lächelnd sah er sich in der Menge um und fragte dann: »Sollen wir das kleine Miststück für ihre Lüge bestrafen?«

Sofort setzte Applaus ein, der hin und wieder von zustimmenden Rufen übertönt wurde. »Jaaaa! Bestraf sie!«

»Zeig der kleinen Schlampe, was Wahrheit ist!«

»Sie soll für ihre Lüge büßen!«

»Sie gehört schwerstens bestraft! Zeig nur ja kein Mitleid! Sie hat es sich verdient!«

Tom badete wieder in der Zustimmung und pflegte damit

sein Ego. Sarah hingegen wurde immer banger zumute. Wenn schon die Gäste nach Vergeltung riefen, würde die Bestrafung sicherlich fatal ausfallen. Sie hoffte im Stillen, dass ihr Meister trotzt allem einen klaren Kopf bewahrte und mit Verstand arbeiten würde. Doch so, wie er sich im Moment darstellte, war er weit davon entfernt.

Als sich die Emotionen wieder gelegt hatten, stellte Tom sein rechtes Bein auf Sarahs Arschbacke, verschränkte die Arme und hielt mit dem Daumen und Zeigefinger seiner rechten Hand sein Kinn. In dieser nachdenklichen Pose verharrte er einige Sekunden. Dann machte er eine Geste, die aussagte, dass es ihm leid tat, allerdings mit einem schelmischen Lächeln auf den Lippen.

»Ich schlage vor, wir alle denken uns für sie eine Bestrafung aus«, sagte er gönnerhaft. »Sklave! Wir brauchen einige Zettel sowie jede Menge Stifte. Und zwar sofort!«

Der Empfangssklave eilte aus dem Raum und kam nach wenigen Augenblicken mit dem Gewünschten wieder.

Rasch riss Tom die Zettel in der Mitte durch und gab sie zum Austeilen an den Sklaven zurück. Dieser verteilte sie an die Gäste und reichte einen Kugelschreiber dazu.

»Jetzt schreibt jeder seine Vorstellung einer Bestrafung für die nette Lady hier und gibt sie dann wieder dem Sklaven. Jener Vorschlag, der am häufigsten auf einem Blatt steht, wird durchgeführt..«

Nachdem eifrig überlegt und geschrieben war, sammelte der Sklave die Zettel ein und legte sie auf einen Tisch. Tom wies ihn an, die Auszählung zu übernehmen. Sarah begann indes zu zittern. Einerseits, weil die Position, in der sie sich befand, sehr anstrengend war und andererseits, weil sie nicht den blassesten Schimmer hatte, was die Leute wollten. Sie konnte auch bei den Bestrafungen von Tom niemals abschätzen, was kommen würde, aber sie wusste immer, dass es in einem gewissen Rahmen blieb. Auch wenn sie schon sehr vieles gewohnt war, so hatte sie jetzt doch Angst.

Die Zeit bis zur Verkündung schien Ewigkeiten zu dauern und obwohl sie erst vor kurzem die letzten Tropfen Harn aus sich herausgepresst hatte, fühlte sie sich, als müsste sie jetzt wirklich pinkeln. Aber es war nur ihre Aufregung, das wusste sie.

Als der Sklave mit der Sortierung fertig war, überließ er Tom den Tisch. Neugierig nahm er den ersten Zettel, las den Wunsch darauf, lächelte und faltete ihn wieder zusammen. So ging er mit allen Zetteln weiter vor. Die Spannung steigerte sich.

Die Gäste sahen gebannt auf die Zettel, die er aus der Hand legte. Offensichtlich war nicht nur Sarah aufgeregt, sondern auch alle anderen Anwesenden. Tom ließ sich grinsend Zeit.

Als ein paar der Gäste begannen, ihre Gespräche wieder aufzunehmen, erachtete Tom es als geeigneten Zeitpunkt, die Aufmerksamkeit wieder auf sich zu lenken. Mit fester, selbstsicherer Stimme übertönte er das Gemurmel und schaffte augenblicklich Ruhe. Sarah war auf ihren Meister stolz, der selbst größere Gruppen, in denen sich unter anderem dominante Persönlichkeiten befanden, innerhalb von Sekunden zum Schweigen bringen konnte. Auch wenn sie im Moment Höllenqualen litt, liebte sie ihn.

Tom sagte mit kräftiger Stimme: »Die Mehrheit hat beschlossen, dieses kleine, verlogene Miststück auf die Schatzsuche zu schicken.«

Die Menschen im Raum sahen ihn fragen an, dann flüsterten sie ihren Nachbarn etwas zu und sahen ihn wieder an.

Tom fuhr fort. »Die kleine Schlampe wird sich in diesem Raum vier Gegenstände suchen, die sie reiten kann. Und das wird sie uns dann vorführen.«

Verschmitzt grinsend sah er in die mit Schrecken geweiteten Augen seiner Sklavin und badete darin. »Aber!«, er erhob die Stimme, »es dürfen keine Alltagsgegenstände sein, die sie sich einfach einführt. Der Griff eines Löffels und dergleichen gilt natürlich nicht als Reitutensil. Es muss schon etwas Ausgefallenes sein. Schließlich soll uns das verlogene Drecksstück ja unterhalten.«

Ein kurzes Raunen ging durch die Menge und endete in wohlwollendem Applaus. Nachdem das Klatschen wieder abgeklungen war, stellte Tom eine abschließende Frage: »Sollen wir ihr die Suche erleichtern, indem wir ihr ein Zeitlimit setzen? Sagen wir ...«, er sah auf die Uhr, »zwei Minuten?«

Die Menge nickte erfreut und einige begannen zu tuscheln.

»Nun gut«, verkündete Tom, »so machen wir es. Allerdings sollten wir uns gleich eine Bestrafung überlegen, falls sie den Auftrag nicht erfüllen kann.«

Tom lächelte in die Menge. Dass dies nicht ihr Wunsch, sondern seiner war und er diese Bestrafung von Anfang an geplant hatte, das war Sarah klar, und auch, dass er wusste, sie würde auf seinen Trick mit dem WC reinfallen. Tom strahlte, denn er hatte einen klaren Sieg auf allen Linien errungen.

Auf sein Zeichen hin wurde die Glasplatte von Sarahs Rücken entfernt und sie rappelte sich mühsam hoch. Ihre Knie brannten wie Feuer und ihr Nacken war steifer als der einer Schildkröte. Man ließ ihr keine Gelegenheit, die verspannten Muskeln zu dehnen oder sich mental zu sammeln. Sie wurde vom Empfangssklaven zu Tom geführt, der bereits seine Armbanduhr vom Handgelenk genommen und den Timer vorbereitet hatte.

Ohne sie auch nur eines Blickes zu würdigen, fragte Tom die Menge, ob sie bereit sei. Seine Frage wurde mit Zustimmung quittiert. Er blickte in die erwartungsvollen Augen der Gäste und sagte: »Du hast zwei Minuten! Eins … zwei … drei! Und Los!«

Sarah rannte panisch im Zimmer umher und suchte nach geeigneten Reitmöglichkeiten. Die Zahl Vier schwirrte in ihrem Kopf. Das war eine große Zahl, denn der Raum war eher schlicht gehalten. So viele Möglichkeiten boten sich ihr gar nicht. Sie fühlte sich betrogen und frustriert. Doch sie suchte weiter, denn die Zeit lief und ein Aussteigen war für sie keine Option. Sie musste ihrem Herrn zumindest jetzt alle Ehre machen.

Kaum hatte sie sich versehen, wurde auch schon der Countdown von zehn heruntergezählt. Der Chor wurde immer lauter, erregter und dröhnte in Sarahs Ohren. Ihr Körper war mit Adrenalin durchströmt und sie fröstelte. Auch ihre Atmung ging stoßweise. Sie hatte sich viel mehr gestresst und aufgeregt, als sie gedacht hätte.

Als der Countdown abgelaufen war, führte sie der Empfangssklave zu Tom und verschwand. Alle starrten gebannt auf sie und warteten auf ihre Antwort. »Es tut mir leid, Meister, aber ich habe nur zwei reitbare Gegenstände in diesem Raum finden können. Mehr sind nicht vorhanden.« Demütig und gleichzeitig reuig sah sie zu Boden. Plötzlich schämte sie sich ihrer Nacktheit und sie mochte sich gar nicht ausmalen, wie beschämend es sein würde, wenn ihr diese Fremden beim Reiten zusehen würden.

Tom packte sie an den Haaren und zog sie nach unten. »Wie war das jetzt? Was hast du gesagt? Mehr sind nicht vorhanden?«

»Ja, Meister!«, entgegnete sie mit zitternder Stimme und bog sich seitlich nach rechts unten, um den Zug an ihren Haaren zu verringern. Doch Toms Hand zog weiter, bis sie auf die Knie sank. Dann ließ er ihr Haar los und stellte seinen rechten Fuß darauf. Sarah kniete nun mit dem Kopf auf dem Boden und versuchte, ihre Haare unter dem Schuh herauszuziehen. Doch sie war chancenlos und gab den Widerstand auf.

»Du willst damit sagen, dass ich dir eine nicht zu erfüllende Aufgabe gestellt und dich somit absichtlich einer Bestrafung zugeführt habe? Willst du tatsächlich sagen, dass ich dir unlösbare Befehle erteile?«

»Nein, Meister.«

»Weshalb kamen dann die Worte, mehr seien nicht vorhanden aus deinem Mund? Was wolltest du damit erreichen? Erbarmen?«

»Nein, Meister.«

»In Ermangelung von Zeit beende ich diese Unterredung für den Moment. Wir werden sie zu Hause weiterführen, verlass dich drauf. Und jetzt zeig den geschätzten Herrschaften, welche beiden reitbaren Dinge du gefunden hast.«

Er stieg von ihrem Haar und sie stand auf. Als erstes nahm sie einen Sessel, drehte ihn um und führte sich das Stuhlbein ein. Langsam und vorsichtig begann sie, darauf zu reiten.

»Sieh gefälligst die Gäste an, du unhöfliches Miststück!«, herrschte Tom sie an.

Sarah hob langsam ihre Lider und sah in die Augen der Anwesenden, die sich köstlich amüsierten. Erneut trat Schamesröte in ihr Gesicht.

»Spreiz die Beine weiter«, kam der Wunsch aus dem Publikum. »Wir wollen sehen, wie das Stuhlbein in deine kleine Fotze fickt! Und zieh auch gleich deine Pussylippen auseinander. Wir sind hier nicht im Kloster!«

Alle lachten und Sarah schämte sich noch mehr. Nun hatte jeder Anwesende freien Einblick und sah noch dazu, wie sie mit einem Stuhl fickte. Ihre Lustperle war wieder dick geschwollen und verriet, dass sie trotz all ihrer Scham geil war.

Einer der Herren holte den Empfangssklaven und hielt ihn an, die dicke Lustperle der reitenden Sklavin zu lecken. Gehorsam kniete er sich vor Sarah, fand den Rhythmus und leckte sie genüsslich, während sein Schwanz im gitterartigen Keuschheitsgürtel immer dicker wurde und schon bald keinen Platz mehr fand. Amüsiert nahmen es ein paar der Gäste wahr und machten sich nun auch über den geilen Sklaven lustig.

»Kleines, geiles Ferkelchen!«, rief jemand im Raum und alle lachten.

Sarah schluckte heftig, um nicht in Tränen auszubrechen. Doch zu ihrem Glück forderte Tom sie schon auf, das nächste Ding zu besteigen und sie steuerte auf einen Mann zu. »Erlauben Sie, dass ich Ihren Spazierstock nehme?«, fragte sie höflich.

Der Mann mit dem schwarzen Stock, auf dem sich ein Silberknauf befand, sah sie zuerst irritiert an, gab ihn jedoch der Sklavin. Sie spreizte ihre Beine und wollte sich darauf niederlassen, doch der Besitzer des Spazierstockes gab ihr den Befehl, ihn im Doggystyle zu ficken.

Rasch wurde ein Holztisch frei gemacht und sie kletterte hinauf. Der Empfangssklave hielt das eine Ende des Stockes fest und sie führte ihn sich ein. Der Silberknauf war herrlich dick und Sarah empfand sofort große Lust. Ihre Nippel verhärteten sich wieder schlagartig und ihre Atmung wurde tiefer. Nach nur wenigen Stößen hatte sie die Umgebung ausgeblendet und fickte nur noch zu ihrem Vergnügen. Immer schneller und immer heftiger ritt sie auf dem Silberknauf, bis sie sich in einem überwältigenden Orgasmus auf dem Tisch ergoss.

Als sie wieder in die reale Welt zurückkehrte, starrten sie alle an. Selbst Tom war sprachlos. Er löste sich langsam aus dieser

Szene. Nun hatten rund zwanzig Fremde gesehen, wie sie sich mit einem blöden Spazierstock zum Orgasmus gevögelt und dabei auch noch abgespritzt hatte. Ihr Muschisaft hatte einen dunklen Fleck auf dem weißen Tischtuch hinterlassen und lief noch an den Innenseiten ihrer Schenkel hinunter.

Entsetzt sah sie in die lüsternen Gesichter der Anwesenden und konnte ihre Scham nicht mehr ertragen. Mit einem Satz war sie vom Tisch und zur Tür draußen. Der Spazierstock fiel geräuschvoll zu Boden, doch diesen Lärm nahm sie schon nicht mehr wahr. Sie konnte nur noch die Blicke spüren, die sie zum Ausgang verfolgten.

Der Garten lag ruhig und friedlich im vagen Schein der Straßenlaternen da. Auch in der Nachbarschaft war es ruhig und Sarah sah sich nach einem geeigneten Versteck um, damit sie ihre Wunden lecken konnte. Neben dem Haus fand sie einen Busch, in dem sie sich verkriechen konnte und weinte leise. Wie konnte sie sich nur so gehen lassen und vor all diesen Leuten ihre Lust ausleben? Sie hatte zu dienen, aber sicher nicht zu genießen. Sie hatte ihren Herrn nun ein weiteres Mal beschämt, wofür sie sich zu hassen begann. Ihr überwältigender Orgasmus klang noch immer ein wenig nach, aber sie konnte sich kein bisschen entspannen.

Nach einigen Minuten kam Tom in den Garten und rief nach ihr. Zaghaft meldete sie sich, stand aber nicht auf.

Er folgte ihrer Stimme und fand sie. Wortlos reichte er ihr das Kleid. Sarah streifte es über und ließ sich an der Hand zu seinem Wagen führen. Sie konnte seinem Gesichtsausdruck nicht entnehmen, in welcher Stimmung er war. Dass ein Knistern in der Luft lag, war allerdings nicht übersehen. Die Heimfahrt verlief in peinlicher Stille, in der Sarah sich sehr unwohl fühlte. Am liebsten wäre es ihr gewesen, mit dem Taxi oder Bus nach Hause zu fahren. Doch sie wagte nicht, ihn darauf anzusprechen.

Als er vor ihrem Haus den Wagen anhielt, sagte er knapp: »Du kannst gehen.«

Panisch öffnete sie den Mund um sich zu rechtfertigen, um ihm Erklärungen abzugeben, doch sein kurzer Blick ließ sie noch in derselben Sekunde verstummen. Langsam stieg sie aus, schloss sanft die Tür und sah dem Wagen so lange nach, bis sich seine Rücklichter in der Ferne verloren.

Ohne nachzusehen, ob ihre Eltern bereits schliefen oder noch wach waren, schlich sie in ihr Zimmer. Gesellschaft sowie oberflächliches Gerede konnte sie jetzt nicht brauchen. Viel mehr war sie mit dem Gedanken beschäftigt, ob Tom sie nun entlassen würde. Gleichzeitig aber dachte sie auch darüber nach, weshalb sie ständig das Gefühl hatte, er könnte sie bei jedem Fehltritt sofort entlassen. Bislang hatte er ihr viele Fehler verziehen, auch wenn er sie streng dafür bestraft hatte. Und so würde es auch dieses Mal sein, sagte sie sich mit Überzeugung. Sie stellte sich unter die Dusche und versuchte, die Schande, die sie auf sich geladen hatte, abzuwaschen.

***

Während der nächsten drei Tage konzentrierte Sarah sich auf die Uni, lernte und legte eine größere Prüfung ab. Bald würde sie ihr Studium abgeschlossen haben, in einem hoffentlich gut bezahlten Job arbeiten und von zu Hause ausziehen können. Davon träumte sie seit geraumer Zeit. Den Traum, bei Tom einziehen zu können, träumte sie nur selten. Natürlich hätte es seinen Reiz, ihr Leben mit ihm zu verbringen. Dennoch fürchtete sie, dass sich die Magie seiner Person durch den Alltag auflösen konnte.

Noch am selben Abend der Prüfung rief Tom an und erkundigte sich, wie sie verlaufen war. Sarahs Herz raste, als sie seine Frage hörte. Er interessierte sich nach wie vor für sie und nahm sie nicht nur als Gespielin, Lustobjekt und submissives Wesen wahr. Rasch erzählte sie davon und bedankte sich für die Einladung für den nächsten Abend.

»In exakt vierundzwanzig Stunden erwarte ich dich. Bei mir zu Hause. Kein Dresscode.« Damit legte er grußlos auf. So herzlich er sein konnte, so distanziert war er in der nächsten Sekunde. Doch anstatt sich erneut Gedanken zu machen, ob sie etwas Falsches gesagt hatte, freute sie sich über seine Einladung und dachte kurz darüber nach, was er wohl mit ihr vorhaben könnte. Mit einem raschen Blick aufs Handy prägte sie sich noch die genaue Zeit seines Anrufes ein und ging dann glücklich zu Bett.

***

Wie immer stand sie auf die Minute pünktlich vor seiner Tür und wartete artig, bis er sie in die Wohnung bat. Anstatt sie zu begrüßen, schloss er die Tür, zwang sie auf die Knie und steckte ihr seinen bereits erigierten Schwanz in den Mund. Gehorsam ließ sie ihre weichen Lippen am Schaft auf- und abgleiten, umspielte mit der Zunge seine Eichel und kraulte ihm zwischendurch die Eier. Doch Sarah spürte, dass ihr Gebieter nicht zufrieden war und sah ihn schüchtern von unten an. Er hatte sie die ganze Zeit mit strengem Blick beobachtet und einen äußerst mürrischen Ausdruck im Gesicht.

Doch noch ehe sie fragen konnte, was denn nicht in Ordnung war, packte er sie an den Haaren am Hinterkopf, hielt diesen fest und drang tiefer als gewohnt in ihren Mund. Sein dicker Schwanz füllte jetzt beinahe ihre gesamte Mundhöhle aus. Er drängte ihn noch weiter in sie hinein, sah sie konzentriert an und gelangte schließlich an jenen Punkt, an dem sie würgen musste. In diesem Moment zog er lächelnd seinen Schwanz zurück, um ihn sofort erneut in sie zu stoßen. Sarah würgte wieder und hatte das Gefühl, ersticken zu müssen. Reflexartig stieß sie Tom mit ihren Händen an den Oberschenkeln grob zurück. Sein Schwanz glitt aus ihrem Mund und sie konnte wieder atmen, während Tom einen Schritt nach hinten machen musste, um nicht das Gleichgewicht zu verlieren. Erschrocken sah ihn Sarah an und wollte sich für ihre ungebührliche Reaktion sofort entschuldigen. Doch er hatte sie bereits erneut an den Haaren gepackt und schleifte sie in seine Lusthöhle. Panisch krabbelte sie auf allen vieren hinter ihm her, versuchte zwischendurch, nur auf den Beinen zu gehen, doch er hielt sie einfach zu tief unten. Beinahe im Laufschritt durchquerte er mit der gebückt laufenden Sklavin die Wohnung.

»Ausziehen!«, befahl er ihr streng und holte die Handschellen aus Stahl, die mit einem breiten Lederhalsband mittels einer Kette verbunden waren.

Im Nu war Sarah nackt und kniete mit gesenktem Kopf vor ihrem Meister. Stumm bereute sie, ihn gestoßen zu haben. Bis jetzt hatte sie nicht gelernt, ihre Impulsivität zu unterdrücken. Und dafür würde sie nun einmal mehr büßen müssen.

Tom legte ihr die breite Ledermanschette um den Hals und drängte sie mit kleinen Stößen der Schuhspitze nach hinten, bis sie an der in den Boden eingelassenen Tanzstange anstieß. Er führte ihre Arme hinter der Stange zusammen und legte ihr die Handschellen an. Nun war sie an die Stange gekettet und konnte ihn nicht mehr nach hinten schubsen. Zufrieden betrachtete er sein Werk, packte sie wieder an den Haaren und drängte ihr erneut den Schwanz tief in den Mund. Auch dieses Mal musste sie würgen, aber Tom hatte sie fest im Griff. Wie schon zuvor wollte sie ihn mit den Händen wegdrücken, doch die Handschellen verhinderten dies sofort. Nun saß sie in der Falle.

Sie atmete hektisch, weil sie Angst hatte, an seinem Schwanz zu ersticken. Der Würgereflex wurde bei jedem einzelnen Stoß ausgelöst und Sarah liefen die Tränen über die Wangen. Ein weiteres Mal wollte sie fliehen, wollte ihren Kopf wegdrehen, doch sie hatte keine Chance. Während Toms Schwanz rhythmisch und hart in sie rammte, kämpfte sie mit der Luft. Sie spürte, wie seine dicke Eichel immer wieder am Gaumen anstieß und noch weiter nach hinten drängte. Panisch zerrte sie an ihren Handschellen und kämpfte gegen die Übelkeit an. Sie wimmerte nur leise, betete flehentlich, er möge diese Qual doch beenden. Aber Tom war unerbittlich und zog erst dann seinen Schwanz aus ihr, als er ihr stöhnend einen dicken Strahl seines heißen Lustsaftes ins Gesicht spritzte.

Er ließ ihr Haar los und stützte sich mit geschlossenen Augen an die Tanzstange. Keuchend steckte er ihr ein weiteres Mal seinen Schwanz in den Mund, damit sie ihn sauberlecken konnte.

Kurz darauf löste er ihre Handschellen, nahm die Halsmanschette ab und führte sie zur Couch im Wohnzimmer, wo er ihren Kopf auf seinen Schoß bettete und darauf wartete, dass sie sich wieder erholte. Sanft streichelte er ihr übers Haar und strahlte so viel Wärme aus, dass Sarah nur noch Liebe für ihn empfinden konnte.

Nachdem sie wieder einigermaßen frisch war, mixte sie einen Cocktail für sich und brachte Tom einen Whisky on the Rocks. Während sie die Drinks genossen, ließ er sie wissen, dass er immer wieder das »Deep-throat«-Training mit ihr üben würde. Es würde nicht einfach für sie sein, aber darauf wollte er keine Rücksicht nehmen.

Er küsste sie leidenschaftlich. »Du bist mein braves Mädchen«, ließ er sie wissen.

Sarah wurde in seinen Händen zu Wachs.

»Ach ja«, fügte er noch hinzu. »Am kommenden Freitagabend möchte ich dir etwas ganz Besonderes zukommen lassen. Etwas eher Außergewöhnliches. Wir werden uns mit einer dominanten Lady etwas außerhalb treffen, fahren dort mit meinem Wagen hin. Du bist um neunzehn Uhr hier. Im schwarzen Minilackkleid mit den Halterlosen und den High Heels. Streiche den Vamp in dir heraus!« Sanft strich er ihr eine Haarsträhne aus dem Gesicht.

Sarah nickte erfreut und wollte nachfragen, was denn das Besondere an dem Treffen sein würde, doch sie konnte im letzten Moment ihre Frage zurückhalten und stieß stattdessen ein »Jawohl« heraus. Es war ihr nicht gestattet, von sich aus Fragen zu stellen. Dies war eine ganz besondere Art der Qual. Sie war neugierig und Tom nutzte diesen Umstand.

Gerade in jenem Augenblick, als ihr Herz für ihn brannte, entließ er sie für diesen Abend, mit einem gehauchten Kuss, aus seinen Diensten. Sie wollte ihn fragen, noch ein wenig bleiben zu dürfen, wagte jedoch nicht, diese Bitte an ihn zu richten. Frustriert verließ sie die Wohnung. Zornestränen glitzerten in ihren Augen. Sie blickte nach oben, auf sein hell erleuchtetes Wohnzimmerfenster. Wie gern wäre sie noch darin. Aber sie war hier auf der Straße. Benutzt und weggeschickt. Wahrscheinlich noch mit Resten seines getrockneten Spermas im Gesicht.

»Das war das letzte Mal!«, schwor sie sich. »Der soll sich eine andere suchen! Eine Dumme, mit der er so umspringen kann. Aber nicht mehr mit mir! Jetzt ist es endgültig vorbei! Was glaubt er eigentlich, wer er ist?« Wutschnaubend und fluchend lief sie energiegeladen die Straße entlang. Die zerdrückte Getränkedose, die auf dem Gehsteig lag, flog quer über die Straße und landete mit einem scheppernden Geräusch an einem geparkten Fahrzeug, das in der Stille der Nacht überdimensional laut war. Sarah erschrak und begann zu rennen. Sie hoffte, dass sie niemand dabei gesehen hatte.

Nun beginne ich auch noch zu randalieren!, dachte sie erschrocken und kam keuchend im Haus ihrer Eltern an.

Da ihre Eltern noch wach waren, setzte sie sich, in der Hoffnung, ein wenig Ablenkung zu finden, zu ihnen. Doch dieses völlig belanglose, oberflächliche Gefasel nervte sie noch mehr. Sie gab vor, sehr müde zu sein und verabschiedete sich. Im Bett dachte sie sehr lange darüber nach, wie sie von Tom loskommen könnte, bis sie eingeschlafen war. Die Nacht verlief unruhig und war von mehreren Unterbrechungen geprägt.

***

Ihr erster Gedanke am nächsten Morgen richtete sich ebenfalls an die Trennung von Tom. Sie beschloss, sich einen Mann in ihrem Alter zu suchen, um mit ihm eine richtige Beziehung einzugehen. Eine ganz klassische Beziehung, in der sie händchenhaltend im Kino saßen, nachmittags bei den Eltern Kaffee auf der Terrasse tranken und in absehbarer Zeit in einer gemeinsamen Wohnung leben könnten.

Noch am gleichen Tag hielt sie in der Mensa nach einem jungen Mann Ausschau, der ihr schon seit vielen Monaten den Hof machte. Sie hatte sich entschlossen, mit ihm eine Freundschaft einzugehen, aus der auch eine Liebesbeziehung entstehen sollte. Tom sollte so rasch wie möglich vergessen werden. Er war mit seiner Art einfach nicht mehr tragbar. Er hob sie hoch und ließ sie fallen, fing sie wieder auf und dann begann das Spiel von neuem. Aber so konnte es nicht weitergehen. Damit war jetzt Schluss.

Sie entdeckte Mike allein an einem Tisch sitzend. Er las. Sarah gesellte sich zu ihm, plauderte, flirtete und ging mit einer Verabredung in die nächste Vorlesung. Ihr Verehrer lud sie am folgenden Abend ins Kino ein, anschließend zum Essen und dann zu sich nach Hause. Die beiden hatten Sex. Zumindest nennt man es im Allgemeinen so. Aber er war langweilig und ungeil, obwohl sich Mike bemühte. Auf dem Weg nach Hause war ihr klar, dass sie dem Abend mit dem jungen Mann ein gutes Buch hätte vorziehen sollen. Denn nicht nur der Sex war unbefriedigend, sondern auch alles andere.

***

Am nächsten Tag startete sie einen neuen Versuch und flirtete mit Harold, einem Studenten, und ließ sich abends von ihm einladen. Doch zu ihrer Enttäuschung verliefen auch diese Stunden ebenso langweilig wie die mit Mike. Noch ehe sie nach Hause ging, erklärte sie Harold, dass sie doch lieber Freunde bleiben und kein Paar werden sollten.

Nach zwei weiteren Versuchen mit anderen Männern wurde ihr langsam bewusst, dass es nicht an den Männern, sondern ausschließlich an ihr selbst lag. Sie konnte diesen belanglosen Gesprächen nichts abgewinnen und fand sie öde und uninteressant. Ihr Herz schrie nach Intensität, nach Aufregung, Leidenschaft, Spielen und auch nach Schmerz und Demütigung; ebenso ihr Körper.

Und Tom gab ihr ganz genau das, was sie brauchte! Mit dieser Erkenntnis freute sie sich mehr als sonst auf das kommende Event, das in zwei Tagen stattfinden sollte.

Wie gewöhnlich war sie pünktlich zur Stelle und stieg zu Tom in den Wagen. Als er sie küsste, erlaubte sie sich, ihn zu umarmen und zu drücken. In diesem Moment konnte sie einfach nicht anders. Die Erkenntnis, den richtigen Mann an ihrer Seite zu haben, stimmte sie übermütig. Glücklicherweise ließ er es zu. Als er jedoch den Wagen startete, sah er sie aus den Augenwinkeln an. »Was du mir zu sagen hast, besprechen wir später.«

Seine Aussage ließ weder ein Widerwort noch eine Bestätigung zu. Sarah versank beschämt auf dem Beifahrersitz und kämpfte gegen die Hitze, die sich gerade in ihrem Körper breit machte, an.

Schweigend fuhren sie eine Zeitlang dahin, bis sie außerhalb der Stadt in eine breite Einfahrt einbogen. Die drei dunklen Gebäude am Ende des Weges warfen lange Schatten im Mondlicht und sahen verlassen aus. Als Tom an der Tür des rechten Gebäudes klingelte, blieb es darin dunkel. Nur im mittleren Haus ging ein Licht an.

»Ich komme gleich«, rief eine Frauenstimme. Sie klang etwas älter und Sarah meinte, einen eisigen Unterton darin zu finden. Sie stellte sich dabei eine Gouvernante vor, die in einem staatlichen Kinderheim den Kindern Zucht und Ordnung beibrachte.

Eine Minute später hörten sie die Frau mit einem Schlüsselbund hantieren. Die Tür öffnete sich. Vor ihnen stand eine sehr schlanke Gestalt, die Tom ihre Hand zum Gruß bot.

Er neigte kurz den Kopf und hob ihre Hand fast unmerklich an. Es war so, als würde er einen sehr distanzierten Handkuss andeuten. »Lady Dunham …«, flüsterte er respektvoll und lächelte leicht.

Verwundert sah Sarah ihn an, doch er ließ sich davon nicht irritieren, sondern folgte der Dame, die tatsächlich wie eine englische Gouvernante aussah, in das nächste Zimmer. Da Sarah keine speziellen Anweisungen erhalten hatte, schloss sie sich den beiden an.

Dieser Raum stellte sich als Kammer dar und war zweigeteilt. Der große vordere Teil war bis auf zwei Ledersofas, zwei niedrigen Tischen sowie einer großen Holztruhe leer. Er wurde durch dicke, schwarze Eisengitterstäbe vom hinteren Teil getrennt. Hinter dem massiven Gitter befanden sich drei

Männer. Allesamt mit Augenbinden, Ohrenstöpseln und Keuschheitsgürteln.

Der Mann ganz links lag in einem sehr strengen Ganzkörperbondage seitlich auf dem Boden. Seine Handgelenke waren mit den Fußknöcheln am Rücken verknotet. Er schien Schmerzen zu haben, denn er wippte ständig vor und zurück, um seine Zwangslage ein wenig zu verändern und somit auch den Druck seines eigenen Gewichtes zu erleichtern.

Die Arme des Mannes in der Mitte steckten in einem schwarzen Monohandschuh, der mit einem Seil an der Decke befestigt war. Das Seil wies einen so steilen Winkel auf, dass die Schultern weit hervortraten. Noch dazu war es so weit nach oben gezogen worden, dass der Mann nur auf Zehenspitzen stehen konnte. Er tänzelte unaufhörlich herum und versuchte, seine Schultern zu bewegen. Offensichtlich hatte er auch bemerkt, dass jemand den Raum betreten hatte, denn sein Gesicht drehte sich in Richtung Tür. So, als wolle er einen kurzen Blick unter der Augenbinde auf die Besucher werfen oder auch ein paar Wortfetzen aufnehmen. Sarah jedoch ging davon aus, dass die Augenbinden sowie Ohrstöpsel so platziert waren, dass die drei Männer weder hören noch den kleinsten Streifen Helligkeit wahrnehmen konnten.

Der Dritte Mann steckte kniend in einem Pranger aus massivem, dunklem Holz. Auch er schien schon eine Zeitlang in dieser Zwangshaltung verharrt zu haben, denn er bog immer wieder seinen Rücken durch, veränderte die Position seiner Knie und bewegte unablässig seine Finger. Wahrscheinlich waren sie seit langem eingeschlafen. Auch drehte er den Kopf nach links und rechts und ließ ihn zeitweise auf den schmalen Holzstreifen sinken. Doch kaum lag er dort, hob er ihn wieder hoch. Das Holz drückte wahrscheinlich auf seinen Kehlkopf und die Nackenmuskeln sahen schon ziemlich verspannt aus.

Die drei mussten vermutlich seit Stunden so verharren, wussten nicht, was oder wer auf sie zukam und womöglich wussten sie auch nicht, wie lange sie noch diese anstrengenden und schmerzhaften Positionen zu ertragen hatten. Allesamt sahen sie ziemlich mitgenommen und am Ende ihrer Kräfte aus. Irgendjemand wimmerte und man sah ihnen an, dass sie endlich befreit werden wollten.

Sarah hatte Mitleid mit ihnen. Sie taten ihr aufrichtig leid und dankte stumm ihrem Meister, dass er sie nicht auch so behandelte. Doch plötzlich brach ihr der Schweiß aus. Sie fragte sich, weshalb er sie hierhergebracht hatte. Würde er sie auch in einer solch schmerzhaften Zwangshaltung stundenlang oder gar einen ganzen Tag hier im Gefängnis zurücklassen? Würde er sie für ihre Seitensprünge während der letzten Tage so hart bestrafen? Zitternd wischte sie sich den dünnen Schweißfilm von der Stirn und kämpfte mit der Mundtrockenheit, die plötzlich eingesetzt hatte. Panisch sah sie sich nach einem Stuhl um und ließ sich mit weichen Knien darauf nieder.

Tom drehte sich zu ihr. Mit zwei Schritten war er bei ihr, kniete sich neben sie und hob ihr Kinn hoch. »Was ist los?«, fragte er sichtlich besorgt und musterte ihr blasses Gesicht. »Ist dir nicht gut?«

Unsicher sah sie ihn an und hatte das Gefühl, weinen zu müssen. Das Zittern verstärkte sich und sie ließ sich in seine Arme fallen.

»Hey, Sarah«, flüsterte er in ihr Haar und drückte sie sanft an sich. »Hab keine Angst, Kleines. Ich lasse dich nicht hier und du wirst auch nicht eingesperrt. Das verspreche ich dir! Du wirst nicht einmal in den Genuss kommen, gefesselt zu werden. Du hast hier eine ganz andere Aufgabe zu verrichten.«

Sarah löste sich aus der Umarmung und sah ihn unsicher an. Konnte er Gedanken lesen?

»Lady Dunham? Würden sie uns bitte nach draußen begleiten?«, bat er die Gastgeberin, die sich sofort zur Tür begab. Jene Dame, die während der ganzen Zeit über regungslos auf dem Stuhl vor den Gitterstäben verharrt hatte, bewegte sich auch jetzt nicht. Sie starrte nach wie vor auf die drei Gepeinigten. Tom nahm Sarahs Hand und geleitete sie nach draußen.

Lady Dunham sah Tom an, dieser nickte.

Dann richtete sie sich an Sarah. »Diese drei Männer im Gefängnis sind sehr wohlhabend. Sie bezahlen dafür, auf diese Art behandelt zu werden. Sie kommen in Abständen von drei bis vier Monaten und erwarten jedes Mal eine außergewöhnliche Behandlung.« Sie hielt kurz inne, lachte auf und fuhr dann fort: »Diese Herren sind so einiges gewohnt und haben hohe Ansprüche. Ich habe ihnen vor drei Wochen einen Keuschheitsgürtel verpasst. Zusätzlich bekamen sie täglich Aufgaben, die sie geil machten. Heute Morgen haben sie sich in meine Obhut begeben. Meine Sklavin hat sie kurz gefickt und dann ohne Orgasmus wieder verschlossen. Sie haben wie kleine Hunde gewinselt und um einen Orgasmus gefleht.

Danach hat die Sklavin ihnen die Augen verbunden und die Ohren verschlossen. Dieser Sinnesentzug ist nach wenigen Stunden sehr quälend. Dann hat sie das Bondage angelegt, den anderen in den Monohandschuh gesteckt und hochgezogen und den Dritten in den Pranger gezwängt. Nun passt sie auf, dass ihnen nichts passiert. Sie sitzt seit dem Morgen hier und greift sofort ein, wenn sich eine brenzlige Situation ergeben sollte. Ein Kreislaufkollaps, Atemnot, Panik oder sonstiges.« Sie blickte kurz zu Tom und fuhr fort: »Und nun kommst du ins Spiel. Ich habe mit deinem Herrn vereinbart, dass du sie einerseits sexuell reizt und ihnen andererseits zeigst, wie geil Schläge sein können. Aber sie haben keine Chance, zu einem

Orgasmus zu kommen. Mehr hast du nicht zu tun. Also hab keine Angst. Es wird dir nichts geschehen.«

Mit diesen Worten wandte sie sich wieder an Tom und zischte ein paar Worte, die Sarah nicht verstehen konnte. Sie ging jedoch davon aus, dass sie mit Tom unzufrieden war, weil er ihr eine solche Heulsuse gebracht hatte. Erneut war sie entmutigt und kam sich unzulänglich vor. Tom hingegen sah Lady Dunham fragend nach, als sie durch die Tür ins Gefängnis verschwand.

»Es ist alles in Ordnung. Und jetzt gib dein Bestes, okay?«, sagte er zu ihr und folgte der Gastgeberin in den Kerkerraum. Erleichtert ging sie den beiden hinterher und sah, dass Tom eine CD in die Musikanlage legte. Ohne auf den Befehl ihres Herren zu warten, begann sie, zur Musik zu tanzen und sich dabei auszuziehen. Den Männern waren mittlerweile die Augenbinden, die Ohrstöpsel sowie die Keuschheitsgürtel abgenommen worden. Mit gierigen Augen verschlangen sie das zauberhafte Wesen, das ihnen zwar ihren Körper präsentierte, aber nicht zur Verfügung stellte. Ihre Schwänze ragten steif und fickbereit in den Raum. Trotz ihrer Fesselungen versuchte jeder einzelne von ihnen, den Schwanz in irgendeiner Form zu berühren, um sich ein wenig von der unerträglichen Spannung zu nehmen, die sie im Moment verspürten.

Die Sklavin nahm die Kopfbewegung der Lady wahr und erhob sich. Mit einem Rohrstock, den sie aus einem mit Wasser gefüllten Köcher nahm, begab sie sich daraufhin in den Kerker und steuerte auf den Mann in der Mitte mit dem Monohandschuh zu. Lady Dunham stand am Gitter, sah ihn streng an und fragte ihn etwas so leise, dass es kaum hörbar war. Der Mann versuchte, eine aufrechte, respektvolle Haltung anzunehmen, die ihm jedoch aufgrund seiner Fesselung nicht gelang.

Verzweifelt sah er sie an, wagte jedoch nicht, nachzufragen. Beinahe im gleichen Moment traf der Rohrstock seinen Arsch und er schrie schmerzerfüllt auf.

»Was du bist, habe ich gefragt«, zischte die Lady und ein weiterer Hieb ließ ihn erneut aufheulen.

»Ein kleiner Wurm, verehrte Lady. Ein schleimiges Kriechtier, das Strafe verdient hat. Ein geiler Bock, dem seine Lüsternheit ausgetrieben gehört!«

Lady Dunham nickte zustimmend. »Und wieso hast du Strafe verdient?«

Der Mann sah sie kurz an, ehe er den Mund öffnete, um etwas zu sagen. Doch offensichtlich hatte es der Lady zu lange gedauert und sie nickte der Sklavin zu. Diese ließ nun in einer heftigen Salve den Rohrstock auf dem Arsch des Delinquenten tanzen. Der Mann schrie so laut, dass Speichel aus seinem Mund sprühte. Er zerrte an dem Seil, das seine Arme nach oben zog und tänzelte herum, als stünde er auf glühenden Kohlen. Immer wieder versuchte er, sich dem beißenden Rohrstock zu entziehen, doch die Sklavin erwies sich als sehr treffsicher. Als ihm Tränen über die Wangen liefen, ließ sie wieder von ihm ab. Aber sie blieb in seiner Nähe.

»Wenn du etwas gefragt wirst, dann hast du sofort zu antworten. Hast du das jetzt verstanden?«, fragte Lady Dunham.

Der Mann antwortete sofort. »Ja, Mylady. Ich habe verstanden!«, stieß er tränenerstickt hervor.

Zwar bewegte sich Sarah zur Musik, aber sie hatte nur Augen für die Auspeitschung und die peinliche Befragung. Ganz zu ihrem Erstaunen wurde sie vom Anblick des gefesselten und ausgepeitschten Mannes scharf. Allein das hohe, scharfe Zerschneiden der Luft durch den nassen Rohrstock ließ sie spitz werden. Ihre Spalte war bereits nass und sie hatte Angst, ihr würde der Saft an den Innenseiten ihrer Schenkel hinabfließen.

Der Mann in der Mitte wimmerte.

»Du bist ein elender Jammerlappen!«, rief Lady Dunham aus und im gleichen Moment waren das Zischen des Rohrstockes sowie seine Schmerzensschreie zu hören.

Als jedoch die Lady ihre Aufmerksamkeit dem am Boden liegenden Mann widmete, beendete die Sklavin den Tanz des Rohrstocks und stellte sich nun direkt hinter den anderen. Dieser blickte angsterfüllt auf seine Gebieterin und Sarah meinte, ein leichtes Zittern seines Körpers erkennen zu können. Sie wusste allerdings nicht, ob er wegen des strengen Bondage, das sich in sein Fleisch eingegraben hatte, zitterte oder aus Angst. Beides war jedoch ein Grund für lustvolles Zittern.

Obwohl der Mann in der Mitte noch mit seinem Schmerz und den Tränen zu kämpfen hatte, widmete er einen Teil seiner Aufmerksamkeit Sarah. Und auch der Mann im Pranger interessierte sich nicht nur für das Schauspiel am anderen Ende des Kerkers. Immer wieder schielte er auf Sarah und ließ sich von ihr ablenken, obwohl er sicherlich wusste, dass die Lady auch ihn in die Mangel nehmen würde.

Wie kann man nur so geil sein, fragte sich Sarah und ließ ihre Titten erneut schwingen. Sie versuchte, sich auf ihren Tanz zu konzentrieren, obwohl sie keine einzige Sekunde von der Unterredung zwischen Herrin und dem armen Wurm versäumen wollte.

»Was ist mit dir?«, wurde der Mann in dem Bondage freundlich gefragt. »Warum bist du hier?«

»Weil ich ebenfalls ein unwürdiges Nichts bin, das ständig geil ist, meine Herrin!«

»Was war das jetzt? MEINE Herrin? Besitzanzeigendes Fürwort? Du denkst also, dass ich dir gehöre? Du maßt dir an, mich als dein Eigentum zu betrachten?«, fauchte Lady Dunham und nickte ihrer Sklavin zu.

Diese fädelte in Windeseile ein Seil zwischen seinen Füßen durch, das sie durch einen Ring an der Wand zog. Mit einem heftigen Ruck beförderte sie den Mann auf den Bauch und zog seine Füße etwas nach oben, sodass sein Unterkörper inklusive der Beine frei in der Luft hingen. Mit aufgerissenen Augen blickte er sich ängstlich um.

Die Lady wandte sich an Sarah. »Setz dich vor diesen Rollbraten und biete ihm deine Muschi zum Lecken an!«

Sofort machte sich Sarah auf den Weg in den Kerker. Sie fühlte sich hinter den Gitterstäben angenehm unwohl und genoss das heiße Kribbeln, das sich von ihrer nassen Pussy über den gesamten Körper ausbreitete.

Rasch setzte sie sich mit weit gespreizten Beinen vor die Nase des Mannes, der sofort ihren Duft tief inhalierte. Er streckte die Zunge heraus und leckte über ihre Spalte, so, als wäre er mit ihr allein. Doch sobald er den Geschmack ihrer Weiblichkeit schmecken konnte, schrie er auf und krümmte sich. Die Sklavin schlug in Sekundenschnelle mit einem kurzen Rohrstock auf die Fußsohlen des Mannes, der sich nun in seinem Bondage krümmte und wand. Sein heißer Atem strich über Sarahs Schenkel und sie weidete sich ein weiteres Mal an den Qualen des Geschundenen.

Erst als auch seine Tränen den steinernen Boden des Kerkers benetzten, hielt die Sklavin inne. »Das wird dich lehren, allzu gierig zu sein! Und nun kannst du die Kleine lecken. Aber leck sie gut, sonst wirst du es bitter bereuen!«, säuselte die Lady und sah ihn mit einem Glitzern in den Augen verächtlich an.

Mit einem gemurmelten Dank robbte er vor, um Sarahs Muschi gut lecken zu können. Sie wiederum kam ihm entgegen, indem sie sich ein wenig nach hinten lehnte und mit den Armen abstützte. Ihre Spalte öffnete sich in dieser Position von allein und der Mann hatte freien Zugang zu ihrer Lustperle.

Er hatte eine weiche, breite Zunge, die er gekonnt einsetzte. Obwohl er noch vom Weinen schniefte, gab er sich völlig seiner Aufgabe hin. Sarah schloss die Augen und entspannte sich. Sie war dem Höhepunkt schon ziemlich nahe und seine Zunge würde sie in Kürze dorthin führen.

Doch kurz davor keifte Lady Dunham den Mann an. »Habe ich nicht gesagt, du sollst sie *gut* lecken?«

»Ja, Madam!«

»Und was machst du dann? Du züngelst wie eine Schlange auf Mäusesuche herum, du Versager!«

Kaum hatte sie die Worte gesprochen, waren auch schon wieder das scharfe Zischen des Rohrstocks sowie die Schreie des Mannes zu vernehmen.

Sarah wurde jäh aus ihrer Entspannung gerissen und schrak zurück. Ängstlich krabbelte sie so weit nach hinten, dass sie mit dem Rücken am Gitter saß. Doch als sie sah, dass sie mit der Bestrafung nichts zu tun hatte, wechselten ihre Blicke fasziniert von seinen roten Fußsohlen zu seinem verzerrten Gesicht. Er versuchte, die Schläge wie ein Mann zu ertragen, doch es gelang ihm nicht. Er heulte und keuchte, schrie und biss die Zähne zusammen.

»Bitte«, flehte er, »bitte nicht! Nicht die Füße! Lady Dunham! Bitte!«

Doch sie grinste nur abwertend und ließ die Sklavin gnadenlos auf seine Sohlen einschlagen.

»Ich flehe Euch an, mich zu schonen. Lasst mich noch drei Wochen den Keuschheitsgürtel tragen, Mylady. Ich verspreche auch, Euch täglich einen Wunsch zu erfüllen. Gern auch zwei, aber haltet doch um Gottes Willen ein!«, schrie er verzweifelt.

Er wand sich wie ein Fisch an der Angel, krümmte sich und versuchte immer wieder, den Schlägen davonzurollen. Dicke Tränen quollen aus seinen Augen und Rotz klebte am Boden. Die Schmerzen schienen unerträglich zu sein. Als die Lady wieder zum Sprechen ansetzte, hielt die Sklavin inne.

»So ist es brav, mein Kleiner!«, lobte sie ihn. »Ich akzeptiere dein Angebot und freue mich schon darauf, dich weitere drei Wochen völlig enthaltsam zu sehen. Die Aufgaben, die ich dir stellen werde, werden aus den tiefsten Ecken meiner schwarzen Seele kommen. Du wirst dir wünschen, die Bestrafung noch ein wenig länger ertragen zu haben. Aber du hast gewählt.«

Nach diesen Worten wandte sie sich ab und dem dritten Mann zu, der im Pranger kniete und sie sehr ängstlich aus den Augenwinkeln ansah. Er war sichtlich mit den Nerven am Ende und sprudelte schon heraus, noch ehe die Lady zu ihm sprechen konnte. »Ja, Madame, ich bin auch ein nichtsnutziger Wurm, der seinen geilen Schwanz in jede Muschi steckt, die sich ihm anbietet. Ich bin ein Versager, ein Heuchler und Nichtsnutz. Bitte bestraft mich dafür, aber lasst dabei Milde walten. Denkt immer daran, dass ich nur ein schwacher Mann bin, der seinen Trieben erlegen ist.« Demütig senkte er den Kopf und blickte zu Boden.

Amüsiert lachte die Lady auf. »Eigentlich wollte ich dich etwas anderes fragen, aber deine Selbstbeschreibung war so köstlich, dass ich sie dir belohnen will. Du kannst die kleine Sarah hier ficken. Jetzt und sofort. Willst du das?«

Blitzschnell schoss sein Kopf in die Höhe und er grinste lüstern. »Ja, Herrin. Vielen Dank, Herrin. Ihr seid zu gütig, Herrin.« Er leckte sich in Vorfreude die Lippen.

Sarah stand auf und ging zu dem Mann. Es würde ihr nichts

anderes übrig bleiben, als sich von dem geilen Typen vögeln zu lassen. Hilfesuchend sah sie zu Tom hinüber, doch dieser nickte ihr nur ermutigend zu. Ein Blick auf seine dicke Beule in der Hose verriet ihr, dass er dieses Schauspiel sehr genoss. Und deshalb konnte sie es auch genießen.

Die Sklavin schob eine niedrige Bank unter den Bauch des Mannes, die vom Pranger bis zu seinen Oberschenkeln reichte. Sarah legte sich mit dem Rücken darauf und spreizte die Beine. Sie musste den Kopf seitlich halten, denn die Bank war für ihre Größe etwas zu kurz.

Als der Mann spürte, dass sie unter ihm lag, versuchte er, mit seinem prallen Ständer ihre Spalte und im Anschluss daran ihre Lustgrotte zu finden. Hektisch stocherte er an ihren Oberschenkeln und am Venushügel herum. Sarah drehte sich ein wenig und schob ihr Becken nach oben, sodass er auch ohne etwas sehen zu können, mühelos in sie eindringen konnte. Lustvoll stieß er ein Grunzen aus und begann, Sarah zu ficken. Seine Stellung erinnerte sie an einen Hund, dem die Hündin davon läuft, er aber nicht locker lässt und sich krampfhaft an ihre Flanken hängt.

Doch die Sklavin hinter ihm hielt schon nach wenigen Stößen sein Becken fest und schob eine Ingwerwurzel in seinen Arsch, die zu einem großen Buttplug geformt war.

Der Mann sog scharf die Luft ein und quietschte. Panisch schüttelte er seinen Arsch, um den Plug wieder los zu werden. Doch er blieb, wo er war und bewegte sich keinen Millimeter heraus.

Amüsiert lachte Lady Dunham auf. »Fick die Kleine, bis du auf ihrem Bauch abspritzt, du geiles Stück! Na los, stoß zu! Was ist jetzt mit dir? Hast du nur eine große Klappe oder ist auch etwas dahinter? Bist du plötzlich impotent geworden?«

Der Mann wand sich im Pranger und fragte keuchend: »Was ist das? Was hat mir die kleine Schlampe hineingeschoben?«

»Also ich möchte doch sehr bitten!«, rief Lady Dunham empört aus und im gleichen Moment trafen mehrere Peitschenschläge seinen Rücken. Schmerzvoll krümmte er sich und rutschte auf den Knien so weit nach rechts, wie der Pranger es zuließ. Doch es war nicht weit genug, um den harten Peitschenschlägen zu entkommen, weshalb sie nun weiterhin auf seine Haut knallten.

»Entschuldigen sie, verehrte Dame. Ich bitte sie vielmals um Verzeihung. Meine Geilheit hat mich zu solchen Worten getrieben. Es tut mir wirklich leid«, stöhnte er verzweifelt.

Die Schläge hörten auf, doch er zuckte noch immer mit dem Arsch, um den Plug abschütteln zu können.

»Erspar dir die Mühe!«, flötete Lady Dunham. »Der ist so geschnitzt, dass er nicht herausfallen kann. Und jetzt los! Fick die Kleine. Wir wollen den ekelhaften Beweis für deine Geilheit sehen. Lass deine Schwanzmilch fließen!«

Gehorsam kniete er sich wieder über Sarah und versuchte, in sie hineinzustoßen. Doch die Schläge und der Ingwerplug hatten seinen Schwanz weich werden lassen. Selbst das hoffnungsvolle Reiben an Sarahs Schamlippen brachte ihn nicht wieder zum Stehen. Viel mehr quälte ihn der Ingwer, der sich in seinem Arsch wie eine Fackel anfühlte.

»Du darfst ihm helfen, Kleines«, sagte die Lady unvermittelt zu Sarah.

Rasch rollte sie sich von der Bank und kniete sich daneben auf den Steinboden. Sie nahm den Schwanz des Mannes in den Mund und versuchte, ihn hoch zu blasen. Doch der Mann zuckte ständig, bog seinen Rücken durch und tänzelte auf den Knien herum. Dazu jammerte und flehte er, man möge ihm den Plug doch um Himmels Willen entfernen.

»Welch jämmerlicher Versager du doch bist!«, rief die Lady aus. »Du bist unfähig, dieses hübsche Ding hier zu vögeln. Und du willst ein geiler Bock sein? Eine lächerliche Figur bist du, mehr nicht!«

Der Mann sah beschämt zu Boden und ballte gleichzeitig die Fäuste. »Bitte«, jammerte er beinahe flüsternd. »So habt doch Erbarmen mit einem Versager. Ich bitte Euch inständig, mich zu erlösen.«

Doch anstatt den Befehl zu geben, die Ingwerwurzel zu entfernen, wandte sie sich erneut an Sarah. Sie wies sie mit kurzen Worten an, den Gefangenen mit dem Monohandschuh ficken zu lassen.

Sofort ließ sie von dem noch immer weichen Schwanz ab und stellte sich direkt vor den Mann in der Mitte. Sie beugte sich nach vorn und schob sich langsam so weit nach hinten, dass sie ihn spüren konnte. Dann griff sie zwischen ihre gespreizten Beine und führte sich den Prügel in ihre Lusthöhle ein.

Der Mann stieß sofort zu und bemühte sich, sie zu ficken. Doch das Seil ließ ihm nicht genügend Spielraum. Er konnte sich auch kaum auf den Beinen halten, weil er noch immer auf den Zehenspitzen stehen musste. So wurde dieser Fickversuch ebenfalls zu einem Desaster, das seinen Schwanz ziemlich schnell schrumpfen ließ.

Die Lady lachte ihn aus. »Lass dich vom Rollbraten lecken, Kleines. Er hat noch drei Wochen im Keuschheitsgürtel vor sich und kann jetzt sicher ein junges Fötzchen gut vertragen, das ihn noch geiler macht, als er ohnehin schon ist.«

Sarah fand mittlerweile Gefallen an diesem Spiel und bot dem Mann bereitwillig ihre Spalte zum Lecken an. Sie spreizte weit ihre Beine, rückte ganz nahe an ihn heran, sodass er sich mit dem Oberköper noch mehr aufbäumen musste. Nun lag er wie ein Angelhaken vor ihr. Nur der Bauch berührte den Boden. Er leckte, schmatzte und saugte, doch schon nach wenigen Augenblicken verließ ihn die Kraft und er musste aufgeben. Er war erschöpft und seine Nackenmuskulatur vibrierte.

»Soll ich ihn ficken?«, fragte Sarah schüchtern und bereute ihre vorlaute Äußerung sofort. Sie hätte darauf warten sollen, dass Lady Dunham es vorschlug. Doch diese fand, es wäre eine ausgezeichnete Idee. Sofort ließ die Sklavin den Rollbraten wieder auf den Boden, der sich auf den Rücken wälzte. Doch seine Hände und Füße lagen nun unter ihm und er drückte mit dem gesamten Gewicht seines Oberkörpers darauf. Schmerzvoll zuckte er zusammen und suchte eine halbwegs erträgliche Position.

Sarah achtete jedoch nicht darauf, sondern rubbelte seinen Schwanz noch steifer als er ohnehin schon war, setzte sich darauf und begann, ihn zu reiten. Der Mann wand sich unter ihr und fand ganz offensichtlich keine Stellung, in der er sich ficken lassen konnte. Durch die Anstrengung und den Schmerz fiel auch sein Schwanz recht bald in sich zusammen und Sarah stieg wieder ab.

»Das war's jetzt für die nächsten drei Wochen, Schlappschwanz!«, lachte die Herrin und wandte sich erneut an Sarah. »Hast du Lust, dich ein wenig als Domina zu versuchen?«

Sarah sah sie fragend an, dann Tom. Ihr Gebieter lächelte und nickte zustimmend.

»Hier drüben in der Truhe sind einige Utensilien, mit denen du machen darfst, was immer du willst. Also los, Kleines, tob dich an diesen Versagern ruhig aus. Sie haben es redlich verdient, wie du gesehen hast«, forderte die Gastgeberin sie auf.

Zögernd kam Sarah aus dem Kerker und warf einen Blick in die schwarze Holzkiste, die an der Wand stand. Sie holte einige der Utensilien, die sie bereits am eigenen Leib gespürt hatte, heraus und ging wieder zu den drei Männern. Es kam ihr vor, als würden sie ein wenig auf sie herabsehen, sie nicht ernst nehmen und sie vielleicht auch ein wenig mit ihren Blicken verhöhnen.

Das wird euch teuer zu stehen kommen, dachte sie und wählte für den Mann mit dem Monohandschuh drei Krokodilklemmen mit schweren Gewichten.

Lächelnd hielt sie die Eisenbeißer vor sein Gesicht und ließ sie provokant schwingen. Als sie die erste Klemme an seiner linken Brustwarze ansetzte, lächelte er noch. Bei der zweiten ebenfalls und auch noch beim Ansetzen an die Vorhaut des Schwanzes. Als Sarah jedoch die Gewichte daran befestigte, stieß er seinen Atem hörbar aus.

Und als Sarah den Rohrstock nahm und damit seinen Schwanz traktierte, begann er erneut zu tanzen. Er trippelte nervös herum, um dem Rohrstock zu entkommen, doch bei jeder Bewegung zogen die drei Gewichte nach unten. Er begann zu jammern und presste die Augen zusammen. Seine Halsmuskeln traten heraus und sie konnte seinen schweren Atem hören.

»Machst du damit weiter?«, fragte sie die Sklavin, die sich noch immer im Kerker aufhielt.

Bereitwillig übernahm sie diese Aufgabe und ließ den Rohrstock tanzen, als Sarah sich bereits dem Rollmops widmete. Ihm setzte sie eine Maulsperre ein und fragte Lady Dunham, ob er bisexuell oder schwul wäre.

»Gott bewahre!«, rief sie übertrieben aus. »Keins von beiden. Doch nicht *er!*«

Mit einem Grinsen wandte sie sich an ihren Master. »Wären Sie so freundlich?«, fragte sie ihn in demütiger, kniender Haltung.

Tom musste nicht nachfragen, was sie wollte. Er nickte, stand auf, ging in den Kerker, öffnete seine Hose und kniete sich vor den Rollbraten, der jetzt wieder auf dem Bauch lag. Ohne ein weiteres Wort zu verlieren, packte er ihn am Haarschopf, zog seinen Kopf hoch und steckte ihm seinen dicken Knüppel bis nach hinten in den Rachen. Der Mann röchelte und würgte, und Tom genoss den Maulfick in vollen Zügen.

Während Sarahs Helfershelfer ihre Delinquenten fleißig bearbeiteten, widmete sie sich dem Mann im Pranger. Zuerst zog sie die Ingwerwurzel aus seinem Hintereingang, wofür er sich aufrichtig bedankte. Aber sie hatte nicht vor, sie wegzulegen. Die Oberfläche war mit einem scharfen Messer schnell wieder aufgefrischt. Dann drückte sie den Plug so fest zusammen, dass sein Saft stellenweise auf die Oberfläche trat. Dies zauberte ein Lächeln in ihr Gesicht.

Während sie ihn wieder durch seine gerötete Rosette in den Arsch steckte, zuckte er lediglich zusammen. Als jedoch der frische Ingwersaft bei jeder Fickbewegung auf seine bereits gereizten Schleimhautstellen traf, jaulte er wie ein Wolf bei Vollmond. Er bäumte sich auf, trat mit den Beinen aus und war nahe daran, den Pranger aus dem Steinboden zu reißen. Doch noch ehe er sich die Knie wund schlug, ließ Sarah von dem Plug ab und gab ihm einen Klaps auf den Hintern.

Den Strap-on, der ebenfalls in der Kiste gelegen hatte, betupfte sie mit Chiliöl und schob ihn dem Mann in den Mund. Ruckartig wollte er seinen Kopf zurückziehen und so dem scharfen Gummidildo entkommen. Doch das Holz des Prangers war robust. Er musste sich trotz heftiger Gegenwehr in den Mund ficken lassen, der schon nach wenigen Sekunden wie Feuer brannte. Sarah hielt sich an seinen Ohren fest und stieß sachte den Dildo in den Mann. Es machte ihr großen Spaß und sie fand rasch ihren Rhythmus. Ein Blick auf die anderen beiden bestätigte, dass sie ebenso viel Spaß wie sie hatten.

»Genug!«, dröhnte es durch den Raum. »Das reicht jetzt.« Lady Dunham kontrollierte nicht, ob die drei von ihren Spielzeugen tatsächlich abgelassen hatten, sie verließ sich darauf, dass ihr Wort ernst genommen wurde. Und das wurde es auch. Sie hatte den Raum bereits verlassen und wartete im Vorraum auf ihre Gäste.

Rasch schlüpfte Sarah in ihre Kleidung und Tom verstaute sein Gemächt in der Hose. Dann folgten sie ihr durch die Tür.

Mit erwartungsvollem Blick hielt sie Tom ihre Hand hin, der sie wieder ein wenig hoch hob und sich davor beinahe unmerklich verbeugte. Sarah wurde wie eingangs auch, ignoriert.

Die hagere Frau öffnete die Eingangstür und entließ die beiden.

Beim Wagen angekommen, atmete Sarah tief durch. Sie war von ihren Handlungen geradezu überwältigt und musste erst realisieren, dass sie das wirklich getan hatte. Sie wollte nicht darüber reden, sondern einfach nur dasitzen und in die Ferne starren. Tom konnte ihren Wunsch wohl spüren und fuhr wortlos davon.

Vom Fenster aus beobachtete Lady Dunham Tom und seine Sklavin, die eine der besten gewesen war, die sie jemals eingeladen hatte. Die Kleine hatte sie inspiriert, was nur sehr selten vorkam. Sie nahm sich vor, Tom bei Gelegenheit zu diesem Exemplar zu beglückwünschen.

Auch Tom war in Gedanken versunken und fuhr schweigend in die Stadt. Vor dem Haus ihrer Eltern ließ er sie aussteigen. Dann fuhr er in seine Wohnung, legte sich auf die Ledercouch und ließ das Event Revue passieren.

Eigentlich hatte er vorgehabt, sich noch an Sarah zu befriedigen, ehe er sie zu Hause ablieferte, doch irgendwie war das nicht stimmig gewesen. Dennoch sehnte er sich jetzt nach einem brennenden Orgasmus. Er rief seinen Freund Frank an und bat ihn, seine Frau zu ihm zu schicken, damit er sie ficken könnte. Frank teilte ihm mit, dass sie in knapp fünfzehn Minuten bei ihm sein würde. Er öffnete die Wohnungstür einen spaltbreit und legte sich wieder auf die Couch.

Während er auf die Ehesklavin wartete, fixierten sich seine Gedanken auf das Event, vor allem an den Abschluss. Er rief sich immer wieder die Begeisterung, die Freude und das Engagement Sarahs in Erinnerung. Doch noch ehe er darüber nachdenken konnte, ob nicht vielleicht auch in ihr eine dominante Ader steckte, kam Sandra zur Tür herein.

Er öffnete seinen Reißverschluss und zog die Hose nach unten. Sein steifer Prügel sprang sofort heraus und begrüßte die Dame. Wortlos zog er sie auf sich, positionierte ihre Lusthöhle über seinem Schwanz und drängte sie nach unten. Ohne weitere Anweisungen zu erhalten, ritt Sandra auf Tom, der sich mit geschlossenen Augen treiben ließ. Nach nur wenigen Minuten presste er sie fest auf sich, stöhnte kurz auf und gab ihr dann einen Klaps auf den Po. Das war das Zeichen, dass sie wieder verschwinden sollte. Wortlos stieg sie von ihm, zog ihren Rock zurecht und die Tür hinter sich zu. Tom blieb auf der Couch liegen und dachte so lange über das Event und Sarahs Freude am Quälen nach, bis er eingeschlafen war.

***

Sarah konnte nach dem Aussteigen nicht in das Haus ihrer Eltern gehen. Sie war völlig durcheinander und musste erst ihre Gedanken ordnen. Langsam schlenderte sie zu einer kleinen Pizzeria, die nur über zwei winzige Tische verfügte und eigentlich ein Take-away-Restaurant war. An beiden Tischen lungerten der Pizzabäcker sowie der Auslieferjunge herum und sahen in einen von der Decke hängenden Fernseher. Die Geschäfte schienen schlecht zu gehen und Sarahs Bestellung würde den Laden wahrscheinlich nicht vor dem Konkurs retten.

Sie nahm zwei Stücke Pizza, einen Muffin und eine kleine Flasche Mineralwasser. Im Moment brauchte sie diese Kalorienbombe dringend. Noch dringender allerdings würde sie einen Vertrauten brauchen, mit dem sie die vergangenen Stunden besprechen und analysieren konnte, und der ihr einen Rat geben konnte. Die Welt schien menschenleer zu sein. Sie fühlte sich einsam.

Nachdem der Pizzabäcker ihre Bestellung auf den Tresen und das Wechselgeld danebengelegt hatte, schlurfte er wieder an seinen Platz und hob erneut den Kopf, um auf den Fernseher zu starren. Sarah sah sich dieses groteske Bild an. Hätte sie nicht die Hitze der Pizza und das Gewicht der Wasserflasche gespürt, so wäre sie davon ausgegangen, die beiden nicht bei ihrer Tätigkeit gestört zu haben. Nichts deutete darauf hin, dass sich zumindest einer von den beiden bewegt und der andere zumindest kurz aufgeblickt hatte. In diesem Augenblick erschien ihr die ganze Welt irreal und sie zweifelte daran, noch vor einer halben Stunde drei Männer, die sicher doppelt so alt wie sie waren, gequält zu haben.

Im matten Lichtschein einer Straßenlaterne, unweit des Takeaways, verzehrte sie auf einer Parkbank ihre Pizzastücke. Immer wieder vergaß sie zu kauen und mitunter auch zu schlucken. Vor sich hinstarrend saß sie da, ihr Gehirn war in dichten Nebel gehüllt und er breitete sich auch auf ihre Gefühle aus.

Kurz vor Mitternacht erloschen im Take- away die Lichter und Sarah saß nun im Halbdunkeln. Sie fühlte sich nicht besser und somit beschloss sie, nach Hause zu gehen. Ihre Eltern würden bereits schlafen und sie könnte, ohne ein belangloses

Gespräch führen zu müssen, in ihr Zimmer gehen.

Während der nächsten Tage konzentrierte sie sich wieder völlig auf ihr Studium. Es kamen auch keine weiteren Zweifel auf, ob sie überhaupt devot sei. Sie wertete den Ausritt in die Welt des Sadismus als Neugierde und maß ihm nicht allzu viel Bedeutung bei. Es hatte sich eine Situation ergeben, in der sie etwas völlig Neues probiert hatte. Es war geil, das gab sie zu, aber sie verspürte kein Bedürfnis, jemanden zu quälen. Und genau darin lag für sie der Unterschied. Wäre sie eine Sadistin oder hätte zumindest sadistische Tendenzen, so würde sie danach lechzen, ein solches Spiel zu wiederholen. Aber die hatte sie nicht. Und das beruhigte sie.

Sie dachte aber häufig darüber nach, was mit den drei Herren noch geschehen war. Ob das Spiel vorbei gewesen war, nachdem Tom und sie gegangen waren, oder ob die Männer noch länger hatten leiden müssen. Und welche Qualen sie während ihrer dreiwöchigen Keuschheit vor dem Event hatten erleiden müssen. Es kam ihr auch der Gedanke, dass Lady Dunham eigentlich eine Prostituierte war. Zwar bot sie spezielle Behandlungen an, aber sie machte es für Geld. Offensichtlich für viel Geld. Weshalb die Männer zu ihr kamen, fragte sie sich nicht. Sie wusste nur allzu gut, wie ausgehungert man nach Demütigung, nach Bestrafung, nach dem süßen Schmerz und der Verzweiflung sein konnte.

***

Am Freitagnachmittag schritt sie gut gelaunt die Treppe von der Uni hinunter, als Tom plötzlich vor ihr auftauchte. Obwohl sie ihn nun schon lange kannte, wurde sie nervös und nestelte an ihrem Kleid herum. Nur zaghaft ließ sie sich von ihm küssen. Panisch dachte sie an ihr Outfit. Die Haare waren nicht frisch gewaschen, sie trug flache Schuhe und ein loses

Kleid. Geschminkt war sie auch nicht. Doch dies schien Tom nicht zu stören. Er legte seinen Arm um sie und führte sie zu seinem Wagen, der direkt am unteren Treppenabsatz im Halteverbot stand.

»Ich hoffe, du hast ein wenig Zeit für mich«, sagte er und stieg in den Wagen. Dieser Satz ließ Sarah wissen, dass sie sich Zeit zu nehmen hatte. Bei Tom zählten nicht immer die Worte, sondern eher der Tonfall und sein Gesichtsausdruck. Und beides wusste Sarah inzwischen genau zu deuten.

Die Atmosphäre im Wagen war angespannt und Sarah wagte nicht zu fragen, wohin sie fahren würden oder was er von ihr wollte. Stumm saß sie neben ihm und befürchtete, er würde mit ihr über ihre drei Seitensprünge reden wollen. Bei diesem Gedanken explodierten Ängste in ihrem Kopf, mischten sich mit absurden Vorstellungen und endeten wieder einmal mit einer schmählichen Entlassung.

Den Weg, den er nahm, war der in seine Wohnung. Sarah überlegte, ob sie nicht aus dem Wagen springen und davonlaufen sollte. Sie würde sich der Befragung nicht stellen können. Sie würde nicht zugeben können, ihren Gebieter betrogen zu haben. Ihn auf schändliche Weise hintergangen und belogen zu haben. Und das nicht nur einmal, sondern gleich dreimal hintereinander!

Aber sie blieb sitzen und begleitete ihn in seine Wohnung. Zu ihrer Überraschung saß dort ein älterer, ziemlich dicker Mann, der an einem Glas Whisky nippte. Als er Sarah sah, lächelte er freudig und leckte sich die Lippen.

Tom stellte Sarah in die Mitte des Wohnzimmers, nahm ihre Tasche und legte sie beiseite. »Das ist Sarah. Meine ungepflegte Sklavin, die nicht auf sich achtet und schlampig herumläuft.«

Er nahm ihr Haar und hob es hoch. »Ungewaschen und strähnig!«

Er hob ihren linken Arm. »Achselschweiß.«

Er lüftete das Kleid. »Eine weiße Unterhose! Unglaublich!«

»Und was ist mit dem Gesicht? Blass und völlig ohne Farbe. Keine Wimperntusche, kein Rouge, kein Make-up.« Er ließ seinen Handrücken mehrmals sanft auf ihre Wange klatschen.

Langsam umrundete er sie und zeigte dann mit beiden Händen auf sie. »*So* sieht eine schlampige Sklavin aus.«

Sarahs Mund wurde trocken und ihre Knie weich. Tom hatte recht. Sie ließ sich gehen, wenn sie nicht von ihm benutzt wurde. Sie war ein schlampiges Mädchen, das gar nicht gut aussah. Die plötzlich aufsteigende Hitze in ihrem Kopf ließ sie wissen, dass es sich rot färbte. Sie schämte sich und schlug die Hände vors Gesicht.

»Sieh unserem Gast gefälligst in die Augen!«, herrschte er sie an und riss ihre Hände von ihrem Gesicht. In diesem Moment fühlte sie sich schmutzig, stinkend, wertlos. Wie ein Penner, der seit Jahren keine Dusche und keine frische Wäsche mehr gesehen hatte. Beschämt trat sie einen Schritt zurück, damit Tom sie nicht riechen konnte. Er aber zog sie am Ellenbogen an sich. »Bleib hier. Wohin willst du denn? Lass uns an deinem schlampigen Aussehen teilhaben.« Um Sarahs Scham noch zu erhöhen, sog er lautstark ihren Geruch ein.

Der Fremde saß nach vorn gebeugt auf der Couch und beäugte Sarah lüstern. »Komm her, mein Kind«, forderte er sie auf. »Lass mich doch mal überprüfen, ob du wirklich so übel riechst, wie dein Herr behauptet.«

Sarah zögerte, denn sie wollte sich dem vernichtenden Urteil des Fremden nicht noch zusätzlich aussetzen. Sie überlegte, ob sie nicht auf der Stelle kehrt machen und aus der Wohnung verschwinden sollte. Doch im gleichen Augenblick schob Tom sie mit der flachen Hand auf ihrem Rücken dem Fremden zu.

Dieser nahm sie an die Hand und hielt diese fest. Nun gab es kein Entrinnen.

Mühsam rappelte er sich hoch und sog sehr intensiv den Duft ihrer Haare ein. Prüfend ließ er sie durch seine Finger gleiten und bestätigte, dass sie nicht frisch gewaschen waren. Ungepflegt. Er schüttelte empört den Kopf.

Ohne Vorwarnung hob er das Kleid hoch und zog es ihr aus. »Das darf doch nicht wahr sein!«, rief er aus. »Eine weiße Baumwollunterhose mit einem Sternchen drauf und dazu einen blauen Baumwollbüstenhalter. Das ist ja unglaublich! Du kleidest dich wie ein Schulmädchen!«

Sarah wagte nicht, ihm in die Augen zu sehen. Sie schämte sich und wünschte, sie wäre auch im Alltag etwas achtsamer. Aber sie hätte nie gedacht, dass Tom sie von der Uni abholen und benutzen würde. In Zukunft würde sie auch diesbezüglich aufmerksamer sein.

Während sie nachdachte, leckte der Mann ihre Achselhöhlen. Erst die linke, dann die rechte. Er schmatze und grunzte. Dann trocknete er mit dem Handrücken seine Lippen.

Nachdem er ihr den BH ausgezogen und an ihren Nippeln geleckt hatte, ließ er sich wieder auf die Couch plumpsen. Lüstern betrachtete er sie kurz, setzte sich dann an den Rand und machte sich an ihrer Unterhose zu schaffen. Langsam zog er sie ein Stück weit hinunter. Seine Augen weiteten sich, als er den kurzen Flaum auf ihrem Venushügel entdeckte. »Wie lange hat deine Muschi schon keinen Rasierer gesehen?«, fragte er, ohne seine Augen von dem herrlichen Dreieck zu nehmen.

»Vier Tage«, antwortete Sarah beschämt. Doch dieses Mal sah sie nicht verlegen zu Boden, sondern hatte sich einen Punkt an der Decke gesucht. Sie fixierte ihn eisern und kämpfte mit den Tränen der Scham. Sie wusste, dass sie zwischen den Beinen nicht mehr allzu frisch sein würde, denn sie hatte früh am Morgen geduscht und nun war es zehn Stunden später. Außerdem hatte sie einen wichtigen Test geschrieben. Und es war Sommer. Tom hatte sie in eine sehr peinliche Situation gebracht, aus der sie am liebsten fliehen wollte. Doch sie konnte ihren Master nicht vor einem Fremden bloß stellen. Nur deshalb blieb sie und ließ diese Schmach über sich ergehen.

Langsam zog er die Unterhose weiter nach unten und schnüffelte dabei an ihrem Lustdreieck. Tief steckte er die Nase hinein und nahm den Duft ihrer Weiblichkeit in sich auf. Er spreizte dabei ihre Beine. Gierig zog er ihre Schamlippen auseinander und besah sie sich intensiv.

Sarah schluckte hörbar. Ihre Knie wurden weich und ihre Hände begannen zu zittern. Ihre Gedanken waren nur noch Blitze, die in ihrem Gehirn unkoordiniert herumschossen. Diese Demütigung war kaum zu ertragen.

Doch dies schien keiner der beiden Männer zu bemerken. Und wenn, dann hatten sie mit ihr kein Erbarmen. Der Gast spreizte ihre Schamlippen noch weiter, gab ein leises »mhm« von sich und nickte. »Jetzt will ich mir das Loch noch genauer ansehen.«

Er lehnte sich zurück und hielt das Gesicht in Richtung Decke. »Stell dich über mich und spreize weit deine Beine. Ich möchte freien Zugang zu deinem Loch haben. Die Schamlippen sind dabei nur im Weg. Wenn dein Loch aufgeht, kann ich besser sehen.« Auffordernd sah er sie an.

Hilfesuchend blickte sie zu Tom. Dieser nickte zustimmend. Also blieb ihr nichts anderes übrig, als auf die Couch zu steigen und sich mit gespreizten Beinen über ihn zu stellen. Er spreizte weit ihre Schamlippen, inspizierte ihre Lustgrotte und roch daran.

»Oja!«, rief er aus. Und im nächsten Moment tauchte er seine lange Zunge tief ein. Er leckte ihre Scham wie ein Verhungernder einen Teller auslecken würde. Er schmatzte und grunzte wie schon zuvor und zappelte dabei vergnügt mit den Beinen.

»Umdrehen!«, befahl er ihr und drehte mit beiden Händen ihr Becken nach links. Sie musste aufpassen, wo sie hintrat, um nicht von der Couch zu fallen. Nun präsentierte sie ihm ihren Hintern und errötete ein weiteres Mal.

»Bück dich vor«, forderte er sie auf. »Du kannst dich am Tisch abstützen. Und geh ein bisschen in die Knie, damit ich deine Rosette gut vor Augen habe. Ich liebe kleine Rosetten, musst du wissen.«

Nein, bitte nicht!, dachte sie. *Nicht auch noch das!* Aber sie wusste, dass es dem Mann ernst war. Um Tom dabei nicht in die Augen sehen zu müssen, schloss sie die ihren und beugte sich so weit nach vorn, dass sie sich mit den Händen auf dem Couchtisch abstützen konnte. Ihre Knie beugte sie so weit, dass er ihre Rosette sowie ihre offene Spalte direkt vor dem Gesicht hatte.

Lüstern stocherte er mit den Fingern in ihr herum und leckte intensiv ihre Rosette. Auch in sie drückte er seine lange Zunge und leckte sie aus. Währenddessen öffnete er den Reißverschluss seiner Hose und ein kleiner, dicker Schwanz lugte heraus. Ohne Vorwarnung packte er sie an den Hüften und zog sie so weit nach unten, dass der Schwanz in ihre Rosette eindrang.

Sarah quietschte kurz auf. Der Schwanz dehnte ihren Hintereingang ziemlich weit auf, was sehr unangenehm für sie war. Doch darauf nahm der Mann keine Rücksicht. Er schien nichts mehr zu realisieren, nur noch seine Geilheit. Er stieß ihren Arsch heftig auf seinen Schwanz, hob ihn ein paar Zentimeter hoch und drückte ihn wieder nach unten. Nach dem vierten Stoß bewegte Sarah sich von selbst, damit er sich mehr auf seinen Orgasmus konzentrieren konnte. Sie wollte, dass dieses Spiel so rasch wie möglich vorbei war. Sie hatte nun das dringende Bedürfnis, sich ausgiebig zu duschen, sich zu schrubben und mit duftendem Gel rein zu waschen.

Der Ritt dauerte nur kurz. Dann stieß er Sarah von sich, rückte bis an die Kante der Couch vor und forderte sie auf, sich auf den Tisch und ihre Beine links und rechts von ihm zu legen. So sollte sie ihm ihre Spalte präsentieren.

Rasch kam sie seiner Aufforderung nach und spreizte so weit wie möglich ihre Beine. Sie wollte ihm eine gute Wichsvorlage sein, damit sie bald nach Hause gehen konnte.

Der Mann riss und zerrte an seinem kurzen Glied, packte es mit der Faust und quetschte sich die Hoden. Dabei fixierte er mit starrem Blick ihre Muschi, die sie mit beiden Händen weit offen hielt. Dann verlangte er auch noch, dass sie ihre Lustperle mit dem Mittelfinger stimulieren sollte.

Der Mann stierte auf ihre Muschi und sein Kopf war inzwischen hoch rot geworden. Sarah hatte Angst, er würde in der nächsten Sekunde explodieren. Doch es explodierte lediglich ein Orgasmus in ihm. Er zuckte, bog sich nach vorn und spritzte seine Schwanzmilch unter lautem Stöhnen direkt auf Sarahs breite Spalte. Der weiße Saft klatschte in vier riesigen Portionen auf sie und lief wie heiße Lava an ihrem Po entlang.

Um den Tisch nicht schmutzig zu machen, wollte sie rasch aufstehen, doch der Mann hielt ihre Beine fest und schüttelte langsam den Kopf. »Wir sind noch nicht fertig, junge Dame«, ließ er sie wissen und befahl ihr, die Beine weit gespreizt über den Kopf zu heben. Nun musste sie abermals ihre Spalte weit öffnen und die Scham kehrte zurück.

Doch der Mann schien sich von ihrem nicht mehr frischen Geruch eher angelockt als abgestoßen zu fühlen, denn er kniete sich vor den Tisch und roch mit geschlossenen Augen intensiv an der Mischung aus Muschiduft und seinem frischen Sperma. Sarah fühlte sich noch schmutziger und übel riechender als am Anfang der Begegnung. Doch der Mann schien genau daran Gefallen zu finden.

Er hatte nun die Augen geöffnet, streichelte sanft mit den Fingerkuppen über ihren Flaum. Tauchte einen Finger in seine weiße Schwanzmilch und zeichnete damit eine Linie an den Schamlippen entlang. Danach spreizte er diese, verteilte auch dort ein wenig seines Spermas und leckte es dann genüsslich ab. Auch die Rosette wurde mit reichlich Lustsaft benetzt und anschließend sauber geleckt. Immer wieder tauchte er seine Finger in die weiße Flüssigkeit ein, verteilte sie entlang ihrer Spalte und leckte sie wieder ab.

Als nichts mehr davon vorhanden war, leckte er die letzten Spuren von den Innenseiten ihrer Oberschenkel, vom leicht bewaldeten Venushügel und von der rechten Pobacke. Zufrieden grunzte er und lächelte sie an.

»Bist ein braves Mädchen«, sagte er und dehnte den Eingang ihrer Lustgrotte weit auf. Erneut huschte ein Lächeln über sein Gesicht. »Aber ein bisschen trocken bist du!«

Geräuschvoll sammelte er seinen Speichel im Mund und ließ ihn dann in einem riesigen Tropfen direkt in ihre Lusthöhle fallen. Kurz darauf folgte die zweite Ladung.

»Perfekt«, rühmte er sich selbst und schob drei Finger in Sarah. Mit seinen dicken Fingern dehnte er die zarte Grotte so lange, bis er vier Finger in sie schieben konnte.

Sarah versuchte, sich zu entspannen. Sie dachte an Toms letzte Umarmung, an seinen erotisch-männlichen Duft und an seine Art, sie zu berühren. Obwohl der Fremde ein weiteres Mal auf ihr Geschlecht spuckte, störte es sie nicht mehr. Aber als er seinen Daumen in sie quetschte, entkam ihr ein Stöhnen, das aus Schmerz und Lust bestand.

Die große Hand ballte sich nun in ihr zu einer Faust und diese Faust bewegte sich in rhythmischen Stößen vor und zurück. Die Finger seiner linken Hand massierten nun zusätzlich ihre dicke Lustperle und bereits nach wenigen Augenblicken fühlte sie sich, als hätte sie ein glühendes Eisen in ihrem Unterleib, das Funken der Lust in ihren Körper schickte. Als die erste Welle nach oben rollte, hatte sie das Gefühl, keine Luft mehr zu bekommen. In kurzen, heftigen Atemstößen keuchte sie ihren Höhepunkt in den Raum. Sie krallte sich seitlich in die Couch, um nicht von den heftigen Zuckungen ihres bebenden Körpers vom Tisch befördert zu werden.

Noch während sie von der Faust des mächtigen Mannes gefistet wurde, schob ihr Tom eine Mundsperre zwischen die Zähne und seinen Schwanz tief in ihre Kehle. Heftig pumpte er im Rhythmus des Faustficks in sie und Sarah wurde von einer weiteren Welle prickelnden Feuers überrollt. Ihr Körper war ebenso außer Kontrolle geraten wie ihr Verstand. Sie keuchte im Gleichklang mit dem Fremden, der sich beinahe im selben Moment wie Tom auf ihrem Venushügel entlud.

Er war aufgestanden und wichste mit der Linken die letzten Reste seiner Schwanzmilch aus sich, während er noch immer seine rechte, zur Faust geballte Hand in Sarah bewegte. Er stöhnte und zuckte, wand sich und verlor dabei einen dünnen Speichelfaden, der direkt auf Sarahs hartem Nippel landete.

Nachdem die letzten Tropfen auf sie gespritzt waren, hielt er inne und stöhnte laut. Dann zog er die Faust aus ihr und fiel erschöpft auf die Couch zurück. Schwer atmend lehnte er mit geschlossenen Augen am Leder und genoss ganz offensichtlich den Ausklang seines fantastischen Höhepunktes.

Tom entfernte die Mundsperre und ließ Sarah seinen Riemen sauberlecken. Dann wies er sie mit einer einzigen Kopfbewegung an, auch den bereits erschlafften Schwanz des Gastes zu reinigen. Ergeben kniete sie sich zwischen dessen Beine und säuberte ihn artig. Dabei musste sie feststellen, dass auch er zwischen den Schenkeln nicht gerade frisch roch. Rasch beendete sie die Säuberung des Schwanzes und hoffte inständig, Tom möge sie nicht anweisen, auch noch seine Eier zu säubern. Und zum Glück kam kein Befehl, dies zu tun. Sarah atmete erleichtert auf.

Nachdem sie fertig war, reichte Tom ihr die Hand und zog sie an sich. Liebevoll umarmte er sie, küsste ihr Haar und flüsterte: »Du bist mein ganz besonderes Mädchen. Ich bin froh, dich zu haben. Ich möchte, dass du bei mir einziehst.«

Sarah sah ihn mit Freudentränen an und nickte zustimmend. Überglücklich drückte sie sich an ihn und genoss diesen kostbaren Augenblick.

Weitere erotische Geschichten:

Joanna Grey
Befreie mich, versklave mich
Erotischer SM-Roman

Ein neuer Mann | Eine neue Liebe
Eine neue Erfahrung ...

Sie weiss nicht, dass in ihr eine Sklavin steckt.

Schritt für Schritt und mit viel Einfühlungsvermögen erweitert er ihre Schmerz- und Lustgrenzen.

Fühlen Sie das Vertrauen und die Nähe zwischen Dominanz und Unterwerfung.

Sara Bellford
LustSchmerz Erotischer SM-Roman

Sir Alan Baxter hat eine Passion:
Er sammelt Frauen!

Er will sie um ihretwillen besitzen

Sie wollen vom ihm gedemütigt und geliebt werden

Gemeinsam zelebrieren sie die schönsten Höhepunkte aus Lust, Schmerz und Qual ...

Alex Lain
SexDiener

Sein größter Wunsch: beherrscht zu werden ...

Unterwerfung ist sein Leben.
Er ist nicht glücklich, wenn er nicht dienen kann.

Er stellt das Dienen über alles.
Selbst wenn er dadurch seinen Job und seine Freunde vernachlässigt.

Wenn seine Meisterin ihn ruft, muss er kommen.
Er gibt sich den fantasievollen Spielen der Herrschaft hin ... und wird süchtig danach.

Dankbar für jede Erniedrigung!